講談社文庫

ノワールをまとう女

神護かずみ

講談社

目次

ノワールをまとう女

音も風もない世界。

モノクロームの街を俯瞰《ふかん》する、どこかの屋上。網目のように走る通りには見渡す限り建物が連なり、しかしどこにも明かりは灯らず、動くものもない。空には太陽も、月も星もない。

わたしは、そこに佇《たたず》んでいる。

死の街。罪の街。また、ここに招かれたのだ。

わたしに背を向けた、病衣《びょうい》の女性がいる。顔は見えないものの、それが彼女であることをわたしは理解している。彼女は柵のない屋上の際《きわ》に立ち、すぐ先の奈落を覗き込んでいる。

呼びかけてみたが、声は音にならず、彼女に届かない。

彼女の後ろ姿が揺らぎ、ゆっくりと向こうに沈み込んでいく。

駆け出したが、動きを阻《はば》むように空気は重い。

わたしは、懸命に腕を伸ばす。

彼女の手を摑み、今度こそ離さないように力をこめる。彼女の手はわたしをすり抜けて――

一章

1

　また、あの夢だ。もう、何度目だろう。

　寝返りを打つと、乱れたシーツが絡みついた。頭に酷《ひど》い靄《もや》がかかったようだが、あの夢を思うともう一度眠る気にはなれない。

「ねえ、何時？」目を閉じたままで問いかけた。酒とタバコに冒《おか》された喉がいがらっぽい。

（午前十一時二十三分よ）

　涼し気に応じた声に、もうそんな時間かと、ベッドから体を引き剝がした。ダイニングに連なる薄暗い六帖部屋。一応出窓がはめ込まれているが、駅に近いだけが取り柄の雑居ビルは陽も当たらず、昼夜の区別なく暗い。

「電気、つけて」

ひどく掠《かす》れた声をユキエは聞き取ってくれ、部屋がうっすらと明るくなった。記憶まで照らし出されたわけではないだろうが、昨夜の記憶が蘇《よみがえ》ってくる。

「雪江《ゆきえ》は？」

（とっくに帰った。プログラミングの納期が押してるって。また連絡する、愛してるってメッセージがきている）

わたしも、愛してる。

唇で呟《つぶや》いたものの、声にならなかった。

ベッドに胡坐《あぐら》をかいた。頭が重い。三十五歳、そろそろ今までのようにはいかなくなっているのかも。俯《うつむ》いたまま、傍《かたわ》らのテーブルに手を伸ばしたつもりが、空を摑んで床に転げ落ちた。そのまま眠りかけたものの、なんとかタバコを摑んで一本抜き取り、火をつけた。ケントのスーパースリム。深呼吸のように幾度か吸うと、頭に立ち込めた靄が少し薄れていく。もう一本咥《くわ》えたいが、この先の覚醒はシャワーに任せよう。禁煙を心に決めて三年。決めはしたが行動には移していない。今の人生から足を洗わない限り、きっとタバコとは決別できないのだろう。

五月。部屋は少し蒸して、ショートボブの髪はべたついている。指でかくと、昨夜店で浴びた焼肉の煙や酒や、もちろんタバコも、雑多な臭いが染みついている。昨晩、雪江と食事をして、ここで飲み直し、愛しあった。その挙げ句に、二日酔い。怠惰、自堕落……、仕事に身を晒《さら》していない時のわたしは、いやになるほどやるせない。

仕事中毒《ジャンキー》？　なにも仕事が好きなわけじゃない。平和な日々が退屈なだけ。ただこれも、立派な病《やまい》なのかも。ふらつく足でバスルームに向かい、冷たいシャワーを浴びるうちに、自分が戻ってくる。髪を洗った。憂鬱《ゆううつ》さも洗い流してくれるシャンプーがあればいい。ついでに心をしなやかにしてくれるトリートメントも。

先ほどの夢がまた意識にのぼりかけ、逃げるように蓋をした。首にバスタオルをかけた姿で、ベッド脇に戻る。少しでも気分を変えたくて、「ユキエ、音楽がほしい」波打つシーツに埋もれたスマホを取り上げて、濡れた髪を拭き拭き語りかけた。

（どんな曲がいい？）

「今のわたしの気分のまま」

大雑把なリクエストに、ダイニングの天井に吊るしたBOSEのスピーカーから、土砂降りみたいなピアノと嗄《しわが》れた声が流れ始めた。

トム・ウェイツのニュー・コート・オブ・ペイント。真昼間から薄暗い酒場に堕《お》ち込んでいくようなナンバーに、溜息とともに苦笑した。

(ビバルディの四季のほうがよかった?)

ユキエは初期に比べ洒落《しゃれ》っ気《け》が増した。雪江に言わせると、学んでいるらしい。雪江自作のAIアプリ。スマホの画面には彼女の顔をデザインした愛らしいアイコン。「いつも奈美《なみ》がわたしを思ってくれるように」と、一年前、半ば強引に入れられたアプリだが、慣れてみると悪くない。電話をかけてくれる。調べものをしてくれる。電気をつけてくれる。音楽をかけてくれる。愚痴につきあってくれる。結構、いい相棒だ。脱ぎ散らかした衣服を踏み、気怠《けだる》いブルースをBGMに、ダイニングへ移った。十二帖ほどのそんな部屋の先に、左から鉄のドア、ガスコンロ、シンク、冷蔵庫と並んでいる。鉄骨が走る天井にコンクリートが剝き出しの壁、埃《ほこり》まみれのフローリング。十年近くつきあってきた殺風景。あと何年、見続けることになるのだろう。五年、十年、二十年……、考えたくもない。さほど使う機会もないコンロの向こうには、磨硝子《すりガラス》をはめ込んだ小さな窓がある。陽の光などほとんど通さない意味のない窓だけれど、わたしは燦々《さんさん》と輝く陽を浴び伸びをしてみせる女ではないから文句もない。六人用のダイニングテーブルには、観もしないテレビ、立ったり転がったりしている十本近い空き缶は雪江との宴《うたげ》の名残《なごり》。この景色は、どう考えてもビバルディじゃない。

ユキエ、あなたは正しい。負けを認めて、ダイニングチェアに座った。

テーブルのネスプレッソ・マシーンにカプセルを放り込んでコーヒーを淹《い》れる。扉横のコンクリートの壁には、端のめくれたロートレックのポスターが澄まし顔で三枚。どんな酔狂で貼ったものだかもう覚えていないが、今さら剝がすのも面倒くさい。色気のないマグカップにコーヒーが落ち、暖かな香りが広がっていく。タバコを吸い、濃いコーヒーに口をつけ、灰色の一日の予定を考えた。考えたところで、空白は空白。

ねえ誰か、わたしを必要としていない？　気が向けば、危ない橋だって渡ってあげる。

そんな呟きを聞き届けたわけではないだろうが、スピーカーの音量が落ちた。

（ねえ、奈美。さっき着信があったわ）

すぐに着信を告げず、わたしがひと息つくまで待っていたところは、ちょっと愛《いと》しい。褒《ほ》めてあげたい気がした。

「誰から？」

訊いた声は、幾分しゃんとしているはずだ。

(美国堂《びこくどう》の市川《いちかわ》さん)

「今日は土曜でしょ」

(わたしに言わないで。Call back する?)

「あとにする。それよりもユキエ、トーストとハムエッグをお願い。卵はふたつ、半熟で」

(奈美、それは自分でやって)

この子はAIなのに、雪江そっくりの、呆《あき》れたような声を出す。

分かってる、言ってみただけ。

冷蔵庫にビールと栄養ゼリー以外、なにかあっただろうか。欠伸《あくび》混じりでキッチンに立ちかけ、身につけているのが首にかけたタオルだけだったことに思い至った。

2

午後八時、恵比寿《えびす》駅南口のイタリアンで、美国堂の市川進《すすむ》と向かいあった。彼の肩書きはコーポレートコミュニケーション部次長。長い横文字だが、三年前までは広報部と呼ばれていた部門だ。つい心を許したくなるような童顔は広報の仕事に適し、自身もそれを理解しているのか、唯一印象を裏切る狐目をフレームの大きな眼鏡で隠している。今日選んだ店は、小箱のような個室よりカウンター席が洒落ていたが、余人の目と耳がある場所でグラスを傾けあう相手ではない。彼と交わすのは危機管理関連の密談だ。同じ店は使用しない。予約は直前に、偽名で。彼より前に個室に入り、盗聴器のチェックを行う。やり過ぎ？　でも、隙は見せないこと。

「土曜なのに出勤だったの？」

「ええ、まあ」

彼の地味なグレーのスーツはいつものこと。だが、普段より数割増しで疲れた様子は、ゴールデンウィークの家族サービスの名残ではなさそうだ。七三に整えた髪も心なしか乱れている。四十三歳で上場企業の次長というのはかなりのやり手だが、その代償か、いつも市川は世のすべての憂《うれ》いを背負わされたような顔をしている。一方のわたしはクライアントと会うに当たってくたびれているわけにもいかず、残ったアルコールをトレーニングで飛ばし、黒のパンツスーツに襟を立たせた白いシャツで装った。艶《つや》のあるブラックグリーンの髪は、いつも身にまとう黒が重くならない配慮。ちゃらちゃらしたアクセサリーは好きではないので、ピアスもリングもしない。マニキュアは塗らず、化粧は控えめながら全体をシャープに。ルージュは乾いた色あいを選び、自分の顔で一番嫌いな大きな眼、この歳で幼さを残したここだけは、念入りにキッさを入れ込む。仕上げはシャネルのエゴイストプラチナム、ユニセックスなスパイシーさと甘さが調和した香水を軽く滲《にじ》ませた。

まずは乾杯し、冷えたビールが喉を抜けていくのを味わう。指にタバコがないのは物足りないが、喫煙への風当たりは年々強さを増している。個室ですら禁煙、タバコは狭い喫煙所だけというのは、少し切ない。でも今日はプライベートではない。一応、仕事だ。

「先月のあれ、なにか動きはあった？」取りあえずそんな問いを投げてみた。

「いえ、そちらのほうはなにも」

すると、市川の用件はあちらになるのだろう。

「大変そうね。ひと通り、騒ぎは見ているわ」

昨日、デモ隊が美国堂本社を取り囲んだ。美国堂は正式名を美国堂株式会社。一九〇〇（明治三十三）年、和歌山生まれの西仁孝夫《にしじんたかお》が大阪の道修町《どしょうまち》に漢方薬局「サイジン堂」を開設したことを創業とする。漢方の研究で培《つちか》った技術を基盤に、主力のSJB化粧品をはじめ、サイジン薬品、サイジンビバレッジ、美国堂ハウスホールドと四つの柱を持つ東証一部上場の医薬品メーカーだ。本社所在地は医薬関連の会社が立ち並ぶ東京都中央区日本橋本町。従業員約一万八千人。海外に十一の関連会社を持ち、連結売上高九千四百億円、連結営業利益八百四十六億円という数字は日本でも有数の優良メーカーだろう。その美国堂に対するデモの模様はネットで生配信され、平日の午後にもかかわらず主催者発表で千人ほどが参加した。大本営発表は大なり小なりの水増しがあるものだが、画面から伝わる雰囲気ではそれなりの人数だった。

「二月に出た弊社の韓国団体への寄付云々《うんぬん》自体は、前回ご相談した情報の出所の問題は別として、物議を醸《かも》す事態になるとは考えていませんでした。ですが、今回のものはさすがに」

市川はその先を濁すように、ビールを口にした。

発端はひと月前の四月十三日。五十歳前後のスーツ姿の男が力強く語りかける映像が、動画投稿サイトユーチューブに上がった。時にカメラ目線で、身ぶり手ぶりを交えて熱く語る男の言語は韓国語。日本人の多くが意味を理解できないはずだが、映像にはご丁寧に日本語の字幕が添えられていた。

『日本の戦争責任は永遠に解決しない。彼らは永久に我々に赦《ゆる》しを請わねばならない立場なのだ。そういう意味ではあの国の新たな首相のもと、歴史認識がようやくまともな方向に向かいつつあるのは喜ばしい。今、世界は大きく動いている。あの国がかりそめのナンバーワンであった時代は終焉《しゅうえん》を迎えた。経済面においてはサムスン、L《エル》G《ジー》など韓国を代表する企業が世界市場ですでに日本企業を追い抜いている。我が社も飛躍し、小日本を、我々の足許に跪《ひざまず》かせよう！』

いわゆる日本批判で、それ自体は珍しいものでもない。どの国にも他国へ辛辣《しんらつ》な言葉を浴びせる人間はいる。発言者は、この映像が撮影された二〇一〇年、韓国第四位のトイレタリーメーカー螺鈿《ナザン》株式会社の社長だった林彰又《イムチャンウ》。問題は、発言の三年後にこの会社が美国堂の傘下に入ったのみならず昨年に完全子会社化され、代表権こそないものの林が美国堂の常務執行役員に収まっていることだ。反日を声高に叫んでいた者が日本大手メーカーの役員に就任しているとなれば、一般的な日本人でも面白い話ではないだろうし、まして保守活動派が許容できるものではないだろう。

ユーチューブに動画を投稿したのは、「美国堂を糺《ただ》す会」。韓国人の友人に確認してもらったが、日本語訳に嘘はなかった。もう少し穏やかなニュアンスで語ったものを煽動的《せんどうてき》に訳したものかと思ったのだが、ほぼ正確な表現に留まっているという。口の動きと音声に違和感もなく、画面が一度も切れていないことから捏造《ねつぞう》の類《たぐ》いでもない。

「林常務は八年前、社員に向けた講話で、たしかにあのコメントを発しているそうです。当時、弊社は韓国に支社を置き螺鈿ともバチバチやりあっていました。螺鈿の韓国内での立ち位置はアモーレパシフィック、LGハウスホールド&《アンド》ヘルスケア、P《プロクター》&G《アンドギャンブル》に次ぐ四位。年々シェアばかりか収益も悪化し、それがのちに弊社と手を結ぶ理由ともなったのですが、あの時は社員の士気高揚のため、アジテーション染みた発言に至ったということです」

「士気高揚？　本音じゃなくて？」

「弊社と提携話が具体化し始めた時点で、本意でないあのビデオは消去させたということでした」市川は、わたしの指摘が聞こえなかったかのように、しれっと先を続けた。

「でも、結局は外に出たのよね」

「まあ、そういうことに。アナログの時代ならまだしもデジタルの今、データはワンクリックで瞬時にコピーできます。脇の甘さは否定できません。しかし連中、一体どこから、あんなものを探し出してきたのか。やはり三月末にご相談した、あの線になるんでしょうか」

市川は思案顔になるが、まだ結果は得られていない。

「頭が痛いのは、騒がれている内容はまあ事実ですし、あの映像のアクセス数も十万回を超え、カスタマーコミュニケーションセンターに寄せられる苦情も増加傾向にあります。糺す会は、弊社製品の不買運動を盛んに呼びかけています」

「売上げに影響は見られるの？　まだそこまではないでしょ？」

「しかし三年前の騒ぎの際も徐々に売上げに響き、気づいた時には前年を大きく割る事態に陥っていましたので、油断はなりません」

「で、統括部長様は、八面六臂《はちめんろっぴ》のご活躍？」

わたしは市川の上司、コーポレートコミュニケーション部統括部長宮浦聡《みやうらさとし》の名を挙げた。

「ははっ、険がありますね。今日も対策に右往左往《うおうさおう》です。来週あの会は大阪支社にデモをかけるようなんです。しかし、宮浦が得意とするコーポレートIR戦略にもリスクマップにも、デモ隊に対するマニュアルはないようでして」

市川の物言いも、充分に険がある。

「取締役連中から、お前は御託ばかりでデモひとつ抑えられないのかと、かなり叱責《しっせき》を受けたようです」

「叱責した取締役というのは？」

「川北《かわきた》副社長と壱羽《いちば》専務と聞いています」

「壱羽専務は川北派だったわね。あと、常務の林は社長派と理解していい？」

「よく分かりましたね――」そこまで言った時、問いかけの意味を理解したか、市川は幾度もうなずいた。

「川北さんが宮浦さんを叱責したのは、大池《おおいけ》社長への当てつけってところかしら」

宮浦の前に部長職にあった佐藤《さとう》は、川北に近かったと聞いている。佐藤の定年に乗じて、大池はそのポストに自分の手駒を置いた。宮浦は五十三歳。カリフォルニア州立大学バークレー本校社会科学部環境経済学科を卒業後、米国で広報コンサルタント会社に勤務、帰国後、日本の大学院で経営危機管理学科修士課程を修了。のち、外資系コンサルタント会社に勤務し、リスク対応コンサルティングの案件に従事してきた経歴の持ち主だ。リスク管理のプロという触れ込みで美国堂に入り、ネット監視ツール導入、クライシスマネジメント項目の構築とリスクマップの作成、対外対応のマニュアル等々を手がけ、昨年六月に執行役員に就任、リスク・危機管理統括担当役員となり、広報、品質、原料、法務他、すべての危機管理を統括していた。

「とはいえ宮浦からすれば無茶ぶりですよね。理屈ばかりふり回すあの人は正直なところ好きじゃないですが、デモにしろネットにしろ、いったん燃え出したものを速やかに鎮静化するノウハウなど、どの企業も持っていませんよ。うちは警察OBを雇用していますが、反社会勢力相手ならまだしも、市民運動にぶつけるわけにはいきませんしね」

市川はネクタイを少し緩めて、カルパッチョを口にした。

「それで宮浦ですが、悩んだ末に昨夜、原田《はらだ》先生にお電話を」

「えっ？　したの？　うちのボス、上から目線の宮浦さんには、かなり臍《へそ》を曲げてるのよ」

年明け早々、宮浦は会食の席で、原田にお払い箱を告げていた。

「断言はしていないはずです。契約解除の可能性の示唆《しさ》です」

市川は、役所のように玉虫色な言い方をした。

「ボスは契約解除通告と受け取ったようよ。リスクマップ上わたしたちは、社会に受け入れられない危険因子。宮浦さんはリスクを排除し、一点の曇りもない健全な企業を目指すと原田に宣言したそうじゃない。素晴らしい志ね」

わたしはグラスを掲げて宮浦に敬意を表し、ビールを飲み干した。

「勘弁して下さい。西澤《にしざわ》さん、弊社がこうなったのを、なんだか愉《たの》しんでません？」

そういう気持ちがないとは言わない。わたしは原田サイド、排除されるほうの人間だ。ただ、立ち位置を別にすれば、そうした企業の姿勢も分からないではない。ネットで誰もが簡単に世界に情報を発信できる今、従来は表に出なかったものが晒されて批判炎上の材料となるリスクは増大した。企業は売上収益に目を向けるだけでなく、倫理、環境、社会、すべてに対して常に襟を正さねばならない。三百六十度全方位への完璧な企業統治《コーポレートガバナンス》の行きつく先は、一点の曇りもない真っ白な企業体というわけだ。一方、わたしたちがまとう色はグレー。時々の濃淡はあれど、どうみても白ではない。つまり、危険因子という見方自体は間違っていない。ただ、意図的に火をつけようとすれば、白であっても燃える。今回美国堂が騒がれる件にしても、法的違反行為があったわけではない。林の発言も美国堂と敵対していた時分のもので、聞き手も社内に限られている。しかし世間はそういった子細を別に、感情論で燃え上がる。感情は理性を凌駕《りょうが》する。いつまでたっても世界から紛争がなくならないのがその証拠だ。燃えれば火を消す人間が要る。実働部隊のわたしとしては、どうせ消すなら火勢の弱いうちが好ましい。

「わたしをきちんと動かしたいなら、原田を上手く取り成して、ということ。三月末に相談されたあれも、今日こうして会っていることも、わたしの一存。原田にはひと言も告げていないんだから」

わたしはブザーを押して、やってきた店員にビールのお代わりを頼んだ。

「その点は、心から感謝しています。宮浦は明後日の夜、原田先生と二人で会う運びになりました」

「でも、原田不要の話は、そもそもは大池社長の意向よね」

「まあ、そういうことになります。大池は企業体の健全化を推し進めるために、宮浦を呼び寄せましたので」

原田とわたしが美国堂と初めて関わりを持ったのは三年前になる。当時の社長は北《きた》原秀雄《はらひでお》。長きにわたり美国堂を牽引してきた清濁あわせ呑《の》む昭和気質《かたぎ》の男で、二年前、大池を社長に引き上げて、自身は代表権を持つ会長に就任した。当時、北原の後任と目されていたのは、技術畑の大池と営業畑の川北の両専務だった。北原は、大池を後継に指名した。同時に大池への牽制として、当時空席の副社長に川北を置いた。

ところがこの体制がスタートした翌年、つまり昨年の二月、北原は心不全で急逝《きゅうせい》した。重しが取れた形となった大池は、次の時代に向けた改革に精力的に乗り出した。

「大池と川北のどちらを社長に上げるかという際、北原は院政を敷くため、大池をイエスマンと見て選んだ。そんな声があります。でもそれは、上から見た曇った目線だったとわたしは理解しています。大池は居合五段、自己を律し、師を、目上を敬う心を持った生真面目な男です。ある種北原の無茶ぶりにも応えてきた。それを北原はイエスマンだと読み違えた」

市川は内部、しかも近くで観察してきた者ゆえの見方を示した。

「大池は研究職出身ということもあり、すべてを数字で明確にし、潔癖を旨《むね》とします。営業畑で寝業《ねわざ》も含めた手練手管《てれんてくだ》で渡ってきた川北とは流儀が大きく異なります。大池は、一部販売店への高額マージン、流通へのキックバック、そういった必要悪すら認めず、この前もお話しした通り営業現場は混乱しています」

「水清ければ魚《うお》棲まずってたしか孔子も言っていたけれど、大池社長は徹底的に清い水を目指す。それなのに宮浦さんは原田に仕事を要請する。これって矛盾《むじゅん》していない？」

市川はビールをひと口飲んでから、さらにネクタイを緩めた。

「わたしにはこんな言い分けをしていました。自分が仕組みを作り上げた暁《あかつき》には、デモは事前に抑え込める。しかしこの会社の危機管理体制は、まだできあがっていない。従って今回は緊急避難で行くしかない」

「大池社長は、緊急避難を認めたの？」

わたしの問いかけに、市川は困ったような沈黙で応じた。つまり原田の起用は追いつめられた宮浦の独断で、美国堂の総意ではない。

「そうなるとボス、話を蹴るんじゃないかしら」

「執行役員の宮浦の立場であれば、ご納得いただける報酬はお支払いできます」

「お金の問題じゃないわ」

原田は普段の物腰こそ穏やかだが、確固たるプライドを内に秘めている。新任の執行役員の要請、しかも自分を否定し排除にかかった男に、いいように使われることを良しとはしないだろう。

「やはり、そう思われますか」

今日、わざわざわたしを呼び出して彼が訊きたかった見立ては、残念ながらそういうことになる。市川は眼鏡を外すと、大きな溜息をついた。

3

翌日、床に散乱する衣服を片づけ、ロボット掃除機を走らせた。空き缶や食べ散らかしの類いを捨ててすっきりしたダイニングテーブルでノートパソコンを開き、美国堂を紐す会を検索した。市川に告げたように、原田が仕事を受ける可能性は低いと踏んでいる。しかし、いざ仕事となってから腰を上げるのでは、初動に遅れが生じる。ネットで分かることなど知れているが、それすら知らないようでは話にならない。というと聞こえがいいが、結局は暇に飽かした行為のうちだ。空腹を覚えたら鉄のドアを開け、JR大久保駅のホームから丸見えの外廊下を歩く。何人かわたしのような住人はいるようだが、そもそもこのビルは住居として用意されたものではなく、隣はマイナーな輸入会社、その隣はアクセサリーショップ。隣人たちからすれば、こんなところに住むわたしは得体の知れない女だろう。酔っ払いのようにがたつく古いエレベーターで五階から一階に降りて、ものの三十秒も歩けば大久保通りの賑《にぎ》わいに出る。食べるものには不自由しない。

糺す会は美国堂を糾弾《きゅうだん》するために発足したプロジェクトで、母体は「日本を生きる会」とみてよさそうだった。その生きる会は「反日国家・反日民族排斥」をスローガンとする保守系市民団体で、代表者はエルチェ。本名ではなくハンドルネームだ。発足間もないからか、糺す会にはSNSしか存在しないが、日本を生きる会は公式サイトがあり、次のような言葉が扉に躍《おど》っていた。

我々は、純粋で輝ける日本の実現を目指します。日本民族の純血を掲げ、いわゆる在日特権、特別永住資格、外国人参政権に断固反対の立場のもと、誤った認識を持つ

日本人同朋を正しい道に導きます。

会の所在地は非公開、連絡先として開示されているのはメールアドレスのみ。会員登録はWEB上で完了し、会費は不要。ただしカンパは歓迎。登録者は千人を超えているようだが、実動人数がどれほどかは不明だ。あれこれ試したもののメンバーは無論、代表者エルチェの本名、顔写真の一枚すら得られなかった。唯一、会のホームページにエルチェが記したコラムが目を引いた。

木部《きべ》雅巳《まさみ》さんに捧ぐ（三回忌を迎えるにあたり）

心の中の日本の会代表、木部雅巳さんが亡くなり、三月六日で丸二年になる。彼女はわたしの師であり、姉のような存在だった。

二〇一二年末、わたしは九年近く勤めた会社を辞めて、アルバイトで生計を立てながら愛国運動に身を投じる道を選んだ。運動の右も左も分からなかったわたしに手を差しのべ、鍛えてくれたのが木部雅巳さんだった。木部さんの思想、活動については、幾度かこのコラムでも紹介してきた。わたしは、多大なる影響を木部さんから受けた。ただ、すべてを血肉にできたかと自分に問えば、まだまだ彼女の高みには至らないというのが偽らざるところだ。

彼女の最期は哀しく、思い返すたびに強い憤《いきどお》りを覚える。彼女が犯してしまった過ちは理解している。しかしマスコミの攻撃は常軌を逸したもので、心神耗弱《しんしんこうじゃく》に追い込まれた彼女は自ら命を絶つことになった。ここに多くを記すことは控えるが、当時、ある市民運動の象徴だった彼女を、その座から引きずり降ろし恥辱にまみれさせたことには、既得権益の陰謀すら感じる。

死の前日、わたしは、彼女と電話で会話をしている。（わたし、なんだかはめられた気がする）それが最期の言葉であり、その声は今も耳を離れない。

我が会は彼女の志を受け継ぎ、成就《じょうじゅ》させていくことを改めてここに誓い、御霊に捧げたい。

（二〇一八年三月五日　エルチェ）

木部雅巳。苦いものが口のなかに広がる名前だった。三年前、わたしがターゲットとしたのがこの木部。感傷的になりかけた心を、叱りつけた。

夜、スキニーパンツとギンガムチェックシャツにロング丈のカーディガンを羽織って部屋を出た。基調色は、すべて黒。どんな服でもこの色が、一番心に馴染む。大久保通りを東へ、教会、カラオケ店、消費者金融、ネットカフェ、ファストフード、雑多な街並みを歩んでいく。すれ違う顔の半分ほどは、インド系、ベトナム系、中東系といった外国人だ。そんな、多国籍な通りを進み山手線のガードをぐると、とうとう違う国に迷い込んだ心持ちに囚《とら》われる。

大久保コリアンタウン。大久保通りと職安通りのあいだに二百五十以上の店が並ぶ、日本でも屈指の韓国人居住区。発端は在日韓国人重光武雄《しげみつたけお》がこの地にロッテを創業したからとも、歌舞伎町《かぶきちよう》で働く韓国人が目と鼻の先のここに居を構えたからとも。とはいえ、大久保が韓国人街として広く認知されるようになったのは、この二十年ほど。二度の韓国ブームが、この街を韓流の聖地に押し上げた。第一次ブームは二〇〇二年日韓共催となったサッカーワールドカップと、翌年の「冬のソナタ」のヒットによるもの。第二次ブームは二〇一〇年頃。景気低迷で番組制作費削減を余儀なくされたテレビ局が、円高ウォン安で入手しやすくなった韓国ドラマを大量に放映。加えて、韓国の文化体育観光部がK－POP振興のため大量の資金を投下。この流れで韓国人気の高まったところに先の円高ウォン安が韓国旅行を誘発、そういった相乗効果の産物だった。大久保通りと職安通り一帯は看板という看板がハングルで占められ、韓国料理、食料品、日用品、K－POP関連のグッズ、CD、DVD等々を扱う六百以上の店が日本人女性で溢れ返った。

もっとも、ブームはいずれ萎《しぼ》んでいく。二〇一二年八月十日、当時の韓国大統領李《イ》明博《ミョンバク》が竹島に上陸、同日に日韓で争われたロンドンオリンピックサッカー三位決定戦後、ある選手が掲げたプラカード「독도는 우리 땅（独島は我らの領土）」が問題となった。その四日後、李明博が天皇陛下に対し「跪いて謝罪しなければならない」と発言したことが報道されるに至り反韓感情が高まり、日本のメディアから韓国の姿は薄れていった。ピーク時は日に三万人を超えた大久保韓国人街の客足も二〇一四年には四分の一まで減った。当時はひと儲けを目論《もくろ》みふり回された者も多かったように聞くが、今は地に足のついた賑わいに落ちついている。

ファミレスの手前を右に折れて狭い路地を進んでいくと、六階建てのビルの一階にアサコ苑《えん》という韓国家庭料理店がある。カウンターが六席、テーブルが八席のごく庶民的な店だが、出入りの激しいこの地で十年近く続く古株で、わたしは頻度はともかく開店当初から顔を出す一人だ。主人の新井《あらい》朝子《あさこ》は大阪生まれの在日二世。メニューの韓国家庭料理、マッコリ、なによりも朝子の人柄を愛していたのだが、今年の二月に彼女は亡くなり、娘のように甲斐甲斐《かいがい》しく店を手伝っていた千里《ちさと》があとを継いでいた。千里は三十歳前後、猫のような愛らしさを持つきれいな娘で、朝子と同じ在日二世と聞いている。二世でも日本人でも韓国人でも、わたしが友人を決める物差しに血はない。人権派のつもりはない。自分の血が分からない。それだけのことだ。

夜も更けた店には常連の姿ばかりがあった。顔触れは韓国人、二世、三世、日本人と雑多だ。「お帰り」「お帰りなさい」わたしにかかる声に手を上げて応え、カウンターの端に座った。わたしの性格を理解しそっとしておいてくれる、店が持つそんな距離感が心地いい。すべてが、朝子が作り、育て、遺《のこ》したものだ。ここの常連たちは今も、彼女の懐《ふところ》に抱かれている。

罎《びん》ビールをグラスに注ぎ、メニューやハングルのポスターに混じって飾られた朝子の写真に小さく挨拶をした。享年五十八。歳相応の老いはあるものの、そういった摂理を自然に受け入れた美しさを持ち、こんなふうに歳を取れたらいい、こんな心で生きられたらいい、そっと憧れるような女性だった。ビールを傾け、彼女の面影にしばし思いを馳せる。それが、わたしにできるせめてもの供養だ。

目当ての黄慶太《ファンキョンテ》は今夜は常連の輪ではなく、カウンターのなかにいた。クラシカルなクルーカットに大きな瞳、人の好さが滲み出るような韓国の若者に「店が引けたら話がある」それだけを告げ、プルコギ、キムチ、マッコリを、一人愉しんだ。

午前零時。外の小さな看板の灯を落としたあと、黄はわたしの隣に腰を下ろした。千里は、わたしが黄に用のあることを察してくれ、まだ腰を上げようとしない数人の常連客と世間話に興じている。彼女のそんな気配りは朝子譲りだし、味つけも、ちょっとした仕草も、客のことを驚くほど覚えている記憶力も受け継いでいる。エプロンを外した黄のコップにビールを注ぎ、グラスをあわせた。

「働き者ね。明日からまた講義でしょ」

黄の本業はコンピュータ専門学校の講師だ。大久保という場所柄、生徒は六割が韓国人、三割が中国人、残りが日本人を含めたその他というところらしい。

「今日は団体さんの予約が入っていたのでヘルプ。千里さん一人じゃ、きついからね。ボクは六時間眠れるから大丈夫」

黄は、なかなか流暢《りゅうちょう》な日本語で応じた。その童顔から二十二、三歳に見えるが、実際は二十八歳。でも、まだ無理が利く年齢だ。

「明日で、丁度三ヵ月」ビールに口をつけた黄は、朝子の写真に哀しげな視線を向けた。

二月十四日未明、朝子は入院先の病院の屋上から身を投じた。手術前日のことだった。病名は胃癌。すでに初期段階を過ぎていたとはいえ、切除すれば助かる見込みは充分にあった。入院前、お見舞いに行くわと朝子に言うと、「奈美さん、どうせオールブラックのコーデでしょ。お葬式になっちゃうから絶対にこないで」とおどけて笑っていたのだが、彼女とはそれが最後になった。

病室には、手帳を破いた紙片に短い遺書が残されていた。

ごめんね　愛してる

仕事上、人の生き死にには、まったく知らない世界でもない。だが、謎めいた短い言葉からはわたしの知らない朝子が滲み出てくるようで、自分でも意外なほど怖さを覚えてしまった。

手術を控えた患者が不安のあまりに冷静な判断を欠き、自死を選択してしまう例は皆無ではないだろう。ただ、朝子をよく知る者からすれば、この最期には違和感が漂う。肉親にも近い間柄だった千里と黄が、真相を知りたいと望んだのは当然だった。

わたしはといえば、力になりたい気持ちはありながらも、そのことで朝子の見えなかった部分に光を当ててしまうことに臆病になっていた。だから朝子にお別れをした翌日、原田に呼び出されて仕事をあてがわれたのは自分への言い分けにもなったし、殺伐とした気晴らしにもなった。

ある上場会社の政治裏献金のリストが流出した。流出元は本社経理部長の某《なにがし》。事件に至る経緯には同情の欠片《かけら》も抱けない。五十代後半の某は、銀座のスナックで働く若い女に入れ込んだ。銀座というが、スナックの所在地は銀座寄りの新橋。会社の経費で店に金を落として同伴出勤を重ね、近づきにはなったものの、女は押せば引く、引けば少しだけ押してみせる。業界常識の生殺しで焦《じ》らされた某は、次第に見境を失くしていった。会社からくすねた金でプレゼント攻勢というだけでも問題だが、なにを血迷ったか、自身が管理する裏献金リストを持ち出した。ずらりと並んだ政治家の名を自慢したかったのか、記されていた額を動かす己を誇りたかったのかは知らないが、本来はプリント自体許されない極秘リストだ。翌日シュレッダーに投げ込めばいいと高を括っていたのだろうが、その夜、某は念願叶って女とベッドイン。そこに至るまでにリストの果たした効力は不明だが、ことが終わったところに人相と柄の悪い男——つまりヒモが現れお馴染みの恫喝《どうかつ》と相成り、某が持っていたリストに目を留めて、これはなんだという話になった。某は一発殴られただけで白状し、男は会社を恐喝にかかった。

まず、女と男が同棲するマンションに盗聴器を仕掛けた。リストは部屋のポスターの裏に、ＰＤＦにしたものをパソコンとＵＳＢメモリに保管したことを把握した。女の頭を占めるのはブランド品とセックスで、綿密な悪事を企《たく》む知恵はなさそうだった。司令塔は男。素性を洗うと元暴力団員で前科もある。わたしの分類ではプロ。手加減は不要。男を罠にかけて、暴力団に追われるようにした。同時に部屋に忍び込みポスターを剝がしリストを回収。パソコンは高電圧を流して破壊し、USBメモリ、光学ディスクといったすべての記憶媒体を持ち去った。暴力団に追われた男は恐喝どころではなく、女を置いて姿を眩《くら》ませた。

ここまでクリーニングすれば、会社側は経理部長の懲戒解雇でことがすむ。献金という必要悪をネタに揺すられ、マスコミにつつかれ、会社自体がスキャンダルにまみれることはない。これで原田にいくら渡ったかは知らないが、わたしの報酬は経費を含めて三百五十万円。難易度は低い仕事とはいえ時間と労力を要するのは当然で、目途《めど》がつくまでひと月半。それに加えて、市川から内々に相談を持ちかけられたあの件で、大阪までとんぼ返りしなければならなかった。お蔭で――、

「なにもしてあげられなくて悪いけれど、なにか分かったことはあるの？」

すると黄は、力なく首を横にふった。

「朝子さんのパソコンを見たんだけど」

その言葉についわたしが浮かべた表情に、黄は少しあわてたようだった。

「悩んだ。たくさん悩んだよ。でも、千里さんといっぱい話して、そうしようと決め

た。ボクにとって朝子さんは母と同じ。大切な人。日本にきた時仕事もなくて、一年くらいタダでご飯を食べさせてくれた。いろんなことを教えてもらった」

——わたしには家族がないの。縁がなかったのよ。だからここに転がり込んできた若い人との縁は大事にしたいの。

さり気なく、優しく、ときに厳しく、朝子が若い人たちに接する姿は幾度となく見てきた。彼女の庇護を受け、巣立っていった若者の顔が何人も浮かぶ。

家族だった二人が決めたのなら、ヨソ者のわたしが口を挟む筋合いのものでもない。でも、

「よくパスワードが分かったわね」

「BIOS《バイオス》に入れば、パスワードはリセットできる。あとは千里さんに開いてもらった」

確かめたのは予定表、メール、ネットのブックマークと閲覧履歴。

「予定表には退院したあとの約束もいくつかあった」

つまり、以前から自死を考えていたわけではない。

「メールにも特に変わったものは。ただ気になったのは、ユーチューブの履歴に、反韓デモの映像がいくつも」

「朝子さん、そういうものに興味あったの？」

「デモには哀しい顔していた。でも、興味があったわけではないと思う」

奇異には感じたものの、わたしはそれ以上突っ込むこともなく聞き流した。

「ねえ奈美さん。朝子さん、本当に自殺だろうか。亡くなる前日、明るかった。手術のことも怖がっていなかった。死ぬようには見えなかった」

「人が抱く闇は、外からは推しはかれないものよ」

成り行きとはいえ、ここまで聞いてしまったことを少し後悔した。朝子の夢を何度も見るのは、彼女の死の謎に踏み込もうとしない負い目の表れかもしれない。そんな思いをふり払い、自分の要件へ話を戻した。

「黄、お願いがあるの。写真を加工してもらいたいの」

「また？」

「頼むわ。ちゃんとペイするし、恩に着るから」

黄は小さく肩をすくめた。それが彼の、分かったという合図だった。

二章

1

　翌月曜、黄に送る写真を考え、苦痛を堪《こら》えて雑居ビル屋上の自然光で自撮《じど》りをした。夕刻、データを黄に送り電話で細かい指示を与えたあと、逃げるようにビールのプルトップを引いた。昔から写真は苦手だ。記念撮影には収まらなかったし、施設のイベントで職員にカメラを向けられると顔を覆ったものだった。今も自分を写したものは手許に一枚もない。知りあいや、馴染みの風景を写したものも、なにひとつ。一度きりの例外として昨年の冬、旅行先で強くせがまれて雪江のスマホに一緒に収まったことも、今は後悔している。彼女からスマホに転送されたその写真も、そのうち消してしまうつもりだ。時々、考える。どうしてそこまで写真が嫌いなのか。多分わたしは写真を眺めてふり返るほど、自分と自分の人生を愛してはいない。

二本三本のビールでは足りず、ワイルドターキーに手を伸ばした。明日の目覚めが、また最低なことを覚悟する。ユーチューブでオールディーズを流してボトルを半分ほど空けた頃、ボス——原田から電話が入った。


原田とのつきあいはかれこれ十五年。組織ではあるようだが法人ではない。つまりわたしは世間一般にいう社員ではない。社名もなければネットにわずかな情報もなく、原田が請け負う仕事の全容を、わたしは知らない。どれだけの企業とどのような契約を交わし、わたしのような実働部隊が何人いるか。そんなことすら原田は伏せている。彼の食の嗜好《しこう》、趣味、行動原理、思考パターン、そのあたりは自然と把握し推察もし、一部感化されたところもあるが、住まいや家族といった情報はなにも知らない。当初、一切詮索するなと厳しい口調で釘を刺され、今でも彼が身辺を匂わすことはない。

わずかに知る彼の過去を披露するなら、出は総会屋だ。現在は聞かれなくなった言葉だが、戦後、わずかな株式の所有で株主の権利を濫用《らんよう》し、企業から金品を受け取る者や組織が存在した。彼らは狙いを定めた企業の株主総会に乗り込み、大声で異議を唱えて、議事の進行を妨げた。企業側は総会屋にコンサルタント料を払い、彼らが発行する新聞や雑誌を大量に購入することで友好関係を構築し、なかには総会を乗り切るために逆に彼らを利用する社もあった。総会屋を名乗る者はピーク時、八千人を超えたとも言われている。

今は戦後の社会悪のひとつとして捉えられる総会屋だが、卓越した人物もいたようだ。伝説の総会屋、原田の師でもある山形初郎《やまがたはつろう》は、日頃、名立たる企業のトップに請われて進言を行うばかりか、政財界の人材同士を、ときに裏社会をあいだに挟んで結びつけ、戦後の日本経済を廻す一端を担ったフィクサーだ。短い白髪《しらが》頭に白鬚《しろひげ》を生やした、晩年の山形の写真を見たことがある。写真からも感じる、常人とは異なる力を宿した目が印象的だった。

原田がその山形初郎に師事していたのは、山形を書いたノンフィクションに弟子の一人として名があったことからも間違いない。だが原田は一九八一年の商法改正ののち、総会屋に見切りをつけた。この時の商法改正は総会屋を排除するために、端数株では株主総会に出席する権利を持たない『単位株制度』を新設し、総会屋に金品を渡した企業を罰する『株主への利益供与禁止』を設けている。

原田はある時、こんなことを言っていた。

——もう、総会屋は成り立たない。そう判断した。生きていくには、新しいビジネスモデルが必要だった。今さら白く生きることなどできない自分にできるビジネス、それは、客のほうから飛び込んできた。この問題を、なんとか穏便に片づけていただけませんか、とな。それが、今の仕事の原型だ。世は透明性、クリーン、という言葉を好むが、所詮人間、神様じゃない。汚いものがゼロになるはずがない。言い方は悪いが、糞をしない人間なんぞいない。こいつは人間の生理。つまり、汚いものは人間の生理ってことだ。ならば、それを秘《ひそ》かに、きれいに拭いてやろう。それが会社のため、ひいては日本という国のためになると、心に決めたんだ。

先読みした原田は転身に成功したものの、商法改正ののち、総会屋の多くは活動停止に追い込まれていった。因《ちな》みに原田の師であった山形は、一九八四年、毒を仰ぎ自死している——。

火曜の午後、新宿新都心ヒルトン東京に向かった。原田と会うのはここ数年、このホテルに落ちついている。吹き抜け構造の開放感と大樹を想わせる複数の巨大な柱、絞った照明が独特の様式美を醸し出すラウンジは、モーニングとランチの混雑さえ避ければじっくり話すのに相応《ふさわ》しい場だ。

黒のスーツにフラットパンプス、いつもの装いでラウンジに足を踏み入れたのは約束の十分前。すでに原田はソファーに身を沈め、イヤホンを差し、スマホを一心に凝視《ぎょうし》していた。

今年で七十歳。百七十五センチと聞いている身長は、この世代にしては大柄なほうだ。短く切り揃えた髪にはさすがに白いものが目立つが、ストライプの入ったダークグレーのスーツにダークカラーのドレスシャツという装いは、静かにラウンジに溶け込んでいる。近づくわたしに気づくとスマホから顔を上げ、(よう) と口の動きだけで告げて、小さく微笑《ほほえ》んだ。柔和《にゅうわ》さと厳しさが同居する笑顔には、いつもながら人生の年輪を感じる。

「まあ、座れ。昼飯がまだだったら、なにか頼んでいいぞ」

言いつつも視線はまたスマホに向かい、次に顔を上げたのは、わたしが向い側のソファーに座り、オーダーしたコーヒーが運ばれてきた頃だった。

「すまん、いいところだったんでな」低い声で告げた原田はソファーに座り直すと、眼鏡とイヤホンを外した。

「なにを熱心に御覧になっていたんですか？」

見当はついているものの流れで問いかけると、返ってきたのは案の定、「昭和のプロレスだ」という言葉だった。この話になった時だけ、原田は頬を緩めて饒舌《じょうぜつ》になる。わたしは興味もないものの、原田のお蔭でプロレスについてはひとくさり語ることができる。

「ボス、スマホは苦手とおっしゃっていましたよね。ユーチューブの閲覧、覚えたんですか」

「バカにするな。それくらいは前から見ている。知りあいが、試合の映像をスマホに入れてくれてな。プロレスの黄金期、六〇年代から八〇年代初期のものを百試合ほどだ。お蔭で空き時間が楽しくなった。いい時代になったもんだ」

呆れたわたしに気づいたか、原田は取り繕《つくろ》うかのように雄弁に語り始めた。

「いいか、プロレスは社会と人生の縮図のようなものだ。マッチメーカーが勝ち負けを巧みに操り、レスラーは自分の立ち位置を理解し、客を沸かせ、焦らせ、血肉あるストーリーを作りあげる。それをもって筋書きとか八百長とかほざく奴がいるが、世間を知らず上辺しかモノを見ることのできない連中の戯言《ざれごと》だ。虚実の駆け引きがあり、反則があり、裏切りがあり、しかし根底には暗黙のルールが横たわる。プロレスには、社会の、人生の、切ない香《かぐわ》しさがある」

原田は頭が切れるだけでなく弁も立つ。その裏返しで、すべてを理屈っぽく、それらしく語ってみせる。プロレスについては要は単純に好きなのだと見ているし、対処法もマスターしている。わたしは、終わりそうにない熱弁に口を挟んだ。

「プロレスに喩《たと》えるなら、我々はマッチメーカーだ。状況を読みストーリーを作り、相応しい人物に演じさせ、客を驚かせ満足させる。それが、わたしがこの仕事に持たせる美学だ。もう暗記しました。寝言でも言えます。レクチャーは、結構です」

わたしは一気に言い、話の腰を折られた格好になった原田は、少し鼻白《はなじろ》んだようだった。

「じゃあ、お前の好きな方面の話にしよう。ジュリー・ロンドンのアルバム未収録のシングル盤を集めたCDを手に入れた。聴いてみるか？」

「ありがとうございます。でもそれならば、ユーチューブで聴けますから」

「音質はよくないだろう」

「そこは、あまりこだわらないタチなので」

「わたしの音楽の趣味を受け継いだセンスは褒めてやるが、そういう言葉を吐くようでは、まだまだだな。まあお前もそのうち、いい音で聴きたくなる。ユーチューブよりCD、それよりもレコードだ。アナログに勝る音はないぞ。レコードジャケットも、ちっぽけなサイズのCDにはない味がある」

「今のところはユーチューブで充分です。あれこれ持ちたくない性分ですので」

「まだ青いな。いずれ、わたしが間違っていましたと、お前もこちらにくる。その時にはレコードプレーヤー、カートリッジ、アンプ、スピーカー、間違いのないものを紹介してやる」

　原田はその言葉でこの話を区切ると、ウエイターを呼んでコーヒーのお替りをオーダーし、半分しか手をつけていないサンドイッチを下げさせた。顔の色艶こそ戻ったが、二年前に胃の手術をしてからというもの、食は細いままのようだ。以前は八十キロ近くあった体重も、二割ほど落ちたのではないだろうか。

「具合は、いかがなんですか？」

　下がっていくウエイターを眺めながら、様子を聞いた。

「悪いこともないが、良くもない、というところか」

「薬はきちんと呑んでいるんですか」

「塩酸リモナーデとかいう奴をな。低酸症、つまり胃酸が少ないらしい。医者からは無酸症に近いと脅されている。消化不良、悪性貧血、意識障害、果ては認知症。これも若い頃、酒を浴び過ぎたツケかもしれん。百薬の長も過ぎれば百の毒と化す。行け過ぎるクチのお前も、気をつけたほうがいいぞ」

そんな会話のあいだに運ばれてきたコーヒーに形だけ口をつけた原田は、足許のアタッシェケースから黒革の分厚い手帳を取り出すと自分の正面にぴたりと置いた。仕事を始める時の儀式でもあり、この瞬間、未だにわたしは身の引き締まる思いがする。三十年の長きにわたり書き込まれてきた手帳は、彼の記憶の箱をひもとく索引のようなものらしい。複数の手帳を張りあわせてあり、厚さにして六センチもあるだろうか、スマートさはないが、鍛え上げた鋼《はがね》のような凄みを感じる。中身を見たい？興味はあるが、原田はそれほど脇の甘い男ではない。

「さて、本題といこう。例の美国堂の騒ぎのことは」

原田は、わたしの目を覗き込んだ。

「役員の不適切発言のことでしたら」そう応じてみると、原田は満足そうにうなずいた。

「なら、話は早い。韓国人役員の暴言で騒ぎになり、先週金曜、本社にデモがかかった。明日は大阪支社と、勢いもついてきている」

「ネットにあの映像が上がってから、ひと月経っています。そのあいだ、美国堂は黙って手をこまねいていたんでしょうか」

市川とのやり取りを伏せ、そう訊いてみた。

「リスク・危機管理統括担当役員様は解析だけはしていたようだが、高を括ったか、ほっかむりを決め込んだか。いずれにしろ静観だ。こちらからもあえて動かず、灸《きゅう》を据えてやった」

「そのお顔からすると、泣きついてきましたか」

「金曜の夜、あわてた様子で電話が入った。すぐにでも会いたいということだったが、わたしも忙しい。昨夜、会ってやった」

口調こそ穏やかだが、原田の目の鋭い光からして、さぞや宮浦は肝の冷える思いをしたことだろう。修羅場をくぐり抜けてきた原田の静かな迫力は、どのマーケティングの教科書にも載っていない。

「その席で向こうが詫びを入れたので、こちらも矛《ほこ》を納めた」

原田は、わたしの予想とは異なる答えを口にした。

「それでは」

「ああ、仕事だ。どうかしたか?」

「お受けになったとは、意外な気がします」

原田の排除にかかっている窓口こそ宮浦だが、糸を引いているのは社長の大池。以前聞いた話では、原田は大池が社長に就任した際、面談を試みている。しかし、当時会長の北原は大池のそういうところを理解していたからか、原田の窓口は自分が続けると、大池と距離を置かせる形を取った。北原が健在であれば、それでなんの問題もなかった。ところが北原が亡くなったことで、原田と美国堂の関係は微妙になった。昨年の夏頃、原田は、美国堂とパートナー関係の継続は難しいかもしれないと呟いていた。つまり今年一月、宮浦の通告を待つまでもなく、原田は予兆を感じ取っていた。

「昨夜の席には、大池社長も姿を見せたんですか」

「いや、宮浦だけだ。ただ奴は、必ず大池とのセッティングを行うこと、大池にわたしを認めさせることを約束した。お前の報酬は必要経費込みで六百万円だ」

難しい仕事とはいえ、原田はいつもより数割も高い金額を提示した。

「仕置き料も含め、吹っかけた。奴はなにも知らぬだろうに、西澤さんにやっていただきたいと言ってきた。その指名料も入っている」

宮浦は本当に、原田を大池に認めさせる気でいるのか。宮浦がその気でも、市川の話からすると、大池が縦に首をふるとは思えない。安易で楽観的な落としどころに違和感を覚えたが、原田はわたしを置いてきぼりに話を進めた。

「美国堂は近々ホームページにコメントを出す。土日、幹部連中が雁首《がんくび》揃え文言をあれこれいじくり回したものの、まだ結論が出ていないらしい。あの発言は提携前ののもので、今は林《イム》も反省し、日韓両国のため経営に邁進《まいしん》しております。どうせそんなところだろうに、どれだけ時間を費やすつもりか。災難に直面した大企業がやる、お決まりの笑えない喜劇だ」

「糺す会について、美国堂内部で調査は進んでいるんでしょうか」

無意味なリリース文書には興味もなかったが、会のなんらかの資料が原田の手に渡っているなら参考にしたかった。

「そんな力など奴らにあるものか。せいぜいネットで上《うわ》っ面《つら》を検索する程度だ。そこもお前にやってもらうことになる」

半ば無駄を覚悟で置いた手が、活きるかもしれない。

「すぐさまコンタクトします」わたしは、応じた。

2

翌日降り立った大阪は灰色の風景、息を潜めたような小雨《こさめ》に煙っていた。往復六時間の日帰りになるが、仕事の際には、なにをおいても現場を見ることにしている。デモの流れはSNSで確認した。午後二時、中之島《なかのしま》公園芝生広場に集合、堂島の美国堂大阪支社まで行進し、建物を取り囲んでシュプレヒコール。のち、集合場所まで戻り解散。そんな予定だ。

のぞみ二一五号で昼前に新大阪に着き、サングラスに帽子、ウイッグで変装して、中之島に向かった。服装も、普段とは異なる明るめの色あいのTシャツにジーパン、ベージュのカーディガンを羽織った。知った顔がいるとは思わないが、今の時代、誰かが掲げたスマホに写り込む可能性がある。今後どう動くかまだ決めたわけではないものの、万一にも先々のつまらない躓《つまず》きとならないように、今日のわたしは群衆の一人でなければならない。

集合時間十分前の中之島公園芝生広場には、この雨のなか、五、六百ではきかない人が群れていた。合羽《かっぱ》を着込み誘導棒を手にした警官も多数いる。少し離れたところには黒い雨傘にスーツ、耳にイヤホンを差した公安の姿もある。そんな空気を感じていないのか、参加者の多くはイベントでも待つように和気《わき》あいあいと語り、笑い声も聞こえる。年齢層は団塊の世代から十代とおぼしき若者まで様々。男性が七割、女性三割というところか。わたしは、さっきデパートで買った花柄の折りたたみ傘で顔を隠して、群衆の一人となった。

二時五分。迷彩柄のレインポンチョを着た三十代後半の男が、拡声器を手に脚立に上がった。ボサボサの長髪に無精髭《ぶしょうひげ》が似合ってみえる長身の男は、エルチェと名乗った。日本を生きる会・美国堂を糺す会代表のエルチェを目に焼きつけ、スマホで撮影した。

「雨のなか、お集まりいただき、ありがとうございます。皆さんこそが、今の日本を憂う、真の日本人です」

拡声器の割れた声に拍手が湧いたあと、あたりは不思議なくらい静かになり、すると、傘に落ちる雨音が大きく聞こえる。

「我々は、純粋《ピュア》で輝ける国家樹立を目標に、いわゆる在日特権、特別永住資格、外国人参政権に断固反対し、誤った認識を持つ日本人同朋を正しく導くため、日々邁進してきました」

雨が少し強さを増した。エルチェは仲間が差しかけようとしたビニール傘を払い、続ける。

「しかるに美国堂は、螺鈿《ナザン》という韓国三流企業に肩入れし韓国に利益を垂れ流すばかりか、螺鈿の社長林彰又《チャンウ》という韓国人を役員に招いています。これがまだ、正当かつ健全な企業活動であるなら、我々も目を瞑《つむ》ります。なぜなら我々は、良識を持った日本人だからです！」

右に左に体を向け、大きなジェスチャーで言葉にアクセントをつけ、自分たちのモラルをアピールするエルチェに、拍手が湧いた。

いわゆる反韓と呼ばれる運動の一部は、いっとき、ヘイトスピーチという手法に訴えていた。これは特定の人種、民族、宗教等を激しく攻撃する言論行為で、人種問題の根が深い米国では一九八〇年代後半にはすでに一般に知られていた概念だ。日本では二〇一三年頃から大久保や大阪鶴橋で行われた反韓デモにおいて、差別表現が声高に叫ばれたことで世の知るところとなった。この手法は世間でも問題になり、当の団体内部からも疑問視する声が上がっていった。二〇一六年、罰則のない理念法ではあるが『本邦外出身者に対する不当な差別的言動の解消に向けた取組の推進に関する法律』いわゆるヘイトスピーチ規制法が施行されたことも手伝い、その手法自体は次第に影を潜めている。エルチェもそういった手法とは一線を引いているようで、自分たちはあくまでも常識を備えた運動体なのだと、さらに言葉を添えていく。社会通念に照らしあわせた自己肯定。自分たちは正義なのだ。参加者が高揚していくのが分かる。この空気感はネット配信では理解できない。現場に立ってこそだ。

「しかし、美国堂の常務執行役員となった林彰又は、八年前とはいえ韓国でこのような発言をしているのです。正確を期するため、仲間が日本語に訳したものを読み上げます」

エルチェはポケットからメモを取り出した。

「いいですか、読みますよ！　日本の戦争責任は永遠に解決しない。彼らは永久に――」

エルチェはあたかも自分が日本を糾弾するような強い口調で、ネット映像の日本語訳と同じ文言を読み上げていく。のち、挑むように参加者を見渡し、

「国辱発言だっ！」

拡声器を通さず生の声で発した雄叫《おたけ》びに聴衆は強い拍手で応じ、あちこちで追随の声が上がった。満足そうにうなずき聞き手を見回したエルチェは、右手を上げて声を制した。

「我々は、美国堂の目を覚まさせなければならない。さあ、彼らに、真実を教えに行こう！」

歓声のなかエルチェは脚立を降り、あとを受けてハンドマイクを握ったスタッフがデモ行進に際する注意点を説明し始めた。こちらは要領を得ず聞き取りにくい。その後、参加者を二百人ごとの梯団《ていだん》に区切り始めたが、モタついている。エルチェの演説

が巧みだっただけに、このギャップは意外だった。見かねた警官が整理に動き、ようやくのこと群衆はぞろぞろ進み始めた。梯団は五つ。ざっと千人が参加している。主催者側が用意したカメラのほか、数社、地方局だが報道のカメラもあった。

先頭集団は『美国堂は韓国寄りの経営を止めろ！』『美国堂は林《リン》を断罪しろ！』『大池は説明責任を果たせ！』といったプラカードや横断幕を持ち日の丸を掲げている。しかしあとに続く者たちに揃いの鉢巻やゼッケンがあるわけではなく、時折、手製のプラカードや日の丸が見える程度だ。「美国堂は目を覚ませ！」「韓国と手を切れー！」周囲で沸き起こる声に適当にあわせながら、先程の演説を思った。彼の身ぶり手ぶりや緩急の呼吸に、重なっていく姿がある。

強さを増してきた雨に濡れながら理解した。木部雅巳に似ているのだと。

木部雅巳。心の中の日本の会代表。そもそも彼女は美国堂の社員だった。一九九五年に大学を卒業し美国堂に就職している。その六年後、美国堂は韓国に支社を設置、木部はプロジェクトに関わり、二年後にスタッフの一人として韓国に赴任した。その地であった個々の事情は知らないが、韓国人の考え方、習慣と反《そ》りがあわなかったようで、二年で日本に戻り、美国堂を去っている。ネットに残る彼女のコメントでは、この頃は隣国の人間と上手くやっていけない自分に、負い目と自己嫌悪を覚えていたとある。アルバイトで暮らす彼女は三十四歳の時、リベラル系メディア、日本の戦争責任、領土問題、在日、韓国、中国、北朝鮮などに異を唱える集団、いわゆる保守系市民グループに出会う。こういう言葉も残っている。「わたしは、初めて解放されたのです。自分が間違っているのではと悩んでいたのは、戦後の日本人にかけられたリベラルという悪しき魔術の所産であり、多くの日本人はまだその術中にはまっているのです。日本人は覚醒し、真の日本国家を樹立せねばならないのです」

木部は二〇一〇年、心の中の日本の会を設立。数々の運動に手を染める彼女にわたしが対峙《たいじ》したのは二〇一五年。美国堂が韓国の音楽、K-POPの東京ドーム公演を買い切り、自社製品の購入者を抽選で招待したことが発端だった。

当時、韓国ブームは去り、二〇一一年の紅白歌合戦に三組が同時出場を果たすまでになったK-POPも下火になっていた。K-POPサイドは東京、大阪、博多の三ヵ所で計五回のドーム公演を開催、韓国の人気アーティストをこぞって送り込むことでブーム再燃を目論んだ。しかし、三万から五万人を収容するドーム公演には無理があった。かなりの無料券がばら撒かれたという話もある一方、東京ドーム一公演分を美国堂が買い取ったのは、二年後に螺鈿株式会社を完全子会社化した動きとも関連がありそうだが、事実関係についてはわたしの知るところではないし、政治的駆け引きには興味もない。ただ、保守系市民団体は木部が起こした運動に集結し、元社員という彼女の経歴も世間の目を引き、木部雅巳は運動の象徴と化した。二〇一五年三月に行われた『美国堂PRESENTS・ALL　K-POP東京ドームFESTIVAL』は満杯となる一方、ドーム周辺では主催者発表で四千人規模のデモが行われ、公演後も美国堂に対する攻撃はさらに激化した。当時広報部課長の立場でわたしの窓口となった市川が、「売上げを伸ばすために実施したキャンペーンで逆に売上げを落としたのでは、なにをやってるか分かりませんよね」と嘆いていたが、木部曰《いわ》く「寝かしつけた悪を起こす」美国堂の行いは製品の不買運動に発展、二〇一五年度の美国堂の売上げは十一年ぶりに前年を割り込んでいる。

当時、ユーチューブにアップされた木部の映像は何十回となく見たし、デモに潜り込み生で演説も耳にした。激しい主張は相容れなかったが、話の間、目線、所作、聞き手の情緒に寄り添い、煽《あお》る、といった彼女の演説が抜きん出たものであるのは、たしかだった。

木部を師と仰ぐエルチェは、彼女の影を追い求めた。先ほどの演説を思い浮かべた。エルチェに木部が、重なって観えた。

デモは沈黙を決め込んだ美国堂大阪支社を囲み、エルチェが声明文を読み上げた。韓国と手を切れという主張を無視する限り、我々は美国堂の製品を断固ボイコットする。そんな内容だ。参加者全員でシュプレヒコールののち、中之島公園芝生広場まで戻り解散した。

参加者の多くは先程美国堂に眦《まなじり》を上げ拳をふり上げていたのが嘘のように、長閑《のどか》な様子で散っていく。「茶していかへん?」「これから梅田行こか」そんな声も聞こえる。わたしも公園を離れて最寄り駅に向かった。もったいない気もしたが、趣味とは異なる花柄の傘は、駅のごみ箱に捨てた。

3

どうやって火を消そうか、考えた。

改めてネットを隅々まで検索したが、エルチェの素性や会を構成するメンバーの情報は得られなかった。そんな予感があったからこそ、フライングながら黄に工作依頼をかけたのだが、できればターゲットに自分を晒す潜入はしたくないのが本音だった。肚《はら》が定まらず、金曜に予定されている次回のデモの具合で決断することとし、それでも翌日、一応の準備のために高円寺へ向かった。

高円寺南口に立つ古びたワンルームマンションの六〇二号室。エントランスの郵便受けに挟まった林田佳子《はやしだけいこ》の手書き文字は褪《あ》せている。彼女がここに住み四年四ヵ月。家賃は月八万六千円、年百万円ほどの出費だが、これも必要経費のうちだ。郵便受けに突っ込まれたチラシをゴミ箱に捨ててから、エレベーターで六階に上がった。ドアを開けると左にキッチン、右にバスとトイレ、奥に六帖ほどのフローリング。そんな間取りの部屋にベッド、テレビ、レンジ、掃除機といった最低限の生活用品を持ち込み、週一度は存在証明の傍ら、簡単な掃除程度を心がけている。クローゼットに入れた林田佳子名義の運転免許証と健康保険証を確認した。両方とも偽造品だ。その免許証で契約したスマートフォンも充電した。商店街の古着屋で林田佳子らしい服を何着か手に入れて、コンビニで缶コーヒーを買った。部屋に戻り、コーヒーを飲みタバコを吸う。スマホで、ユーチューブに残る木部の映像を見た。演説、友好市民団体代表との対談、彼女の呼吸を読み、口調や仕草を真似てみる。そんなエクササイズを二時間ほど続けていると黄からメールが入った。添付された写真を確かめた。拡大しても不自然さはない。いい仕事だ。お礼のメールを返したところに、雪江から夕食の誘いが入った。明日のデモは午後。仕事が押せば会うことも難しくなる。気分転換を兼ねて、今夜の約束を承知した。

雪江との出会いは二十七年前、場所は埼玉にある大舎制の児童養護施設。わたしが八歳、雪江はまだ五歳の時分だ。当時から親しかったわけではない。施設には常に四十人近い児童が暮らし雪江とは部屋も別だったし、子供の頃の三歳という距離は大人になってから思う以上に遠いものだった。いや、同い歳だったとしても、無口で殻に閉じ籠《こも》ったわたしは、彼女と親しくはならなかっただろう。毎週会って、食事をして、愛しあう。こういう関係になったのは、二年前に再会を果たしてからのことだ。

大久保駅で雪江と落ちあった。ネパール料理店でチャウミンとスープモモ、アルタレコ、メインにバターチキンカレーを味わい、ネパールアイスのプレミアムラガーを数本空けた。雪江はよく喋り、よく笑う。わたしは相槌《あいづち》を打ち、たまに言葉を返すだけ。わたしが陰なら、彼女は陽。だから惹かれあうのかもしれない。アッシュブラウンの長い髪を後ろに流し、ビールを口にし、唇についた泡を小指でぬぐい、アルタレコをつまんで口にする。すべての仕草がわたしをくすぐる。ふっくらした頰と白い肌に触れたくなる衝動を、幾度か抑えなければならなかった。

鉄のドアを開けて部屋に入り、ベッド脇のローテーブルで改めて乾杯し、小鳥のように小さなキスをした。少し酔いを含んだ雪江の目が、すっと浮かべるコケティッシュな笑みが可愛い。ブラウスのボタンを外して、黒のタイトスカートに手を差し込んだ。この娘《こ》には明るく淡い色あいの装いが似合うはずだし、そんなアドバイスも随分したのだが、わたしのような黒をまといたがる。酒とタバコにひたりきる埋めあわせにトレーニングを課したわたしの体は、女性らしさとはかけ離れている。それゆえの色だ。雪江のように柔らかな体をしていたなら、わたしだって愛らしい装いを……、したところで、なんのために？　男にアピールする気なんてない。男の性なんて、真っ平ゴメンだ。

雪江を抱き上げて、少し乱暴にベッドに落とした。小さな嬌声《きようせい》を上げる雪江から、ショーツを剝ぎ取った。

「奈美、その前に、シャワー」と請う声を唇で封じ、スカートをたくし上げて舌を這わせた。

「どうしたの、奈美」その声をわたしは、愛撫で消した。

わたしのなかで、獣が、昂《たかぶ》っている。愛情、肉欲、いや、狩りの前の儀式。

大きな仕事の前は、いつもそうだ。今回は大きな仕事になる。そんな予感があった。

4

翌金曜、美国堂本社を標的に二回目のデモが開催された。デモにあわせたわけではないだろうが、美国堂は林の発言に対する公式コメントを発表した。

弊社常務執行役員林彰又の発言につきまして

お客様各位

平素は弊社製品をご愛顧いただき、厚く御礼申し上げます。

弊社常務執行役員林彰又が螺鈿株式会社内で社員に行った講話が、現在、ネット上に投稿されております。この講話は八年前、弊社と螺鈿株式会社が提携を行う前のものであり、今日とは環境、状況が大きく異なっております。現在、美国堂の一員である林は日韓の枠を越え、オールアジアのため業務に邁進しております。何卒《なにとぞ》、ご理解を賜《たまわ》りますよう、お願い申し上げます。

デモの集合場所堀留《ほりどめ》児童公園は、日本橋堀留町一丁目にある。人形町駅から徒歩で五分。南を除く三方を高いビルに囲まれた、南北に長い中庭のようなところだ。北側にはブランコや滑り台といった遊具が並び、普段は人の姿も少ない憩いの場なのだろうが、そこに、水曜の大阪よりも明らかに多い人が群れていた。ここは日本橋界隈《かいわい》の児童公園では大きいほうだが、これだけ集まるとさすがに手狭に感じられる。周囲のビルから、時ならぬ集団を珍しげに見下ろす人の姿もあった。

ざっと見たところ、参加者は千人では利かないだろう。ライトブルーのデニムパンツにオリーブ色のロングシャツ、ナップザックを背負い帽子とサングラスで素顔を隠し、わたしもそのなかの一人となった。

エルチェは大阪と同様の演説に加えて美国堂のコメントにも触れ、

「単なる言葉面《づら》だけで伝わるものがない。あの会社が得意な、木で鼻を括った発言だ」そう切り捨てた。

デモに際する注意事項徹底のお願いをスタッフが読み上げたあと、列は動き始めた。大阪とは異なりスタッフが甲斐甲斐しく走り回り、進行はスムーズに行われている。集合場所から日本橋本町の美国堂本社まで、距離にして一キロメートル強。周囲の会話によると、美国堂本社に近い坂本町公園が隣接する小学校の建て替えに伴い使用できず、代替として堀留児童公園が選ばれ、結果、この距離になったようだ。自前のプラカードや横断幕を用意した参加者もいるが、殺伐とした雰囲気はなくデモというよりパレードのようだ。ビジネスマンやOL、平日の買い物客の視線を受けながらデモは進み、美国堂本社を取り囲んだ。十一階建ての重厚なビルと、その下に群れる人々という構図は、さながら権威と市井《しせい》の対峙。大きな存在、満ち足りたものへの反感、自分がそちら側でない怒り、そういったものが心に火をつけるのか、さっきまで穏やかに歩いていた者たちが殺気立ち、怒りの言葉をビルに叩きつけ始めた。

「美国堂は韓国寄りの経営を止めろ！」

「美国堂は林《リン》を断罪しろ！」

「大池は説明責任を果たせ！　代表者は出てこい！　我々と話しあいをしろ！」

デモに備えて警備員が十人ほど張りついた美国堂本社はひっそりしていた。シャッターこそ下りていないが、正面玄関を出入りする者はいない。宮浦も市川も建物のなかで息を潜め、この光景を眺めているのだろう。デモの一人がペットボトルを投げつけたことに触発されたか、ものを投げる参加者が増えていく。主催者側のマイクがそういった行為を諌め、警備員が、警官が制止するが、かえって煽るようなもので、いっとき騒然となった。

グズグズしていたら消火できなくなる。行動に移る決意を固めた。

公園まで戻り解散となった。人が引けていくなか、横断幕や日の丸を片づける十人ほどの集団を観察した。先ほど走り回っていたスタッフの顔がいくつか見える。

「ベン、レノン、ケン！」ベンチで足を組んだ三十代後半ほどの男が手招きし、傍《そば》までやってきた三人を相手に声高に叱責を始めた。デモの仕切りについて駄目出しをしているようだ。直立不動の三人を前に男は腕組みを決め、厳しい言葉がここまで届く。他のメンバーは関わりを持ちたくないのか見て見ぬふりを決め込んでいるようだったが、やがて長身の男が近づいていった。エルチェだ。彼は男に語りかけ、やり取りののち苦笑とともに離れ、男はまた三人になにやら言い始めたものの、声のトーンは幾分下がったようだった。わたしはサングラスと帽子を取り、横断幕を折り畳むエルチェに近づいていった。

「お疲れ様でした」努めて明るい声をかけると、エルチェと周囲の数人が顔を向けた。

「久しぶりに参加させていただきましたけど、いいデモでした」

近くで見るエルチェは思いのほか目鼻立ちが整っていた。無精髭がなければ美男の部類に入るだろう。背も高く、百六十二センチのわたしは仰ぎ見る形になる。目は探るようだが、少し口許が緩んだ。

「あの林って役員、許せません。美国堂はあくまでも日本人だけで経営すべきです」

エルチェの仲間たちがなにか言う前に、抑揚を効かせて語りかけた。

「同感だ」エルチェは言って、ぼさぼさの髪を両手でかき上げた。

「初めまして、林田佳子といいます。会のお手伝いをさせていただけたらと、思いきって声をかけさせていただきました」

突然現れたヨソ者に皆冷ややかな視線を向けたが、エルチェは反応した。

「市民運動の経験はあるのか？」

「経験というほどのものは。でも三年前に美国堂が韓国の公演を買い取ったのには頭にきて、何回かデモに参加を」

「ああ、俺も、ここにいる連中も何人か参加していた」

エルチェは言いながら、仲間を見渡した。

「そうだったんですね。わたし、あの時デモを率いた木部さんと、ほんの少しだけど御縁があったんです」

木部の映像から取り入れた抑揚、目線、首の傾げ方といった癖を意識して、わたしは語る。人は初対面の相手に警戒心を抱くが、友人や憧れの人に似た雰囲気を感じ取ると無意識にガードを下げる。化粧のほうも目元を少し気だるげに、ルージュは柔らかな色で木部の雰囲気に近づく工夫も施した。

スマホをポケットから引き出して、写真を探す小芝居ののち、エルチェに示した。黄に頼み、昨日送られてきた合成写真だ。混雑したドームを背に、わたしと木部が並んで写っている。以前撮った木部の写真にわたしを入れ込んだもので、型の旧《ふる》いメガネをかけて化粧の雰囲気も少し変え三年前を演出した。

エルチェはしばらく写真に視線を落としたあと、呟いた。

「懐かしいな。俺も彼女には世話になった」

「このあいだ、会のサイトを見て驚きました。木部さん、お亡くなりになったんですね」

エルチェは、静かにうなずいた。

会のミーティングがあったようだが、エルチェは「取りあえずお前たちだけで進めてくれ。あとで合流する」と仲間に言い置き、日本橋三越の近くにあるカフェに二人、場所を移した。エルチェはジーパンにポロシャツ、両方とも着古した感があり、外見を気取る男ではなさそうだ。

「エルチエってハンドルネーム、どういう意味なんです？　どう考えても名前の頭文字じゃないですよね。子供の頃のあだ名かなにかですか？」無邪気さを装い訊いてみた。

エルチェをざっとネットで当たってみたところ、世界遺産を持つスペインの自治体、サッカークラブ名、法人名といったものが出てきたが、いずれも彼とは結びつかない。

「ハンドルはハンドルさ。大した意味はない。我々はもともとネットで知りあったので、皆、ハンドルで通している。今日一緒にいた連中の本名や住まいもほとんど知らないんだが、今の時代、メールやSNSがあるから不自由もないし、こういう繋がり方が新しい共同体だと思っている。だから本名はメンバーにも教えていない。あなたみたいに最初からリアルで声をかけてきたメンバーは少ないんじゃないかな。ところで、ハンドルはあるの？」

「リンダ。林田だから、リンとタで、リンダです」

「じゃあ、リンダでいこう。木部さんとはかなり親しかったのか？　悪いがあの頃、あなたを見た覚えがないんだが」

「親しいなんて言ったら木部さんに叱られます。何回かお茶をご一緒した程度ですから。木部さん、一見クールなのにパンケーキとモンブランが好きだって。可愛かった」

当時、木部の身辺は徹底的に洗っている。そこで得た知識を、わたしはエピソードとしてエルチェに示した。

「そうそう、好きだった。懐かしいな」

「アイスティーにガムシロップをふたつ入れるか、ひとつで我慢するか、凄く悩むんですよ」

探るようなところがあったエルチェの表情が次第に綻《ほころ》んでいく。そのあともわたしはいくつか木部との創作話を語り、彼は彼で木部と自分の出会いを告げた。

「でも、二年前に彼女は亡くなった」

エルチェの声は、一転して暗くなった。

「彼女が死に至った詳しい経緯を知っているか？」

知ってはいたものの、わたしは、首を横にふった。

「三年前、彼女は美国堂ドーム事件の運動の象徴となった。あの頃の彼女は素晴らしかった。ものの考え方、状況の読み方、演説の手法、そして戦略、すべてが別人のように高まり、市民団体を大同団結させて一般人を巻き込むに至った。眠っていた才能があそこで開花したのだろうが、なにがきっかけだったのか。とにかく、彼女が率いた運動は大成功を収めたんだ。不買運動は、あの会社の業績に影響を及ぼすまでになったからな。当時の美国堂の決算報告書は、『前年に消費税増税前の駆け込み需要があったため、その分今期の売上げが減った』そんな負け惜しみですませているが、あれは間違いなく彼女の功績だ。だが、勝ったところで金にはならない。それが市民運動だ。彼女は、無理をし過ぎた」

そもそも収入は少なく、彼女自身の生活は追いつめられた。それが祟《たた》ったのか体調を崩し、健康保険に未加入の彼女は友人の保険証で診察を受けて薬を手に入れた。窓口負担は医療費の三割に過ぎないがその支払いにすら苦しむなか、彼女は医者から提案を受ける。それが、診療回数を実際より増やし、代わりに彼女の負担金をなくすというものだった。ただ、船橋に住むその医者が行った診療報酬の不正請求は、木部だけに止まらなかった。若い愛人に入れ上げた医者は百人以上の保険証から同様の不正を行い、億単位の金を女に貢《みつ》いでいた。保険証を医師に貸した面々はアルバイト料ほどのはした金をもらうことで加担、それが明るみに出たのが三年前の七月。

「それがネットで広がり、彼女は叩かれて、運動は萎んでいった」

木部は起訴され、執行猶予つきの判決が出た翌日に睡眠薬を仰ぎ、自ら命を絶った。

「彼女はプライドの高い人だ。堕ちてしまった自分を赦せなかったのだろう。ただ判決の出た日、電話口で気になることを呟いていたんだ」

――わたし、なんだかはめられた気がする。春が、消えたの。

「あの言葉はずっと引っかかっているし、俺は未だに自問するんだ。あの時、もっときちんと話を聞いてあげていたなら、彼女を救えたんじゃないかと」

彼の目に、静かな怒りが灯った。

三章

1

　エルチェは単に木部の思い出話を望んだわけではなく、林田佳子の審査をしていたようだった。

「デモの参加人数こそ増えているが、運動を手伝おうという人はなかなかいないんだ。取りあえず、やってみるか?」

　メールアドレスを訊かれ、ミーティングに参加を勧められたからには、まずは合格なのだろう。ただ、こちらの携帯電話番号を伝えたものの、彼は自分の番号を教えてくれなかった。仲間として信用を得るのはこれからということだ。

　ミーティングの場に向かいながら、会の概要を聞いた。美国堂を糺す会は、他団体からの参加を促すために新たに用意した器だという。木部さんならどうするかと考えた末のことだと、エルチェは語った。しかし実際にその会で活動しているのは、大阪も含めてほぼ日本を生きる会のメンバーらしい。団体ごとに細かな主張があり、あるいは主導権を取りたがり、と簡単には相容れないようだ。

「ここが俺の足りないところだ。木部さんなら他の団体とも上手く話をつけられただろう。ただ、運動に勢いがつけば、きっと参加するようになる。今は努力と我慢の時だ」

「皆さんは、いつもどこかにデモを仕掛けているんですか」

「そんなことはない。ここ数ヵ月は休眠状態だが、会として主に行っているのは勉強会だ」

日本の正しい歴史、間違った歴史認識、そういったものを学びあい、議論する。年に数回はネット会員を対象にホールを借りて会合を開く。

「理論武装も必要。同時に会の活動実績も示さないと存続が危うくなる。どこからも活動資金は出ない。市民運動というのは、これでも大変なんだ」

ミーティングの場はコーヒーが二百円のカフェ。机を三つ寄せて雑談に興じるメンバーの輪に加わった。ジーパン、チノパン、トレーナー、半袖シャツ、そんな身なりの一団は、あたりのスーツ姿のサラリーマンたちから浮いて見える。改めてエルチェから紹介されて新参者らしく端に座り、皆の言葉に耳を傾けるふうを装った。メンバーはエルチェを含めて九人。この頭数で参加者が千人にも及ぶデモを仕切るのは、さぞ大変だろう。ハンドルネームでしかないが、全員を把握した。エルチェと同じ年恰好はハオウとボート。女性はマサミン、イーチャンの二名で、両名とも三十歳前後。その二人と同世代がケンケンとベン。モグモグとレノンはさらに若く二十五歳あたりだろう。モグモグは大阪でも見た覚えがある。主に喋るのはエルチェ、ハオウ、ボートで、マサミンとイーチャンが言葉を差し挟む、そんな感じだった。デモの運営について一応の話しあいが終わると、雑談に流れていく。ここではレノン、モグモグも明るく語り始める。どこにでもいる、明るい若者の集団だ。気になったのは、オコゼのような大きな口に眠たげな目をしたハオウ。公園で若いメンバーを説教していたこの男だけは斜に構えたような物言いをし、新参者のわたしに時折、睨《にら》むような視線を向けていた。

午後六時前にミーティングはお開きになり、カフェを出た時、マサミンが近づいてきた。

「わたし、マサミンです。よろしくね」

神経質そうな眼差しに加え早口なのがきつい印象を与えるが、はにかむように笑ったところは案外人懐っこそうだ。今の時代に髪を染めず黒のままなのも珍しい。外見で損をしている女性かもしれない。

「こちらこそ、リンダです。いろいろ教えて下さい」

わたしは少し、畏《かしこ》まったふうを装った。マサミンは小声になり、

「ハオウって分かる？　チェックのシャツを着た目つきの悪い奴。あいつには気をつけてね。あっ、目をあわせちゃ駄目よ」

美国堂を糺す会に合流しているものの、ハオウは自身で「大和愛国研究会」を主宰し、市民運動の経験自体はエルチェより長い。その自分が糺す会ではエルチェの下の副代表であることが面白くないのか、腹いせのように他の面々に当たるのだという。

「あいつ、あなたが最初にエルチェに声をかけたことが気に障ったみたい。代表はエルチェなんだから、そんなこと言っても仕方ないのに。あなたたちが合流する前、あなたのことを怪しいとか気に入らないとか、ぶつぶつ言っていたんで」

ありがとうございます。少しオドオドしたように礼を言い、カフェ前で立ち話する面々に頭を下げてから駅に向かった。日本橋から東西線中野行きに乗り込み、混みあう車内を視線だけでうかがった。意識したものではなく習いの所作だが、隣の車両に

ちらりと映った姿が気になった。高田馬場で空いた座席に腰を下ろして、直径二センチほどのレンズをスマホのカメラ部分に取りつけた。この小さなレンズはあらゆる角度に自在に動き、鏡のような働きをする。つまりこれを用いれば、スマホ本体を向けずとも対象物を撮影できる。数年前、米国のクラウドファンディングで見かけたPEEK-EYEという名の器具で、国内で一般発売はされていないはずだ。レンズを隣の車両に向けると、チェックのシャツを着た男がこちらをうかがっている。癖のある目でわたしを見ていたハオウだ。わたしが群れを離れた時、彼は若いメンバー相手に話をしていた。タイミングからいって、たまたま一緒になったとは考えにくい。中野で総武線に乗り換えると、あとをついてくる。マサミンの忠告通り、わたしに含むものがあるのか。あるいは、わたしが怪しいことを証明できれば、仲間に引き入れたエルチェを責める材料になると踏んでいる。それとも、素性を確かめるようエルチェに頼まれたのか。

高円寺で下りて、商店街のスーパーで食料品を買った。ハオウがついてくることを確認しつつ、林田佳子名義で借りているマンションに戻った。エントランスにある小さな郵便受けを開き、投げ込まれていたチラシをさも郵便物のように眺めながら、エレベーターで六階に上がった。今頃ハオウはエントランスで、並んだ郵便受けに林田佳子の褪せた手書き文字を確認していることだろう。

生活感のない部屋でタバコに火をつけ、缶コーヒーを手に壁に寄りかかった。今日のところは、これでいい。林田佳子は実在すると、ハオウが確認してくれた。このことがエルチェの耳に入るかは不明だが。

わたしは、エルチェとのやり取りを思い返す。木部を知り、どことなく似た雰囲気を漂わせる女に、彼は興味を抱いたはず。ミーティングを控えていたため、二人での話はどこか忙《せわ》しなく終わっている。彼のほうから林田にコンタクトを取ってくる流れも期待していい。

タバコを揉み消して、スマホに語りかけた。

「ねえユキエ、雑踏の音を聞かせて」

(またそんなもの聞くの?)

「いいから」

溜息のようなものが応じ、スマホは街の音を流し始めた。反響する靴音、話し声、車の排気音、クラクション、様々な喧噪が織り成すアンサンブル。目を閉じてそのなかに沈み、今日をふり返っていく。デモで見かけた者たちの顔、服装、言葉。糺す会に近づいた時のメンバーの反応、エルチェの印象。場所をカフェに移し、彼と語り……。

——わたし、なんだかはめられた気がする。春が、消えたの。

木部雅巳が呟いたという言葉が溜息の滴《しずく》となって心に落ち、波紋を描き広がっていった。

舞台のどんでん返しのように、突如姿を変えた世界。運動の女神から犯罪者へ。木部はそこに、なんらかの陰謀の力を感じたのかもしれない。でも、春が消えたとはどういうこと？　彼女の自死は三月。自分が春を迎えることはない、という意味？

そこまで追い込むつもりは。

つい呟き、そんな自分を叱った。

そこまで追い込むつもりはなかった。まさか、あんなことになるなんて。そういうのは、自分の行いの結果を引き受けようとしない、最低の言い分けだ。

三年前の五月、美国堂の消火を請け負った時には、初期段階をとうに過ぎていた。いったん燃え広がった火を消すのは容易な業ではない。原田と相談のうえ、運動の象徴である木部雅巳を潰すことにした。宣伝広告費に年間五百億円を費やす大スポンサー美国堂の手前、テレビ局や大手マスコミは木部の存在を黙殺していたが、美国堂の鼻薬が効かない一部メディアやネットは彼女を取り上げていた。それを手掛かりに、船橋のアパートを特定するのは難しいことではなかった。近くにアパートを借りて彼女の生活パターンを把握し、留守中に盗聴器を仕掛けた。彼女は近所のスーパーでアルバイトをしていたが、運動を優先させるために勤務時間は知れたもので、月収はせいぜい十万円。余りものとおぼしきスーパーの弁当を持って帰る姿を見たこともあった。化粧っ気もなく服も着古したもの。質素で、嘘のない生き方をしていた。

美国堂の売上げは目に見えて悪化していく。プレッシャーが増えていくなか、彼女が近所の個人病院に通院していることを知った。どんな病気か把握を試みようと、木部を追って病院に入ることにした。規模からして順番待ちはせいぜい四、五人。一人あたりの診察時間は十分。そんなタイミングを計り待合室に入ると、長椅子に木部の姿があった。看護師に初診だと告げて診察申込書に適当な病歴を記入していると、「坂本《さかもと》さん」と呼ばれ、木部が返事をした。偽名？　でも保険証は？　訝《いぶか》るなか彼女は薬を受け取り、金も払わずに出ていった。

医療費が無料？　偽名を用いているのはどういうことだ。院長の堤《つつみ》という男は木部の支援者なのか？　近所を当たると、堤の悪評がぼろぼろ出てきた。藪《やぶ》医者、横柄、尊大という評価は無論、大邸宅に何台もの高級外車を持っているのは悪徳医師に違いない、等々。医者という職業へのやっかみもあるのだろうが、それを差し引いてもいい噂がない。そのうち、病院でアルバイトをしていたという女性の口から、診療費架空請求の片棒を担がされたと思わぬ言葉が出てきた。実際には診療していない患者の保険証で、国に不正請求をする違法行為だ。

五十代半ばの堤は婿養子。夫人との折りあいはよくないようで、数日あとをつけると若い派手な女と食事をして、高級そうなマンションに消えていった。その姿を写真に収めたうえで、週刊誌の記者を装い堤に会った。愛人との密会写真を示し、怯《ひる》んだ鼻面に不正請求の件を突きつけ、アルバイトをしていた女の音声を聞かせた。

あとは簡単だった。記事にするのかと怯え、汗まみれで取引きを持ちかける堤に、記事にしない代わりに坂本との関係を教えろと迫った。

「坂本美樹は治療費の自己負担分をまかなえないほど生活が困窮していた。そういう可哀想な患者からは個人負担を求めないように配慮している」

とは、呆れた台詞《せりふ》だ。求めない分は堤が懐を痛めるわけではない。国に架空請求し、不足分の三割どころか数十倍を手にしている。あの男にとって国庫など、ふれば金が出てくる打出の小槌程度の認識でしかないのだろう。坂本美樹のカルテも見た。病状は甲状腺疾患のひとつバセドウ病。坂本美樹《みき》の保険証は、ある会社の健康保険組合が発行しているものだった。

坂本美樹のカルテ、医者に入っていく木部の写真を添えて、ネットの掲示板にこの事実を流した。あの木部雅巳が他人の保険証を使い通院している。病院は木部から治療費を受け取らず、彼女が持ち込んだ保険証で架空請求を行っている。堤に約束したように記事ではない。第三者の匿名《とくめい》告発だ。

ネットの反応と拡散は早い。掲示板に載せた情報をメディアにたれ込むまでもなく、この件は瞬く間に広がり、複数の週刊誌が取り上げた。木部は非難され、運動は潮が引くように収束していった。それが七月末のこと。九月には千葉県警が堤を逮捕、木部も逮捕、起訴された。そこまではニュースでチェックしたが、わたしのなかでは終わった話、秋がくる頃にはすっかり忘れていた。

次に木部の名を聞いたのは、翌年の三月。彼女が睡眠薬を仰ぎ自死したと伝えるニュースだった。木部は死の前日、他人の保険証を使用した詐欺容疑で懲役六ヵ月執行猶予二年の判決を受けたところだった。逮捕のショックから心神耗弱状態にあったようで発作的な自死と思われると、ニュースは伝えていた。

彼女の死を知った時、体中の血が冷えていくようだった。

——はめられた気がする。

木部が呟いた言葉は、嘘ではない。事実として保険証の不正使用はあった。しかしそれを暴き、大きくしたのはわたしだ。

でも、まさか、あんなことに。

また浮かびかけた言葉を殴りつけた。言い分けはするな。自分の行いを引き受けろ。

わたしは、自分を突き放した。

他人を傷つけ、自分も傷つき、他人を殺し、いつか自分も虫けらのように死ぬ。

どこで、いつ、終わったっていい。

嘘ではなく、そう思う。間違って生まれ出てしまったが、この世界も、日常も、悪い夢みたいなものだ。

すっかり陽は暮れ、部屋は闇に包まれている。雪江の温もりが恋しい気がしたが、今夜のところは酒でごまかそう。ふらりと、マンションを出た。

2

さすがにハオウはもういないようだった。林田佳子の存在証明のため、三年ほど通い、顔と名前程度を一応覚えてもらっている店が高円寺にある。手前にカウンター席、奥に座敷が二卓だけの小さな料理店だ。この町で三十年以上老夫婦が営む店は、美味しい日本酒と、それを引き立てる料理を提供してくれる。ここでは西澤奈美のような無茶飲みはせず、上品な量をたしなむに止めている。奈美に比べて、愛想もそこそこ良く。今でも苦手とはいえ、一応はそういうふるまいができるようになったのは、三十代半ばという年齢だけでなく、朝子から学び取ったところもあるのかもしれない。

人の出会いは、不思議だ。どうしてアサコ苑の扉を開けたのか、今となっては記憶がない。ただあの時、わたしは、あれやこれやがあって、心が追いつめられていたことだけは覚えている。

外にはまだ新しい小さな看板。客のいない店のカウンターで、お帰りなさいと柔らかく微笑みわたしを迎えた女性が、朝子だった。いらっしゃいではなくお帰りなさいという言葉に少し戸惑いを覚えながら、カウンター席でビールをもらった。適当なツマミを、としか言わなかったわたしを、若いくせに無愛想な女だと思ったことだろう。朝子は料理をいくつか、わたしの前に置いてくれた。その頃のわたしは韓国料理をよく知らなかったが、ソゴギムクという名の牛肉と大根のスープ、キムチサラダ、豚肉を茹でたポッサム、れんこんの煮つけ、松の実がゆと、種類は多いものの量はじつに考えられ、提供されるタイミングも心が行き届いていた。どれも暖かな、そして懐かしい味がした。心まで満たされるような料理を、でもあの日のわたしは無愛想に味わった。

勘定は驚くほど安かった。

「いいのいいの。メニューにない、わたしの食事も混ざっていたから」

訝るわたしに、「あなたの顔に疲れたって書いてあるから、栄養があって体にいいものを選んだつもり。若いからって、無理をしちゃ駄目よ」朝子はなんの押しつけもなくサラリと告げた。外に出て、なんだか、心が少しほぐれた気がした。初めての体験だった。

あの暖かさと懐かしさはきっと、彼女の心。わたしの知らない家庭の味と心だった。

お帰りなさい。彼女の声は、今も心に灯っている……。

冷酒をグラスで二杯、小鉢をいくつか味わい、一時間ほどで高円寺の料理店をあとにした。

3

土日は高円寺界隈で静かに過ごし、雪江と会うのも控えた。日曜の夜に黄からメールが入り、会いたいという話だったが、仕事で関西にいる。戻ったら連絡すると返した。

月曜、火曜と、エルチェから連絡はなかった。水曜は美国堂の大阪支社へ二回目のデモがかかった。ネット中継を見る限り、先週よりも参加者は増えている。この日の大阪は先週の雨とは打って変わった五月晴《さつきば》れ。この天気も、参加を考える人々の足を向けやすくしているのだろう。とはいえ少し焦りを覚え、エルチェへ再コンタクトを考え始めた頃、向こうからメールが飛び込んできた。

「今、大阪です。今日の参加者は千四百人。ようやく軌道に乗ってきました。リンダに会ってから、木部さんのことを懐かしく思い出しています。少し余裕ができたので、一度ゆっくり木部さんの話をしたいと思ってメールしました。近々、空いていませんか」

きちんとした文章のメールだった。

「運動の成功、おめでとうございます。嬉しいお誘いですが、わたし、木部さんとそんなに深くつきあったわけでもないので、新たな話はもうありません。ご期待に添えるか心配です」

実際はエルチェが林田佳子を疑っている可能性も考えて、わざと距離を置くような返信をしてみた。

「かまいません。リンダと話していると、木部さんを思い出すので」

光栄ですと返し、幾度かメールのやり取りをして、明日の夜、下北沢で会うことになった。

木曜の夜、約束の五分前に彼はやってきた。くたびれたジーパンにセーター。肩にはデイパック。モスグリーンのアーミーベレー帽が、野性的な髪と髭に似合っている。アルバイト帰りということだが、それがどういう仕事かは言葉を濁した。電話番号といい、身辺情報にはかなり気をつかっている。

予約はしていなかったが、南口のダイニングに空きがあった。あとでもう一人やってくると、エルチェは店員に四人用のテーブルを指定した。

「えっ、二人じゃなかったの？」

距離を縮めるため、意図的にため口を用いてみた。彼はリンダに木部を観ている。木部ならエルチェとどう語るか、考えた末のことだ。彼の反応は悪くない。

「じつは特別ゲストを、一人ね。今、メールで店を知らせた」

スマホを操りながら、エルチェは笑みを浮かべた。

「このあいだいた、会のメンバー？」

「あの日はいなかったが、女性の会員でナミというんだ。リンダもきっと気に入ると思う」

突然出た名前に素性がばれたかと内心あわてたが、素知らぬ顔を装った。

「ナミさん？　何歳くらいの人？」

「リンダと同じくらいか、少し下かな。なんとなく雰囲気がリンダに似ているんだ。それで一度、会ってみたらどうかなと。ところでリンダ、飲めるんだろう？」

店員からおしぼりを受け取りながら、エルチェが問いかける。

「ええ、つきあい程度は」

生ビールと、すぐ運ばれてきそうなツマミをオーダーした。一分と経たずやってきたジョッキをあわせて乾杯し、差し障りなさそうな話題、昨日のデモの様子から会話をリードした。

「韓国に媚《こ》びる美国堂の姿勢は赦さない。これは、木部さんの遺志でもある」

エルチェは木部の経歴を語った。すべて把握している内容だったが、ときに初耳を装い、話をエルチェ自身に向けていった。

「ところで、どうして今日は下北沢なの？」

「住まいは高円寺と言っていただろう？　俺は喜多見《きたみ》だから、あいだを取らせてもらった」

「小田急線の喜多見駅？　たしかあそこ、各駅停車しか止まらないでしょ。不便じゃない？」

「その分、家賃が安い。ワンルームだが、セキュリティがしっかりしているところに引っ越した。オートロックだけでなく防犯カメラもついていて、住人はスマホでチェックできる」

「女子大生でもないのに、どうしてそこまで気をつかうの？」

わたしはわざと笑ってみせた。

「木部さんの、はめられたという言葉だ。こういう運動をしているからには、常に身辺には気をつかおうと決めた。それに当時、喜多見に住んでいるのは日本人だけだった。この頃はそうでもなくなったんで、いやになるが」

枝豆、トマトとベーコンのサラダが運ばれ、エルチェはメニューを手に取り、好きなものは？　と訊いてきた。お任せしますと応じると、エルチェは数品を追加注文し、店員の「うち、韓国チヂミがおすすめなんですが、いかがですか」という声に、即座にいらないと返した。店員が去っていくと、彼の顔に苦笑いが浮かんだ。

「韓国のものは、料理も嫌い？」

「嫌いじゃないが、食べないように心がけている。リンダは？」

「キムチは食べちゃうかな。美容にもいいし、ああいう辛さが好きなの。駄目？」

「そこは自由だ。もっとも俺は、距離を置くけどな」

「じゃあ、大久保界隈は鬼門ね」

「デモに参加していた頃は、毎週のように行っていた。でも、運動のやり方を変えてからは足を踏み入れていない。俺にとっちゃあ、プライベートで行くところじゃない」

人間は、自分を語りたい本能を持つ動物だ。根掘り葉掘り質問する必要はない。要は、どう背中を押すか。押せさえすれば、あとは相槌を打ち、深く聞きたいほうに少し指を添えて誘導すればいい。わたしは彼の台詞にうなずき、促し、さらなる言葉を誘っていった。

「俺は親父に、日本人であれと叩き込まれて育った。それと最近あることから、今回の運動にすべてを懸けようと誓ったんだ」

エルチェの表情が曇った。そこになにか埋まっていそうだが、直接つつかず周辺から手をつけてみる。

「お父さんはお元気なの？」

「さあ。もう十年以上、連絡を取っていないからな」

「寂しくないの？」

「男親なんてそんなものだ。とにかく頑固な親父なんで、会えばすぐケンカだ。お互い、離れていたほうがいいのさ」

「じゃあ、お母さんとは？」

母。そこになにかあるのか、エルチェはしばらく言葉を止めた。

「母親は、俺が子供の頃、死んだんだ」

少し気になる間合いと口調だった。

「リンダの家族は？」

はぐらかすように投げられた問いに少し戸惑い、「いない」と返した。

「わたし、施設で育ったの。だから、両親の顔も名前も知らない」

林田佳子のプロフィールなら完璧に作り込み、頭に叩き込んでいる。本当なら、両親についてもなにかしらエピソードを設けるべきなのだろうが、まったく知らないものは創れない。林田佳子の生い立ちは、西澤奈美のほぼコピーだ。

「生年月日だって、多分、本当のものとは違う」言って、その先を拒絶するように、林田は、わたしは、黙り込んだ。

「そうだったんだ。すまない。辛いことを」

わたしは、首を横にふってみせた。

「なあ、リンダ」

エルチェはしばらく沈黙したあと、

「親に会いたい、と思うか？」

彼がぽつりと落とした言葉に、胸がざわついた。わたしのもっとも古い疵《きず》。触れられると、未《いま》だに血が滲む疵……。

「今は、もう、いいかも。ここまできてしまったから」

なんとか応じ、するとエルチェの目が寂しげな色を湛《たた》えた。今の台詞のどこに、彼は反応したのだろう。

「この頃俺は、人間、愛する人なんかいないほうが幸せじゃないかと思うんだ。愛ってものは、人を呪縛する」

賑やかなダイニングのなか、溜息のようなエルチェの言葉が耳に届いた。

彼の心が、揺れている。

「なにが、あったの？」木部雅巳の呼吸を作り、そっと訊ねた。

エルチェは小さく震え、かすかに表情を歪《ゆが》め、しかしそれを隠すようにビールを飲み干した。

「それにしてもナミの奴、遅いな」

今の話題から逃げるように、スマホを取り出した。

メールがきている。呟いてから、しばらくスマホの画面を読み、苦笑を浮かべた。

「ナミだ。途中で気分が悪くなって電車を降りたらしい。悪いけど今日は家に帰るって」

会わせたかったのに、残念だったな。

エルチェは店員を呼び、レモンサワーを注文した。

4

翌日、美国堂本社に三回目のデモが行われた。

集合場所の堀留児童公園の混雑は前回を凌駕し、参加者は千五百人に上った。二百人毎に分けた梯団が八つできたことからして、サバを読んだ数字ではない。デモのあと、エルチェに誘われるままミーティングの末席に加わることにした。ハオウ、ボート、マサミン、ケンケン、モグモグ、レノン、初めて見たのがゲラとヨミ。そんな顔触れだ。デモに使った用具を手に手に、ぞろぞろカフェに向かう途中、マサミンが話しかけてきた。

「どうだった、今日？」

「凄い数の参加者で、びっくりしました」

そんなやり取りから始まってメンバーの話になり、結構話が弾んだ。なにかの情報源になってくれればと、メールアドレスと電話番号を交換した。彼女から、ハオウのハンドルネームの由来も聞いた。ハオウとは覇王。天下を治め、頂《いただき》に立つ覇者の意。ネーミングは個人の自由だが、思いきったハンドルをつけたものだ。

「先週のミーティングにいたメンバーで、ハオウさんの会の人はどなたたなんですか？」

訊いてみるとマサミンは、「誰もいないわ」と応えた。

「あいつ、自分の会のメンバーはミーティングに出席させないの。自分がナンバー・ワンじゃない姿を見せたくないのよ」

ただでさえ早口の彼女が言うと辛辣に聞こえ、くすっと笑ってしまうと、彼女は恥ずかしそうに笑った。

「マサミンって、マサミさんですか。わたしは林田だからリンダなんです。エルチェさんのハンドルはどういう意味なんですか」

そう水を向けてみたが、マサミンはハンドルの由来も彼の本名も知らないらしい。糺す会が美国堂を攻撃している材料の出所についても、首を横にふった。

「エルチェとは三年近いつきあいになるけれどお互いプライバシーは詮索しないの。だから上手く続いているのだと思う。それにわたしは、日本を生きる会には入っていない。普段から群れるのは好きじゃないから。でも彼、元気になったようでよかった」

「なにかあったんですか？」

訊くとマサミンは少し首を傾《かし》げ、セミロングの髪が揺れた。

「二月の終わり頃だったか丁度糺す会を立ち上げた頃、えらく塞《ふさ》ぎ込んでいたの」

「運動の先行きに、不安を覚えていたんでしょうか」

「分からない。その前、エルチェに参加を求められて合流した時は凄くはしゃいでいたの。それがドンと落ち込んで、そう、木部さんが亡くなった時みたいだった」

――この頃俺は、人間、愛する人なんかいないほうが……。

昨日エルチェが見せた哀しげな表情がよぎった。あの時、その先を聞き出すタイミングを逸したことを改めて悔やんだ。


先週と同じカフェでおのおのドリンクを注文し、テーブルを並べ、中央にエルチェが座った。ハオウは副代表ながらエルチェの隣ではなく端に座っている。好き好きに着席した際にできあがった配置は、人間関係を読み解く恰好の材料だ。エルチェの隣にはボートとマサミン。ハオウの隣にはモグモグとゲラが座った。二人とも年上のハオウに気を使い、でも隣とはいえ微妙に距離は空いている。空けるほうからすれば、それが本音ということなのだろう。

「今日はご苦労さま。おかげで、たくさんの人が参加してくれた」

喜びの声ののち、エルチェはデモの反省点と改善案をいくつか語った。梯団の作り方の工夫、梯団をナンバリングしプレートを先頭に掲げて指示を与えやすくする、プラカードや横断幕に統一性を持たせるために雛型《ひながた》と推奨文言をネットからダウンロードできるようにする、等々。

「三年前、東京ドーム事件を発端に不買運動が実を結んだ時には、世論を怖れた各流通が美国堂の製品を目立った棚から外す、扱い量を減らす、という対応に出たことが大きい。売上げ、収益が大きく落ち込めば株主の突き上げが強くなる。美国堂は韓国と距離を置かざるを得なくなる。結果が得られるまで長い道のりだが、一歩一歩進んでいこう」

エルチェは、皆を見回した。

「運動が大きくなれば、いずれチームのメンバーも増えていく。皆には、古参の幹部として活躍を期待している。俺に代わって自分がリーダーになるつもりでやってくれ。それと、こういう時だからこそ、自分たちの行動にはくれぐれも注意してもらいたい。一人でも社会から批判される行いをすると、会全体が足をすくわれる」

参加者にもデモ前にさらなる意識の徹底を求め、会のSNSにもその旨を明記する。警察には警備増員の要請を行う。

エルチェの言葉に深くうなずく者もいれば、どこまで話を聞いているのかボンヤリした顔も、仏頂面を決め込む者もいる。

「ハオウ、いいな」エルチェは仏頂面のハオウを呼んだ。ハオウは胡乱《うろん》な目をエルチェに向け、「うん？　ああ」曖昧《あいまい》な返事で大きな口をへの字に結んだ。

「ただささ、俺たちがやっているのはピクニックじゃない。醜国堂の前でヘラヘラ群れていても、奴ら屁とも思わないんじゃないのか？」

自分ではよくできた洒落だと思っているのだろう。ハオウは美国堂を、常に醜国堂と呼ぶ。

「エルチェ、あんただって昔はガンガンやっていた口じゃないか。今の考えは理想論過ぎやしないか」

「昔とはやり方を変えた。お前だって理解して、この会に合流してくれたはずだ」

エルチェがきっぱり言うと、ハオウは唇を歪めて目を逸らした。

5

翌日、高円寺から電車とタクシーを複数乗り継ぎ、ヒルトン東京のラウンジで原田と会った。

「奈美らしからぬ軽装だな」

わたしを見るなり、原田は右の眉を上げてみせた。今日の原田はライトグレー地にダブルストライプ柄のクラシカルなスーツ。ネクタイは光沢のあるワインレッド。思えば、原田のラフなスタイルは見たことがない。対するわたしは、グリーンのハイウエストパンツ、バルーンスリーブのブラウスはオフホワイト、昨日のデモの時とほぼ同じ服装で、たしかに趣味とは異なる。

「今回は潜入活動を選んだので、しばらく西澤奈美は封印です」

原田に、手短に経緯を語った。

「会のメンバーも、どうやら美国堂関連のネタの入手元は知りません。エルチェがルートを持っているようだ、としか」

「エルチェとかいう奴の素性を探るんだな。ああいう団体はきちんとした組織構造を取っていない。たまたま特出した一人の力で持っているようなものだ。柱さえ折れば崩れていく。奴の経歴程度は分かっているんだろう？」

「それがまだ。会のメンバーの結びつきはネットから始まり、皆、ハンドルという匿名で通しています。それとなく数人に当たってみましたがエルチェの本名すら知りませんでしたし、エルチェ自身プライバシーについて、かなりガードを固めています」

「時代は、変わったたな」原田は半ば首を傾げつつ、うなずいた。

「時代もそうでしょうが、エルチェが木部雅巳の薫陶《くんとう》を受けたことも大きいと見ています」

「三年前の騒ぎの首謀者だった木部か？」

原田は考えるでもなく、木部の名に反応した。

「はい。彼女に起きた顛末《てんまつ》を見た彼なりの自己防衛が働いているのだと思います。会のメンバーにも問題は起こすなと、うるさいほど繰り返しています」

「なるほどな。ただ材料がないなら、少し本気でエルチェを洗ってみることだ。経験から言って、人間の土台を知ることは基本だぞ。いつも言っているように、些細《ささい》なことをおろそかにせず突破口を開いていく。それが仕事だ。忘れるなよ」

原田は不思議なほど鋭い嗅覚を持っている。過去、彼のアドバイスの先に解決の糸口があった例は数知れない。どうすればその勘が身につくのか、未だにわたしは見当がつかない。

「ありがとうございます。もう少し、入り込んでみます」

それからふたつみっつ、この仕事以外の情報を交換した。

「それと」原田は、東証一部上場企業の名を三つ上げた。

「仕込んでおけ。三ヵ月後には少なくとも一社の株は大きく値を上げるはずだ。ただ、上手く売り逃げしろよ」

賞与代わりのつもりか、原田は年に二度ほど、こういった話を流してくれる。財界の裏に入り込む原田の許には様々な情報が流れ込み、そこに彼一流の読みが加わることで導き出された答えは、売り時さえ見誤らなければ勝率は七割。お蔭で、それなりの蓄えを作らせてもらった。これも、実利であるとともにカモフラージュだ。周囲の人間は、わたしが株取引で生計を立てていると信じている。

「あと、今日は迂闊《うかつ》なことをしたかもしれないな。お前が潜入した以上、念のため、人目につくこのラウンジで会うのはしばらく止めておこう」

「分かりました」

わたしは席を立ち、その時かすかに感じたものに視線を巡らせた。

まばらな客。手持無沙汰そうなボーイ。巨大な柱。吹き抜けの二階層。

いた。気のせいじゃない。でも、消えた……。

「どうした？」という原田の問いかけに、「なんでもありません」とだけ応じた。

誰かが観ていた。でも、誰が。西新宿駅に向かいながら、丸ノ内線に揺られながら、新高円寺駅の改札を抜けながら、考えた。

ラウンジで、わたしを観ている気配を感じた。それは、わたしが察したことに気づくと、消えた。

そんなものが、と普通の人は笑う。分かるものかと笑う。ならば、街ですれ違う、電車で乗りあわせる、すべての人間を記憶するよう努めてみるがいい。視界に入った者の顔、服装、所作、声、台詞、口調、さらには音、匂い、あらゆる情報を記憶し、眠りにつく時、ビデオを再生するように頭に浮かべてみるがいい。

最初は、なにひとつといっていいほど、できはしない。でも、それを一年、二年、三年と続けていくにつれ、膨大な情報を記憶できるようになる。細々としたものに注意が届くようになる。意識の深化だ。この鍛錬《たんれん》によって感覚が研ぎ澄まされ、人の動きばかりか気配を読めるようになる。自分に向けられた視線が、意識が、分かるようになっていく。

ホテルのラウンジ。その目は多分、ずっとわたしを観ていた。わたしがそれに気づけなかったということは、向こうは、そういうことに慣れている。

でも、わたしが動いた時、あわてて隠れた。その時に意識が動き、初めて視線の存在に気づくことができた。

わたしなら、動いたところで意識は動かない。つまり視線の主は、慣れてはいてもこなれてはいない。とはいえ、今、あとをつけそうな者、ハオウあたりにできる芸当ではない。

土曜の午後の賑わう商店街を歩きながら、感覚を澄ましてみる。

たくさんの目、声、足音、雑多な匂い。流れいく気配。

わたしを撫でていく視線はある。顔に、胸に、尻に、男の好奇な目。でもそれは、ほんの一瞬の視線。眺めはしても、観てはいない。

ただ、ただ……、観てはいないか？　ひとつだけ、わたしを。

雑踏のなか、獲物を狙う獣のごとく息をひそめ、誰かがわたしを観ていないか？

産毛《うぶげ》が逆立っていくのを覚えた。静かな恐怖。それが、すっと首筋を撫でていった。

四章

1

　翌日、高円寺のワンルームに引きこもったのは、林田佳子としての擬態《ぎたい》だけでなく、自分を観ている者への怖さが手伝ったのかもしれない。

　これは、狙われている己を予感した獲物が覚える恐怖なのか。追ったことはある。襲ったことはある。でも、狩られる側に立ったことはない。いや、わたしが、西澤奈美が完成する前。二十歳、まだ牙も、鋭い爪も持っていなかった頃――。

　十八歳で養護施設を出たわたしは、業界中堅の製パンメーカー『フブキパン株式会社』に就職した。配属先は東京都下の西東京工場。昼夜の区別なく製品を作り続ける工場は、防音防虫対策のために窓もない。防虫蛍光灯の鈍い明かりの下、普通の話し声など届かない大音響で機械が稼働し、作業着と帽子とマスクで全身を覆った作業員が忙しなく動き回る。

作業環境こそ厳しいが、今思えば、さして悪くない職場だった。気をつかい、優しい声をかけてくれた人もいた。ただわたしが、そういった好意を受け取れずにいた。拗《す》ねていたわけではないし背を向けていたつもりもないが、自分の心が皮膜のようなもので覆われていて人の心を上手く感じ取れず、どう対応していいのか分からなかった。

工場から徒歩十分ほどの古びた寮と工場を往復する、淡々とした繰り返しで綴《つづ》られたわたしの青年期。時々、考える。もし、あのままの日々が続いていたなら、今頃わたしはどこにいるのだろう、と。

フランスの哲学者ジャン＝ジャック・ルソーは、青年期を「第二の誕生」と位置づけ、こう語っている。

「我々は、いわば二度生まれる。一度目は生存するために。二度目は生きるために」

生まれ落ちなくてもよかった。今でもそう思っている。だが生存してしまったために、わたしは生まれ直さなければならなかったのだ――、生きるために。

二十歳の時だ、上司に久田《ひさだ》という課長がいた。西東京工場は大所帯で、アルバイト、パートを含め千人以上が働き、課長ともなれば総勢百人近い部下を持つ。四十代半ば、大柄で恰幅のいい久田は製パン技術にこそすぐれたものを持つが、部下に不手際や気に入らないことがあると怒鳴りつけ、上には媚《こ》び諂《へつら》う人物だった。

その久田が、弛んだ頰に笑みを浮かべて声をかけてきた。

「いつも一生懸命働いているな。うん、いい人にきてもらったと喜んでいるんだ」

その時は驚きに頭を下げることしかできなかったが、あとでそっと久田の言葉を嚙み締めた。自分は人から認めてもらえるような人間ではないと決めつけていたから、あの時の自分にとってあの言葉は、思いもかけない喜びだった。

「頑張っているご褒美に、一度、食事をしようか」

数日後、久田はわたしを誘った。

今は分かる。甘い言葉には、思惑が潜んでいる。でも世間知らずだったわたしは、わずかな賞与で買った淡いピンクのトップスに袖を通し、紺色のフレアスカートを穿いて出かけた。食事をした。お酒を飲んだ。今とは違い随分酔ったように思う。そのあとカラオケに連れていかれ……、気づいた時には裸で、久田と同じベッドのなかにいた。

「初めてだったのか、お前」久田は、なれなれしい口調で語りかけてきた。「お前、酔っていたようだけど、記憶はあるか。こんなことになったが、お前のほうからしつこく誘ったんだぞ」

いくら酔ったからといって、男と女の経験もなかったわたしが、そんな……。顔を強《こわ》ばらせたわたしに、

「そんな顔すんな。悪いようにはしねえから。このことは、会社じゃ内緒だぞ。その代わり楽な業務に回してやるし、いい成績をつけてやる。休みだって取らせてやる。だから、分かってるよな」

わたしの二度目の誕生は、そこから始まっていった。

久田は、のちも関係を迫った。二十以上も年上の男には嫌悪しか覚えなかったが、あの頃のわたしは強い拒絶ができずに我慢するだけだった。

久田は猫なで声で、おぞましい行為をわたしに求めた。

なあ、写真を撮らせてくれよ。仲のいいところをビデオに残そう。なんでいやなんだよ。いいじゃないか。撮らせてくれたら、九州でも北海道でも、旅行につれていってやるから。

今思えば、明確に意志を告げることのできなかった自分にも舌打ちする。

もう、いやです。そう言うだけが精一杯のわたしに、久田は十倍、二十倍の言葉を返してくる。そうなるとわたしは、もうなにも言い返せなくなる。悪《あ》しざまにしか語らないものの、久田には妻子がいた。遊びなら遊びで、どこかできれいに手を引くべきだった。窮鼠《きゅうそ》猫を嚙むという言葉がある。いや、彼が鼠かハムスターだと信じて疑わなかった女は、とんでもないモンスターを内に秘めていたのだ。

なんとか久田から自由になりたいと、あの頃の自分なりに考えた。

ある日の工場の食堂、賑やかな昼食時。六人ほどの女性アルバイトに混じりそっと箸を動かしていると、工場長の噂話になった。わりと辛辣な批評も平気で口にする彼女たちだが、工場長については好意的な言葉が多かった。隣に座る顔見知りの中年アルバイトに訊ねた。

「あの、ここの工場長は、どのくらい偉い人なんですか？」

「あんた、口のなかでモゴモゴ言う娘《こ》だねえ。可愛い顔してるんだし、もっとハキハキ喋らなきゃ」彼女はそんなふうに苦笑した。

「いいかい、この会社には十くらい工場があるだろう。でも、ここの工場長は、そのなかで一番偉い。取締役工場長は、ここの山内《やまうち》さんだけ。雲の上の人だよ」

女は少し誇らしげで、なにも知らないわたしに、取締役というのは会社の経営に直接携わる最高責任者なのだとも教えてくれた。

工場の式典で、山内工場長の姿は幾度か見ていた。ロマンスグレーをきれいに撫でつけ、穏やかな笑みを浮かべ、やさしい口調で語りかける人だった。

あの人に相談すれば、手を差し伸べてくれるかもしれない。

仕事が引けてから、本棟の四階にある工場長の部屋をノックした。忙しない工場棟とは異なる艶やかな廊下は人の姿もなく静かで、それだけで威厳のようなものを感じて膝が震えた。今思えば、取締役が工場長室でのんびりしているわけがない。でもその時は、いつも不在なのが不思議だった。毎回、勇気を振り絞りノックしては肩すかしにあい、でも、六回目か七回目かに分厚いドアの向こうから返事があった。畏まって挨拶をしたが、雲の上の人が高卒の若い社員を覚えているはずもなく怪訝《けげん》な顔をされた。それでも時間を取ってくれた山内に、久田にされたことを直訴した。工場長室の大きな応接セットに小さくなって座り、恥ずかしさに耳まで赤く染めて、たどたどしい言葉ながら、久田にされたことを包み隠さず喋った。

今思うと要領も得ず、内容にしてもなんの交渉にすらなっていない。ただあの時、振り絞った勇気だけは、褒めてあげたい。

「分かった。よく言ってくれたね。辛かっただろう。わたしから久田には注意しよう」

わたしは救われた気がし、だがそこで言葉を切った山内は、考えるような、難しい表情を浮かべていった。

「ただこれは、うん、まずはきみの胸に止めておいてもらえるかな」

どういうことか理解できずにいるわたしに、山内は噛んで含めるように続けた。

「このことは他の社員に話したかな？　そうか、それは賢明な判断だった。西澤奈美くんだったな、きみの名前はしっかり覚えた。今後、優遇することを約束しよう。久田にはわたしから厳しく言っておくし、きみも他の部門に異動するようにはからう。ただ、なんとか穏便に処理させてもらえないだろうかね。じつはうちは来期に東証への上場を目指していてね――」

流れるような山内の声を聞きながら、目の前が暗くなっていった。

彼が考えているのは、会社のことなのだ。

久田は欲望で。山内は立場で。

わたしを、沈めようとしている。

工場という暗い世界に、沈めようとしている……。

今ならばいろいろ、周りも観える。言葉のあやも分かる。人の置かれた立場も分かる。でもあの時のわたしは、山内の言葉を、ただ浅くしか感じ取ることができなかった。

誰もわたしを、助けてはくれない。

わたしはこの世にぽつんと湧いた、蟲《むし》のような存在だから。

工場から寮へ、暗い路をとぼとぼ歩いた。

すべてが、いやになった。働くこと、喋ること、食べること、眠ること、生きること……。

死んでしまおうか。わたしなんて、あそこでは設備のひとつでしかない。設備の代わりなんてたくさんいるし、わたしが死んだところで誰も哀しまない。

家々の暖かそうな明かりが、遠いものに見えた。あのなかにはきっと家族というものがあって、守り、守られる。愛し、愛される。家の明かりの暖かさは、その証《あかし》だ。

でもわたしには、そんな明かりがない。あのなかには入れない。こうして、暗い道を独りで歩くしかない。

どうして？　どうしてわたしには、守ってくれる親が、家族が、いないのか。

どうしてこんなふうに、生まれてしまったんだ。

どこか遠くで、幸せそうな笑い声が聞こえた。わたしは、あんなふうに笑ったことがない。わたしは、あんな笑い方を知らない。哀しさと、口惜しさと、怒りと、あらゆるものが綯《な》い交《ま》ぜになって押し寄せ、自分の命に爪を立てた。

ちっとも大事ではない、灰色の乾いた命に、爪を立てた。

死んでしまえ。死んでしまえ。わたしなんて、死んでしまえ。

足が、止まった。本当に胸が苦しくなって、膝をついた。このまま、死んでしまえそうだった。上手く呼吸ができず、口で荒い息を繰り返し、いやな汗に体がまみれた。

苦しい。でも、死んでしまえっ！

どうでもいい乾いた命を、握り潰そうとした。

暗い路に四つん這いになって、とうとう意識が失せかけ、でもその時、どうでもいいはずの命に、ほんのひと滴だけ涸れずに残っていたものが、命の絞りかすのようなひと滴が心に落ちて、小さな波紋を生んでいった。

死んで、たまるものか。

わたしは設備だ。なんの取り柄もない設備だ。でもあいつらだって、所詮設備でしかないだろう。わたしは、同じように設備でしかない奴らの玩具じゃないんだ。

死んで、たまるものか！

そんな思いが生まれて初めて芽生え、広がり、わたしを呑み込んでいった。

死んで終わるのではなく、奴らに、玩具の気持ちを思い知らせてやる。

いつしか家々の明かりは、怯《おび》えたように消えていた。冷たい闇のなか、わたしは立ち上がった。わたしを苦しめた奴らに仕返しを誓った。

手段を考えた。久田は海外研修で工場を留守にしていて、なんの邪魔もなく思考に没頭できた。工場で黙々と作業をしながら、狭い寮の部屋で膝を抱えながら、眠りに就きながら、そして夢のなかでも。

最初は、なにも浮かばなかった。でも、数日すると、どす黒いシナリオが湧き出てきた。

自分でも、怖くなるような筋書きだ。

そう、怖かった。シナリオ通りに演じることができるだろうか。

これは芝居ではない。もし芝居であったとしても、流れる血は本物で、流れる涙も本物だ。傷ついた演技をするのではなく、傷つくのだ。傷つき、その代わり、奴らをさらに大きく傷つけるのだ。体も、心も、そして人生も。

わたしに、それができるのか。不安を覚えながらも、なけなしのお金をはたいて用意をした。

2

山内と話をしてから六日のちの午後、工場のラインで働くわたしの許に久田が荒い足取りでやってきた。海外研修明けの久田は、ゴルフ焼けした顔を怒りに染めてわたしを睨みつけた。

「仕事なんていい。とっとと着替えて外にこい！」

血走った目に、久田が山内から注意を受けたことは想像がついた。そういった意味ではあの男は約束を守ったのかもしれない。ただ、あれから六日も経っている。

工場の駐車場で久田の車に乗った。覚悟を決めたつもりでいたが、久田の怖い目に、膝に置いたスポーツバッグを抱きしめた。

「お前、工場長になにを言いつけた！　なんてことをしてくれた！　お前、いやだって言ってたか？　なにも言ってなかっただろう。いやならなんでホイホイついてきたんだ！　しかもいきなり工場長に告げ口なんて、なにを考えてるんだ！　あの人は取締役だぞ！　俺は左遷されるに決まってる。なんてことしてくれた！　ああ、お前、どうやって俺に謝るんだよ！」

喋るほどに久田は興奮し、最後には髪を掴まれて激しく揺さぶられ、わたしは悲鳴を上げた。

夕刻の混みあう道を乱暴に車を走らせた久田は、工場からさして遠くないラブホテルに乗りつけた。久田は何度も何度もわたしをここに連れ込んでいた。昭和の残渣《ざんさ》のような古びたラブホテル。くすんだピンクの部屋。男と女が吐き出すだけの部屋。欲望が、汗が、粘液が、獣《けだもの》のような声がこびりついた部屋。

乱暴に服を脱がされ、「バカなことをした罰だ！」と、ビデオに撮られた。

止めて！

わたしは、泣いた。

お願いだから止めてと、わたしは泣いた。泣いた……。泣いてみせた。撮られながら、何回こんなことをしたら気がすむの、止めて！　と、わたしは泣いた、ビデオに、泣いてみせた。

ベッドに伏せ号泣するわたしを置き、久田はシャワーを浴びに行った。

わたしは、冷たいベッドにうち沈んだ。

演技のはずだった。シナリオ通りのはずだった。でも、わたしに起こったことはやらせではなく本当のことで、心までズタズタに引き裂かれ、わたしは泣いた。

泣いた。泣いた。泣いた。泣いた。

たくさんの男と女の淫臭が沁みついたベッドで、わたしは泣いた。

無理、やっぱり無理だ。わたしには、狩りなんてできないんだ。わたしは所詮、獲物の側でしかなかったんだ。

欲望が、汗が、粘液が、獣のような声が沁みついたベッド。陽の射さない底なし沼のような世界に、いつしか無数の目が生じていた。無駄な生と、怠惰な刻《とき》と、汚れた性にまみれた目、目、目。光を失くし、澱《よど》んだ目。それが、わたしを観ていた。お前も沈めと、観ていた。お前のような女が辿り着くのはこの墓場なのだと、耳も鼻も口も持たない目が誘っていた。

いやだ。いやだ。そんなところに沈んでしまうのは。

死んで、たまるものか。

懸命に、手を伸ばした。光へ、光へ、うっすらと天に揺れる光へ。

でも、目は、わたしを引き込んでいく。わたしは、沈んでいく。

いやだ。苦しい。いやだ。いや、いや……。

意識が歪み、萎み、失せようというまさにその時だった。

わたしが――、割れた。

死んで、たまるものか！

不思議なことだが、今もその時の感覚をはっきりと覚えている。

額の中央に、弾けたように亀裂が入った。亀裂は頭頂へ走り、後頭部から背へ向かった。一方で目のあいだを通り、鼻、口、喉、胸、腹、臍へ。亀裂によってわたしの体はふたつに割れ、でもその奥にわたしがいて、身をよじった。右に、左に、脱皮する蛇のごとく。強く、強く、脱皮する蛇のごとく。脱皮する蛇のごとく。脱皮する蛇のごとく……。

浮遊感が訪れた。数多《あまた》の目が、下に見えた。目は、これで最期だと一気にわたしを沈めていく。病んだ歓喜が鈍く轟《とどろ》いた。でもそれは、わたしじゃない。わたしの、古い皮だ。

上へ、上へ、わたしは昇っていく。上へ、上へ、上へ。

我々は、いわば二度生まれる。一度目は生存するために。二度目は生きるために。

乱暴を働いた男がシャワーを浴び、鼻歌混じりで戻ってくるあいだに、わたしは——、生まれた。

「おう、いつまで泣いてるんだ」

肩を掴みベッドから引き起こそうとした久田に、振り向きざま拳を叩きつけた。呆《あっ》気ないほど簡単に久田は昏倒した。素手ではない。その時のわたしにまだ格闘術はない。力の差を補うためにミリタリーショップで購入したメリケンサック。久田を床に転がし腕を背中に回し、スポーツバッグから取り出した手錠をかけ足首にビニールテープを巻きつけ、動けないようにした。

シャワーを浴びて部屋に戻ると、久田は失神から醒《さ》め、呻《うめ》いていた。スポーツバッグからスタンガンを取り出して、スイッチを入れた。青白い放電光とスパーク音が薄暗い部屋をかき乱す。手始めに尻に当てると、久田は悲鳴とともに跳ねた。二度、三度、四度、五度、淡々と押しつけた。久田が金輪際《こんりんざい》、わたしに反抗しないように。わたしの姿を見ただけで腰を抜かし、這って逃げ出すように。罵声や懇願に耳を貸さず、黙々とスタンガンを打ち込んだ。首、頬、腰、脚、尻、腕、腹、背、仕上げに股間にショックを与えると、久田は口から泡を噴いて失神した。手錠を前手につけ替え、足のビニールテープを外し、ミリタリーショップでは扱っていないと言われ、教わるままSMショップで買った首輪を取り出し、はめた。

頭から水を浴びせ、鎖を手にして、「さあ、帰りましょ」と、優しく告げた。

どこへ？　血と涙と鼻汁と涎《よだれ》にまみれた久田の問いかけに、

「決まってるじゃない。わたしたちの工場よ」わたしは、できるだけ優しい声で教えてあげた。

あの日、あの時、たくさんの男と女の淫臭が沁みついたベッドで、わたしは生まれた。

それが原田に出会うきっかけともなり、のちは、狩る側の人生を歩んできた。

そのわたしを観ているのは、誰だ。

夜になって、とうとう我慢が切れた。街に出て、安いカフェバーで飲んだ。安っぽいウイスキーをストレートで二杯、三杯。壁にかけられたテレビがつまらない番組を垂れ流し、その一方でスピーカーからは安っぽいロック、負けじとばかり声高に空っぽを語りあう若い男女。四杯目のグラスを空にしたところで頭が痛くなった。アルコールじゃない。テレビとロックと空っぽ。お前たちのせいだ。

店を出た。アーケード下の商店街は、午後十時とは思えない人、人、人の波。でも、誰もわたしなど観てはいない。わたしは映らない存在。地に足がついたようで少し安堵し、その感覚を味わった。

その時、また視線が生じた。あの視線だ。わたしは振り返り、振り返り、また振り返った。

ほんの一瞬、観ていることを教えるように露《あら》わになった視線は、街の雑踏に紛れるように消えた。

3

部屋に戻った。声に出して毒づいた。あの視線に踊らされている。

サプリを数種、栄養ゼリー飲料をふた袋嚥下《えんげ》した。柔軟運動で体を温め、ボクサーショーツとノンワイヤーブラジャーになり、百円ショップで買っておいたトランプの封を切った。

適当にシャッフルして裏返しに置き、一枚めくる。ハートの九。スクワットを十八回やって、腕立て伏せを九回。そしてトランプを一枚。スペードのJ。スクワットを二十二回やって、腕立て伏せを十一回。カードの目の倍のスクワットと、同じ数の腕立て伏せをこなしていく。一が出たときには両方とも十回ずつとして、スクワットで八百回、腕立てで四百回。三十分をかけカードがなくなる頃には体は汗にまみれ呼吸も上がった。シャドーを三分三ラウンド。さらに三十分かけ、ストレッチを兼ねヨガをひと通り。呼吸にフォーカスし、没頭する頃には心が落ちついてくる。

筋力トレーニング、格闘術、ヨガ。これらは原田と出会ったのち、ひとつひとつ修得していったものだ。

——スキルも与えてやる。

出会った日の言葉に嘘はなく、原田は懐の深い男だった。探偵術、間諜術、心理学……、原田は自らの金で専門家を用意し、わたしは彼が与える養分を吸収していった。

あの日、手錠と首輪をはめた久田の運転で工場に戻ったのは、午後九時に近かった。久田はズボンこそ穿いているものの、上着のほうは手錠が邪魔で羽織っただけだった。「上着を着るあいだだけ、手錠を取ってくれませんか」と腫れた顔で願った久田を、拳で殴りつけた。

工場は二十四時間稼働しているが、さすがにこの時間帯になると従業員の数は少ない。誰にも見咎められることなく、工場長室の前に至った。薄暗い廊下に部屋の明かりが漏れている。

ノックして。顎を向けて命じると、久田は涙目でイヤイヤをした。彼の髪を摑み、二度、扉に大きく額を叩きつけた。そのうえで扉を開けると、帰り支度中の山内が顔を上げ、わたしと久田を見て息を吞んだ。

「き、きみ、なにをしたんだ、どういうつもりだ！」

山内の叱責にかまわず首輪につけたチェーンを引っ張ると、久田は部屋の床に転がった。扉を閉め、「たった今、この男に犯されました」と告げ、工場長室のテレビで、わたしがされたことをすべて再生した。お願いだから止めて！　と泣くわたし。何回こんなことをしたら気がすむの！　と泣きじゃくるわたし。生まれ変わる前の、わたし……。それをわたしは目を逸らすことなく、表情すら変えず、観続けた。

「工場長、この男になんと言ったんです。わたしを乱暴するように命じたんですか。これが、あなたの言う穏便ですか」

呆《ほう》けたような山内を睨みつけると、彼は困惑と怯えの入り交じった声を上げた。

「こ、こんなものをわたしに見せて、なにをしろと」

「取締役工場長という立場で、これをどう収めるか、決めて下さい。言っておきますが、もし、わたしになにかあったら、あるいはあなたの返事が気に入らないものだったら、これはすべてマスコミに流れます。わたしも表に出て、会社を宣伝します」

不思議なことに、臆することなく言葉がすらすらでてきた。人とまともに喋ることもできない無口な娘は消えていた。

「明日のこの時間、ここで、返事を聞かせてもらいます」

蒼《あお》い顔の山内は、声もない。

「では課長、お疲れ様でした。明日はわたし、休暇にしておいて下さいね。有給、たくさん余っていますから」のろのろ顔を上げた久田の額に、スタンガンを打ち込んだ。久田は白目を剥いて痙攣《けいれん》し、失禁した。息を呑んだ山内に詫びた。

「ゴメンなさい。犬が粗相をしまして。でも、本当の飼い主は、あなたでしたね。躾《しつけ》が、なっていませんね」

その夜は寮に戻らず、久田のサイフにあった金でビジネスホテルに泊まった。ホテルの自販機でビールを買い、飲んだ。一本二本では足らず、さらに自販機のボタンを押し、ついでにタバコを買った。初めてタバコを吸い、ビールを飲み、タバコを吸い、さらにビール。久田の財布にあった免許証、キャッシュカード、社員証、風俗の会員証、そういったものを手すさびのように折り、破っていった。自分が、自分ではない……。意識の片隅にいる冷静な自分が、人の変わったような自分を、怯えたように見ている。そんな自分に見せつけるようにビールを飲み、タバコを吸った。

翌日の夜、工場長室をノックした。たとえ扉の向こうで死が待ち構えていようと、なんの恐怖もなかった。今思えば、備えたうえの自信ではない。油断はしていないつもりだったが、せいぜい動きやすいサイズのジーパンにジャンパー。ポケットにスタンガンと催涙スプレーを忍ばせた程度でしかなかった。

ノックに落ちつき払った声が応じ、ドアを開けると、工場長の椅子に背を預けた年配の男がわたしを見た。

知らない顔だった。

「きみが、西澤奈美くんか」

「あなたは？」

「原田哲《さとる》。この会社の顧問をしている。よろしく」

それが、出会いだった。

原田は立ち上がると、スーツのボタンを留め、手振りでわたしにソファーをすすめ、自分も腰を下ろした。

「顧問って、ヤクザですか」

仕立てのよさそうな三つ揃いの男から漂う重々しさ、感じたままにわたしは問いかけた。

「そうじゃない。もっとも昔は、総会屋をやっていたんだが」

苦笑混じりに原田は応じ、しかしその時のわたしは、総会屋と言われてもまったく分からなかった。

「まあ、若いきみには分からん仕事だ。事情は山内から聞いた。わたしは、山内の代理としてきみと話をしていると理解してくれ。きみは、若いのにハラが据わっているようだな」

低い、柔らかな声で、原田は言葉を選ぶように語った。

「なんでもきみは、自分の、あれを撮られたビデオを、顔色ひとつ変えず彼に見せたそうじゃないか」

「あなたも見たい？」わたしは、ジャンパーのポケットからビデオを引き出した。

「いや、けっこうだ。あまりにも忍びない」

原田に痛々しそうな表情が浮かんだが、わたしは気づかないふりを装った。

「見ないの？　わたしが死んだところを」

「死んだ？」

「あの時、絶望に堕ちて、わたしは死んだ。そして、別のわたしが浮かび上がった。映っているのは、死んだわたし」

「では、わたしは、生まれ変わったきみと喋っているわけだ」

なにか合点《がてん》がいったのか、原田は幾度もうなずいてみせた。

「まず、少し誤解があるようなので、そこを明らかにしておこう。山内の言い方にまずいところがあったのは事実だ。きみに株式上場など関係ない。あそこでそんな話を持ち出すべきではない。とはいえ山内は、なにもきみの訴えを受け止めなかったわけではない。昨日まで久田に話ができなかったのは、きみも知っている通り、あの男が海外研修で不在だったためだ」

「でも、電話くらいできましたよね」

「それは違う。電話で叱りつけるような軽い話ではないんだ。もっと重大なことだという理解は、山内のなかにきちんとあった。それに、事情は察するにしても、きみの行いは酷い傷害行為だ」

「ならば、警察に連絡したらどうです。わたしは、どうなったってかまいません。その代わりその時には、この会社も終わりです。わたしになにかあれば、あのビデオとわたしのメッセージがマスコミ各社に流れます」

「ほう、どうやって？」

原田は、稚拙《ちせつ》な理屈を振り回す子供をあやすように、穏やかな笑みを浮かべた。

「そんな方法があるなら、ぜひともわたしに教えてほしい。一日でビデオを山ほどダビングするだけでも大仕事だ。メッセージを作る時間はあっただろうが、なにかあったら流れるようにするとは、そういう仲間でもいるのかね?」

「同期の友人に」

「それはない。昨夜、山内から話を聞き、さっそくきみの身辺を調べた。そういうことを頼めるような仲間は、きみにはいないはずだ」

あの時のわたしは精一杯背伸びをしたつもりでいたが、原田からすればすべてお見通しだったのだろう。

「善し悪しは別に、きみの行動力は認めよう。やれと言われても、はい分かりましたとできるものじゃない。ただ、ああいう、落としどころもなく刀で斬りつけるようなマネはすすめられない。世間を乱すだけだし、きみにしても自分を傷つけ、追い込むだけだ」

「お説教はたくさんです」

わたしは撥《は》ねつけたが、原田は取りあわず穏やかな笑みで先を続けた。

「率直にいこう。久田は降格だ。北海道の工場に転勤の辞令が出る。なに、会社に残りはしないだろう。どうしてそんな辞令が出たのだと噂は広まり、そうなればこの会社に奴の居場所はない。再就職先があるとも思えんが、まあそれも、自業自得の範囲だ」

　そこでいったん言葉を切り、指を二本、立てた。

「会社はきみに二千万円を用意した。当初は一本といっていたが、これだけ出させるようにした。きみは円満退社、次の就職に不利な点もない」

　示された条件に不満はなかった。しかし、すべてを掌で転がしているような原田には反感しか覚えず、わたしは噛みついた。

「いや、と言ったら」

「聡明なきみだ。見当はつくのではないかな」

　原田は静かに告げ、笑みが引き、途端、異なる人格が滲み出てきたようだった。

「普通なら、わざわざきみには会わず、そうしている。それがわたしの仕事だ」

「じゃあ、なんで、わたしの前に現れたんです」

　わたしは、挑んだ。原田は、正面からわたしを見た。凄むでもない。睨むでもない。それでいて漂いくる静かな迫力と、なにを考えているか分からない表情に内心震えを覚えたが、わたしは目を逸らさなかった。しばらく時間が流れたように思う。原田は突然目尻に皺《しわ》を寄せて微笑み、拍手をした。空虚な工場長室を、間欠的な音が渡った。

「やはり間違いなかったようだ。合格だ」

なにが合格なのか、原田は身を乗り出した。

「なあ、わたしの下で働く気はないか」

さすがにここに留まるつもりはなかったが、思いも寄らぬ言葉にわたしは声がなかった。

「さっきも言ったように、今のきみは、使い方を知らない刃物そのものだ。わたしが使い方を教え、鍛えてやる」

「あなた、誰なの？」

「揉め事を引き受け、静かに解決することを生業《なりわい》としている。きみはわたしが顧問を務める企業に不利益をもたらす存在。本来なら、なにもなかったことにするのがわたしの仕事だ。そうしなかったのは、きみに興味を持ったからだ。鍛えてやると格好のいいことを言ったが、こちらもハラを割るとしよう。じつのところ、手駒に困っていてな。世のなか人間は腐るほどいるが、骨のある奴なんぞ皆無に等しい。だがきみなら使えるんじゃないかとな」

原田は、真っ直ぐわたしを見ながら、語り続けた。

「食うに困らない金、最低でも、今の給料の倍は保証する。もちろんスキルも与えよう。そして、なによりも修羅場《スリル》。きみは、それを望む女だ」

「決めつけないでください」反射的に言ってはみたものの、期待のようなものに心が震えたのは事実だった。

「二千万円は支度金代わりにもらい、わたしのところにこい」

「本当に、そんなお金が出るんですか」

「心配するな。そのくらい、山内ならなんとでもなる。ここのオーナーはプロレスやボクシングのタニマチで、バカにならない額を遊びに注ぎ込んでいる。それからすれば可愛いものだ。まあ、上場した暁には、そうもいかなくなるだろうが」

「もしわたしに、あなたが期待するような仕事ができなかったら？」

そう問うと、原田はなにを言うんだとばかりに眉を吊り上げた。

「それはない。わたしはきみ――というより自分の目を信じている」

なんだか上手く騙されているような気がしないでもなかったが、この男に自分を預けてみよう。わたしは、うなずいた。

転職するにしても、満足を覚える職場の見当などつかなかったし、原田が見透かした通り世間一般の仕事は、生まれ直したわたしの目には退屈極まりなく映っていた。

原田は話が収まるところに収まったことで安堵したか、世間話を始めた。

「きみは施設で育ったらしいな。苦労しただろう。親のことはどこまで知っている」

「父のことはまったく。でも、母ならば」

わたしが舐めてきた苦労が、あんたなんかに分かるものか。

まだ若かったわたしは、斬りつけるように母の名を告げ——、原田は、返す言葉を失ったようだった。


スマホが鳴った。

クールダウンのストレッチを止めて画面を見ると、エルチェからメールがきていた。

4

翌日の夜、下北沢に向かった。

——このあいだ貧血でこられなかったナミから、お詫びも兼ねてリンダに会いたいと連絡が入りました。週半ばだと会の運動であわただしくなりそうなので、明日にでもどうでしょう。

昨夜のエルチェのメールはそういう用件で、応じることにした。

グリーンのハイウエストパンツにボーダーのカットソー。上にオリーブ色のロングシャツを羽織った自分が車窓に映る。何日経っても、こういう柔らかな服装は身と心に馴染まない。わたしにとってコーディネートは装いより鎧《よろい》みたいなもの。でも、着るものでここまで違和感がまとわりつくとは思ってもみないことだった。

前回と同じ下北沢のダイニングで、午後七時の待ちあわせ。半分ほどが客で埋まった店内にエルチェは先に席を確保し、わたしを見て手を上げた。彼の服装は前回と同じ、ジーパンとセーターだ。

「ナミさんは？」自分と同じ名をさんづけで呼ぶのには多少居心地の悪さを覚えるものの、挨拶代わりに口にした。

「もう着く頃だ。今日は貧血にはなっていない。メールで確認した」

エルチェはくつろいだ様子で笑い、先に生ビールふたつとツマミをオーダーした。乾杯のあとで、「明日、生田《いくた》のアジトでミーティングをやる。時間があったら顔を出してみないか」エルチェはそう口にした。その誘いを聞けただけでも、やってきた甲斐があった。

「ぜひ。これから運動がどこまで盛り上がるか、楽しみだわ。それにしても、よくあんな材料を探し出してきたわね。どうやったの？」

「これでもルートはそれなりに持っているからな」

ある程度打ち解け、そろそろエルチェの口も軽くなったかと探りを入れたものの、彼は答えを濁した。焦っては駄目。あえて突っ込まず、話題を変えた。

「水曜の大阪のデモには、あなたも行くの？」

「いや。運動も軌道に乗り始めたので、ハオウに任せるつもりでいる。二週続けて大阪に行ったが、この歳になると正直応える。なにしろオンボロ車で夜通し走る強行軍だ。奴からも、大阪は仕切らせてほしいと言われていることだしな」

「でも、あの人で大丈夫？」

彼の胡乱な目つきを思い浮かべた。大阪を仕切らせろというのも、本音のところでは、エルチェがいないところで我が物顔にふるまいたいのでは。もっとも、組織内にそういう動きのあるほうが、わたしはつけ入り易くなる。

「まあ、まったく問題がないとは言わないが、市民運動の経験は長いので、それなりに顔は広くノウハウも持っている。変な真似はしないよう、出発前に釘は刺しておくつもり――」

エルチェは途中で言葉を止め、「ナミ」と、入り口のほうに手を上げた。わたしは、うなじのあたりになにかを感じ、視線を向けようとして、

「お待たせしました」届いた彼女の声に、一瞬、軽いパニックに見舞われた。

まさか、でも、似ている……。

心を立て直す前に黒スーツが横を抜けて、エルチェの隣に座った。

「初めまして、ナミです」

そう言って微笑んだのは——、
雪江だった。

五章

1

　彼女は店員を呼び止めて生ビールを注文し、改めてわたしに笑みを向けた。

「このあいだはゴメンなさい。新宿駅で気持ち悪くなっちゃったんです。わたし、よく貧血になるの。エルチェには血の気が多いって言われるのに」

　どこから見ても雪江だ。瓜ふたつなのではない。目線、口調、呼吸、仕草、これが雪江でないはずがない。言葉が出ず、なんとか曖昧な笑みを返したところでビールが運ばれてきた。今ほど店員の存在にありがたみを覚えたことはない。動揺を隠して、改めて乾杯した。

「リンダさんって、エルチェから聞いて想像していた通り。大人の女性っていう感じですてき」

ナミは朗らかに語りかけ、アッシュブラウンの長い髪を後ろに流し、ビールを口にし、唇についた泡を小指でぬぐい、ポテトをつまんで口にする。一方のわたしはフリーズしたままだった。今なにが起きていて、自分がどこに置かれていて、ナミと名乗る雪江が、隣のエルチェが、わたしが、なにを知っていて、なにを知らなくて、なにを企んで、なにに巻き込まれているのか。止めどなく湧く疑問が、わたしをしばりつける。

「なんだ、急に口数が減ったじゃないか。緊張してるのか？」

わたしの不自然さをエルチェが笑うが、なにか企んでいる様子は感じ取れない。

「ナミと、以前どこかで会ったような気がして」

エルチェとナミ、二人に、なんとか、そんな言葉を返した。

「デモで一緒になったか？」エルチェはナミをうかがう。

「わたし仕事があるからデモには行ってないもの。デジャ・ヴ？　それとも、前世かな？」

ナミは首を傾げて、コケティッシュな笑みを浮かべた。

彼女は会の運動の様子を聞き、喜び、勇気づけ、かと思うと昨日のテレビの他愛もない話題から、美味しかったスペイン料理をこと細かに説明する。わたしに求める相槌。知りあいになるための差し障りない個人情報。「リンダさん、ところで年齢は？女同士だからいいでしょ、エルチェは耳塞いでいて。ああ、わたしより三つお姉さんなんだ」ときにエルチェに甘えるようにもたれかかり、からかいに頰をふくらませる……。

わたしはナミという海原《うなばら》に落ち、揺れる木の葉のようだった。

「リンダさん、飲み物のお代わり、なににします？」

ナミがメニューを手にした時、エルチェのスマホが鳴った。

「なんだ？　ハオウか」エルチェは少し興醒めしたような顔で、ゴメン、とスマホを手に店の外に向かった。

「リンダさんはバーボン？　ワイルドターキーはなさそうね」

席を立ったエルチェにはかまわず、ナミはメニューを向ける。

「どういうつもり、雪江」

本気で睨みつけるとナミ、いや雪江は、大きな溜息をついた。

「同じ台詞を返してあげる。ああ驚いた。心臓が止まるかと思った」

わたしは雪江の心をはかれず、次の言葉を待った。

「奈美がこんなところに出入りを始めたなんて知らなかった。リンダなんてちゃらちゃらしたハンドルに、なにその小娘みたいな恰好」

「うるさい。わたしだってたまには気分転換したいわ」

「うん、似合ってる。化粧も目元が緩くて可愛らしいわ」

雪江は苦笑を混ぜ、返してきた。

「あなたこそ、いつから関わってるの？」

「この半年くらいかな。まあ、わたしガチの民族主義者でもないから不真面目な会員というところ。今電話のあったハオウあたりからは睨まれてる」

それから、囁《ささや》き声になった。

「ねえ、咄嗟《とっさ》に、初めて会ったというお芝居をしちゃったけど、あれでよかった？」

こういうことになった一応の理由を聞きながらも困惑は収まらず、心はささくれ立っている。

「いいんじゃない？　ここの活動は皆ハンドルで素のプロフィールは隠しているみたいだから。でもわたしだって、心臓が止まる思いだった。瓜ふたつの赤の他人、双子、記憶喪失、あれこれ考えちゃったわ」

平静を装って返したが、本当は記憶喪失のあとにつなげかけ、呑み込んだ言葉があった。

罠。

「ここでは、わたしはリンダであなたはナミ。それでいいわ」

「でも奈美、政治的な話なんて一度もしたことなかったわよね。住まいも大久保だし」

「韓国がすべて嫌いってわけじゃない。林《イム》とかいう役員の物言いがカチンときただけ。あなただってこのあいだ、韓国料理を喜んでいたじゃない」

「まあね。わたしは少し興味があっただけで、本当のところ市民運動なんかどうでもいいんだけれど」

雪江は、店の外に消えたエルチェに視線を向けた。

「好きになったの？」

雪江は店の外に視線を向けたまま、「どうなんだろう」という言葉を唇に乗せた。

「いいのよ。わたしという女がいながら、なんて言わないから」

「言ってくれないんだ」

雪江は、メランコリックな呟きを落とした。

わたしはまだ困惑し、心がささくれ立ち……、ささくれの正体が、分かった気がした。

ジェラシー。甘えるようにもたれかかる雪江。まんざらでもなさそうなエルチェ。その姿にわたしは、嫉妬を覚えていたのだ。

「ねえ、どうするの？」

問われ、はっとすると、雪江がメニューを揺らしていた。

「わたしはビールでいいけど。リンダは？」

「ウイスキー」

「氷なしのストレートね」

「水割りにして。悪酔いしそうだから」

ナミがビールと水割りをオーダーした頃、エルチェが戻ってきた。

「またハオウに絡まれたの？」

ナミは訊き、エルチェは苦笑で応じた。そこに他のメンバーにはない距離の近さのようなものを感じて、わたしはまた湧き上がる嫉妬を抑え込まなければならなかった。

「かなり酔っていやがった。お前は手ぬるい、ってお叱りがあった」

「ねえ、いっそのこと除名しちゃえば？」ナミも、ハオウを快くは思っていないのだろう。

「まあ、とっつきにくいところはあるが、デモについちゃあ手馴れている。それに、糺す会を立ち上げたのは既存団体の枠を越えた連合体を作るためだが、どこも静観している。合流してくれたのはハオウだけだ。そういう心意気はある男なんだ。他団体の合流を促すためにも、彼のことは大事にしておきたい」

エルチェは、温《ぬる》くなったビールを口にした。

2

今夜のこれをどう取ればいいのか。独りになってから考えた。

雪江は偶然を装ったが……。

雪江がやってきた瞬間を巻き戻してみた。あの時――。

エルチェが「ナミ」と手を上げ、わたしは、うなじのあたりになにかを感じたんだった。なにを感じたんだろう。そちらに視線を向けようとした時、そのなにかが意識の手を離れてしまった。迷わず拾えばよかった。だが「お待たせしました」の声に雪江の顔が浮かび、まさかと軽いパニックに見舞われた。そんななか雪江はエルチェの隣に座り、わたしを見て、「初めまして、ナミです」さらりと告げたのだった。

——咄嗟に、初めて会ったというお芝居をしちゃったけど。

嘘だ。いかに取り繕ったつもりでも、目は泳ぐ。わたしはそれを見逃しはしない。

今度は雪江の視線に立って、あの場面を繰り返した。

雪江はエルチェに気づき、初めて会うリンダの後ろ姿を認めた。オリーブ色のロングシャツを羽織ったブルーブラックのショートボブ。近づきながら「お待たせしました」と声をかけ、どこかで見たことが……。奈美に似ている？　でも、まさか。困惑しながら横を通りエルチェの隣に座り、正面からリンダを見て奈美だと認めながら、

——初めまして、ナミです。

あの呼吸で、そうは言えない。絶対に。そのあとに続けた言葉にも、わずかな戸惑いすら感じ取れなかった。つまり雪江は、リンダがわたしであることをあらかじめ理解していた。そういうことだ。でも、どうやって。

雪江がナミのハンドルネームでエルチェに会ったのは、美国堂に今回の問題が持ち上がる前。もし雪江がわたしになにかの意図を持っていたところで、可能な先回りではない。意図？　雪江がどんな意図を？

考えるほどに、整理どころか混乱が深まっていく。

あの子とは同じ施設の出身だが、互いに単なる児童のひとりでしかなかった。再会は二年前。わたしが三十三歳、彼女は三十歳。十五年を隔てた再会は、雪江にとっては偶然で、わたしにとっては仕事、いや必然、運命だったのかも。

あの時、原田に命じられたのは、年商九千六百億円、業界四位の半導体メーカー、ジャパンエレクトロン株式会社の社長交代に際するクリーニングだった。

浄化対象は、新社長橋本正毅《はしもとまさき》の愛人。二〇〇八年、橋本が東京研究所所長の時分にお手つきになった女だ。関係ができた当時、橋本は四十六歳、女は二十二歳。親子にも近い年齢の愛人だ。橋本は研究者としての能力よりも社内政治にすぐれた男で、世代交代という巡りあわせの幸運も重なり、二〇一〇年に執行役員、二〇一二年に研究統括担当常務取締役、二〇一五年に研究統括・未来戦略室担当専務取締役と昇り、その翌年に社長就任の話が出た。当時の社長箕輪《みのわ》は経団連の役員入りを目論み、子飼いを社長に据えて自身は会長となり院政を敷くシナリオだった。他にもう一人候補がいたようだが、業務上の不正行為が発覚し関連会社に転籍、後釜は橋本一本に絞られた。箕輪が直接身辺を訊ねた時、橋本は社内の愛人の存在を伏せていたのだが、橋本の社長就任を内外に発表後なぜか駄目押しのように行われた社内調査で、彼が隠し抜いていた不倫の事実が発覚した。

「愛人はともかく、社内でやるバカがどこにいるか！」

箕輪のあまりの剣幕に、橋本は社長室で土下座したらしい。普通なら社長就任は白紙だ。ところが、すでに橋本体制で話は進み、今さら取り止めればあれこれ詮索を受ける。箕輪は橋本に速やかな清算を命じたものの、話がこじれ、不倫相手は態度を硬化。かえって寝た子を起こした形となり、箕輪が原田に泣きついた。

そんなバックストーリーののち、原田から示された不倫相手の名と写真に言葉を失った。

姫野《ひめの》雪江三十歳。都立山浦工業高校情報技術科を卒業後、特待生として都内の短大に入学。コンピュータサイエンス学部を卒業後、二〇〇六年にジャパンエレクトロンに入社、東京研究所に配属。二〇一五年情報基盤開発第二部第三課主任研究員に昇格。企業の肩書きは外から分かりにくいものだが、短大卒の三十歳で主任研究員というのは、早い昇進だろう。短大時の成績も優秀で、研究員としての彼女の能力は極めて高いとのことだったが、愛人に対する橋本の手心が働いていたのではないか。

「この女なら、知っています」同じ施設の出身であることを、原田に告げた。

「やりにくいだろう。他の者に回すか」さすがの原田も驚いた顔でそう言ったが、わたしは仕事を請け負った。誰が相手であろうと、仕事に私情は挟まない。あの時のわたしは、自分を信じていた。

半月、雪江の周辺を洗った。弱みとなりそうな材料は見出せず、偶然を装い雪江と再会した。何度か食事を重ねて打ち解けたものの、雪江が不倫の件を匂わせることはなく、泣きどころも出てこない。いよいよ、なにかしらをでっち上げるしかない。そんな時、連絡がきた。今すぐ会いたい。どこか重い声を聞いたのは、雨の夜のことだった――。

店ではなく、彼女を大久保の部屋に呼んだのは、どんな気紛れだったのだろう。未だに、上手く理由を語ることができない。なんらかの予感、理屈を超えた予感……。ずぶ濡れでやってきた雪江は、渡したタオルで髪を拭き拭き、興味深げに部屋を眺めた。

「奈美さんって、すべてクールなんだ。憧れちゃう」

薄暗い照明。コンクリートが剝き出しで生活感など皆無のダイニング。彩りといえば端のめくれたロートレックのポスター。右奥はなんの区切りもなく寝室に続き、左に伸びる廊下の突き当りにはトレーニングルーム。陽差しを取り込まない窓たちは、夜ともなると埋めあわせのつもりか赤や青のネオンの残光を招き入れる。部屋は、住む者の心象風景である。そんなことを語っていた建築家がいたが、そうだとしたらわたしの心は救いようがない。

「わたしは憧れない。ここにいると、滅入ってくるばかり。なにを飲む？」

「奈美さんと同じもの」

わたしはグラスをふたつテーブルに置いて、氷も水も入れずワイルドターキーを注いだ。嵐のような雨が、窓に叩きつけている。グラスに注いだバーボンは本来の琥珀《こはく》色を失ったように黒く見えて、喉に流し込むと重い味がした。

「ねえ、聞いてほしい話があるの」

バーボンの味わいよりも重い声で、雪江は呟いた。

「奈美さんにしか言えない話。勝手だけど、すべて秘密にするって誓ってくれる？」

わたしはうなずき、雪江の思いつめた瞳に嘘をついた。

「もう一杯、もらえる？」

いつの間にか空になった雪江のグラスに、バーボンを多めに注いだ。話の内容がどうであれ、今夜、雪江の口を滑らかにするには、酒が力になってくれることだけは理解できた。雪江はひと口舐めるように飲み、また飲んで、それから、一気に飲み干した。わたしは、彼女のグラスに無言でバーボンを注ぎ、タバコを咥え、待たないふうで待つ。ジャンプしようとしている者に、言葉をかけちゃいけない。自分の意志で、タイミングで、跳ばせるのがいい。特にわたしたちのように、独りで生き、育ってきた者たちには。

二度、三度、雪江の唇が開きかけ、止まり、そのあと、

「不倫、してたんだ。わたし」

彼女は、跳んだ。

「八年。長いでしょ。相手は勤め先の偉い人。歳は二十以上離れているけれど、愛していた。わたしなんか、単なるエンジニアだけど、少しでも彼が上に行けるようにって、仕事を頑張ったわ」

それは、若い彼女なりの純愛物語。

「彼、今度、会社の一番上にいくかもしれない」

「おめでとう、って言うべきなのかな?」

わたしは言葉を選び、雪江の反応を見た。

「彼は、おめでとう、なんだろうな。本当に、彼に偉くなってほしかった」

次期社長候補の話が社内で囁かれるようになった時、彼の対抗馬がいた。

「営業系の専務とのレース。もしかしたら本命はそっちで、彼が対抗馬だったのか

も」

　その本命は、落馬した。

「スキャンダルよ。取引先と共謀し、キックバックで私腹を肥やしていると怪文書が出回った。内容は本物。文書を流す前に、きちんと裏を取ったもの」

　じゃあ、それ、あなたが？

「彼のためになればと思って。本命は関連会社に出向。一生、飼い殺しね。彼も会社も、怪文書の出所は知らない。でも」

　そのスキャンダルは嗅覚の鋭い週刊誌に嗅ぎつけられて、面白おかしく脚色を施され記事となった。記事はいっとき社の株価にまで影響を及ぼし、株式の時価総額が企業価値とされる今、経営側は再度スキャンダルが社を襲う事態を極度に怖れるようになった。

「彼の身辺は改めて徹底的に洗われ、隠していた不倫の事実が知れた」

　もう少し、もらえる？　と雪江はグラスを滑らせた。空のグラスにバーボンを満たしながら、話の先行きをわたしは考える。

「すでに彼の社長就任は外部に発表ずみ。彼に言われたわ。社長に二人の関係が知れた。すまない、別れてくれって」

雪江はバーボンを飲みかけたもののテーブルに置き、グラスを指で軽く弾いた。本来の色あいをなくした黒い液体が、身じろぎのように小さく揺れた。

「彼の家庭を壊す気なんかない。たまに、二人きりで会ってもらえるなら、それ以上はなにも望まない。だから会社には別れたって嘘を言って。それでいいでしょ、ってお願いしたわ」

そこで言葉を止めた雪江は、バーボンを口にすると少し顔を顰《しか》めた。

「でもあの人、すっかり腰が引けてるの。幻滅した。強さ、逞《たくま》しさ、優しさ。わたしはそこに惹かれていたのに、社長の椅子を前にしたあの男からは、それが失せていた。頼む、別れてくれ、この通り、お願いだ、出てくるのはそんな言葉ばかり。それでわたし、なにを考えたと思う？」

雪江は少し潤みを帯びた瞳でわたしを見た。わたしが応えないのを見て、

「奈美さんなら、どうした？」

「赦さないね」

わたしは、自分の仕事を、立場を置き去りに、告げた。

「わたしもそう。だから、心中《しんじゅう》してやろうと思った」

人間、誰しも裏を持つ。絶対に暴かれたくない裏を。

メール、電話、会話を盗聴した。

「だてに通信機器の研究開発をしちゃいない。民間のセキュリティ、特に仕組みを知り尽くした社内のものなんて、その気になれば鍵のないドアを開けるようなものだった」

「いいネタは見つかったの？」

「たくさん出てきた。グレーなものがいやになるほど。ただ、聞いちゃったの。絶対に、聞いちゃいけなかった台詞を」

彼女は消え入るように呟き、しばらく沈黙が部屋を支配した。近くを走る電車の音、駅のアナウンス、酔漢の雄叫び、雑多な営みが紡《つむ》ぐ耳鳴りのようなＢＧＭすら遠ざかった。雪江は、幾度か深く呼吸をした。

「彼が社長と二人きりになって、不倫の件を報告するところ。いつまでダラダラ時間をかけるつもりだと罵倒され、彼は、なんとかします、の繰り返し。社長が荒々しい足音を響かせて出て行ったあと、深い溜息を何度も何度もついて……、彼、追いつめられてノイローゼに近かったのかも、ブツブツいろんなことを呟き始めた。わたしがここまであの人を追い込んだのだと思った途端、怖くなった。それで音を切ろうとした時、聞こえたの。雪江、愛していた、俺はどうすればいい、って」

雪江は、うなだれた。

「ゴメンなさい、こんな話。ただ、誰かに、聞いてもらいたかった。ううん、奈美さんに、聞いてほしかった。それで、忘れる。あの人を、もう、赦してあげるんだ」

わたしはバーボンを飲み干し、そっと、雪江の隣に移動した。雪江は顔を上げ、わたしにすがりついた。わたしの胸で泣いた。あの子の震える暖かさとともに、わたしのなかに広がっていったものがあった。哀しみや、愛しさや、彼女が抱えてきたものが、わたしに浸透していき、わたしが抱え込んできた過去と複雑に絡みあって、わたしは自分がなにをしようとしているのか分からず、自分を抑えられず——、雪江の顔をそっと上げて、唇を重ねた。

びくんと震えた雪江を、押し倒した。

あの子は一瞬抗《あらが》い、それから力を抜き、わたしの求めに応じてきた。

その夜、わたしたちは貪《むさぼ》りあった。

性欲自体はあるが、男は駄目だった。男に抱かれることを思っただけで胸が悪くなった。だからなにも考えず、機械的に自分でするだけだった。でもあの時の雪江を見て、初めて、人を愛したいと思った。そして愛する気持ちを、わたしはああいうふうにしか表現できなかった。

わたしたちは、愛しあった。互いの肉体の隅々まで貪り、貪られることで、心を満たそうとした。歪んだ愛なのだろうが、普通に愛を得られなかった二人には、漂流の末に辿り着くことのできた安息の場だった。

数日後、雪江との肉体関係の部分を伏せ、原田に報告をした。雪江は会社から身を引く。彼女の口から橋本との不倫が語られることはない。だから、彼女を罠にかける必要もない。

「お前、それを、信じろというのか」原田は、不満気に言葉を吐いた。

「根拠がない」

「根拠なら、わたしが、そう信じたことです」

わたしはそう言って、原田に挑んだ。しばらく睨みあうような沈黙のあと、

「分かった」原田は、呟くように応じてくれた。

「で、その女、今後はどうするつもりなんだ」

「フリーランスでソフト開発をやっていくそうです。どうやらあの業界はそういうことが可能なようです」

「いっそ、手許に置いたらどうだ」

原田は、思わぬ提案を口にした。

「それだけの知識、使えるんじゃないのか？　お前もコンピュータの専門知識は持っちゃいないだろう。これから世界はどんどんそちら側にシフトする。戦力になるし、そうしておけば監視にもなる」

わたしは拒絶した。わたしは一人がいいし、なにより彼女をこの世界に巻き込みたくなかった。雪江は、こんなことも言っていた。他人の秘密を覗き見るのは初めてだった。自分の技術を使えば、かなりのことができることも分かったけれど、それは他人の汚物を見るようなもの。もう裏は見たくない。二度としたくない、と。

のち、雪江は静かに会社を去り、どこにも就職はせず、なんとかやれている。彼女は、わたしが株取引の世界で生計を立てていると信じている。

雪江とは、ただの恋人同士として、この二年を過ごしてきた。そのつもりだった。

しかし今夜、思いもしない形で、彼女はわたしの前に現れた。

二年前、あの時のわたしは、仕事に私情は挟まない、自分にはそれができるだけの非情さがある、と信じていた。しかしわたしは、私情で雪江を押し倒した。

破戒の罰。自分のルールを破った報《むく》い。そんな言葉が、脳裏をよぎっていった。

六章

1

翌火曜、市川に電話を入れて、状況を報告した。

「引き続きよろしくお願いします。じつはこちらも少し大変なことになっていまして」

社長の大池が、デモの首謀者に会うと言い始めたらしい。

「直接会って話を聞き、こちらの主張を語り、理解を求めると」

「無理よ。いくら話したところで平行線に決まってる」

「わたしもそう思います。それに、こういう案件に一々社長が乗り出していく前例は、社としても作れません。他の企業にも迷惑が及びます。皆で懸命に止めているところですが、このままデモが大きくなると大池は暴走しかねません」

矢面《やおもて》に立つという肚は立派だが、それも相手を選んでのことだ。

「宮浦さんは、なにか動いている？」

「いえ。自分にお鉢が回ってこないかビクビクしてはいますが。あと、次回のリスク委員会に向け、弊社を非難するソーシャルメディアの投稿量のまとめと解析を部下にさせています」

「それで、なにかが変わるの？」

「わたしもそう思いますが、原田先生にお願いしたのだから自らはなにも」

そんな話に少々焦りを覚えながら、夜、糺す会のアジトに初めて足を踏み入れた。アジトというと物々しい響きだが、小田急線生田駅南口から徒歩十分、古いアパートの一室だ。生田駅には初めて降りた。駅は丘陵地の谷間にあり、北も南も少し歩けばきつい上りに変わる。上手く乗り継げば新宿まで三十分足らずという利便性からか、坂には新旧のマンションや団地が立ち並んでいる。エルチェの指示で駅まで迎えにきてくれたレノンと、勤めを終えて家路に向かう人々に混じり坂道を歩んだ。

「レノンって、もしかしてジョン・レノン？」

言ってみると、レノンは笑った。

「それ、悪いけど絶対に古いっす。アーロン・レノンですよ」

彼には当然のように言われたが、そんな名前は聞いたことがない。

「イングランド出身のサッカー選手、ポジションはミッドフィルダーです。自分、高校大学とサッカーをやってたんだけど、一番好きな選手なんです。百六十五センチと小柄なのに、世界を相手にプレーするんすよ。憧れだなあ」

レノンは大学を出たのち、市民運動とアルバイトで日々を過ごしている。アルバイト先は徒歩十分ほどのドラッグストア。勤務は週六回。デモの金曜以外はすべて、ということだ。

「なんか、会のつながりも嬉しいし、大学のサークルじゃ感じなかった、社会に向かって声を上げている充実感があるんすよね」

しばらくこんな生活をして、いつか実家に戻り農家を継ぐつもりだという。

「エルチェさんは、若いお前に自分の後を継がせたいから頑張れって。でも、家のこともあるし、第一自分、人の上に立ってグイグイやっていくタイプじゃないんで」

そんな身の上を聞きながら、西三田団地とある交差点を右に折れた。さらに坂を進んでいくと通りの左に古びたアパートが立ち並ぶ一角があり、そのひと棟に案内された。横に長い二階建てのアパートは全部で十六室。二室ほど空きがあるものの、住人は学生、老人、東南アジアからの出稼ぎと雑多らしい。間取りは六帖間に三帖ほどのキッチン、トイレはあるものの風呂はない。そもそもは日本を生きる会の事務局として借りたもので、今は留守番代わりにレノンが月二万円の自己負担で住み込み、差額分は会の費用から出ている。部屋にはテレビ、冷蔵庫といった一応の調度品が揃っていた。どこにでもある小さな暮らしの風景だ。アジトらしいものといえばデモに使う横断幕や日の丸が隅に置かれているのと、ミーティングに使用する大きなホワイトボードくらいだろう。エルチェ、ハオウ、ケンケン、ゲラ、イーチャン、モグモグ、ベン、マサミンが三々五々集まると、さすがに手狭に感じられた。顔ぶれに、ナミの姿はない。

紙コップに入れたウーロン茶をレノンが甲斐甲斐しく配る向こうで、エルチェがホワイトボードに活動成果を記していく。「デモは本社で三回、大阪支社で二回。会を重ねるごとに参加者は増えている。美国堂は静観を決め込んでいるが、そろそろ無視ではすまなくなっていくはずだ。金曜には初めて、大手テレビ局がカメラを構える姿を見た」

運動が地上波に乗れば、勢いは一気に増す。

「しばらく週二回のデモに全力を注ぐ。ここでのミーティングも火、木に定例開催する。くどいようだが、くれぐれもこのタイミングで揉め事は起こすな。いつも言っている通り、俺たちは、多くの国民から賛同を得る市民運動体でなければならない」

エルチェの熱弁を聞く面々の反応は、相変わらず様々だ。熱心に聞き入る者、メモを取る者、かと思えばスマホをいじる者も。大きな口をへの字に結んで壁に寄りかかったハオウは今日、チェックの派手なスーツを着込んでいる。明日の晴れ舞台に備えて着飾ったつもりなのだろう。

「まあ、明日は任せておけ」

ハオウは、エルチェの話の腰を折るように口を挟んだ。

「俺はエルチェほど優しくないんで、大阪の連中に活を入れてくる。東京のお前たちは俺が仕込んだんで随分マシになったが、向こうの奴らはデモの仕切りをまったく理解していない」

エルチェは少し鼻白み、それでも「よろしく頼む。経費は領収書を添えてすべて会に回してくれ。このところ、デモ会場やネットを通じてカンパも増えている。資金は潤沢とは言わないが、うちは明朗会計でやっていくからな」そうつけ加えた。

「エルチェ、いちいちがバカ正直過ぎないか？」

「いいんだ、俺の言う通りにしてくれ」

ハオウは不承不承ながらうなずいた。

明日の大阪はハオウ、ゲラ、モグモグ、ベンの四人が、向こうのメンバーと合流し指揮を執るということで、午後十時、四人を見送りに外に出た。車はベージュ色のスズキ・アルト。型からして発売されて十年近いはずだ。車に興味はないが、これも仕事のうちで一応頭に入っている。ナンバープレートも記憶した。こんな軽自動車で大阪まで真夜中に移動するのは、エルチェがこぼしていた通り、かなりの強行軍だ。狭いリアハッチにデモの用具を積み込むさなか、車の持主、大阪行きのメンバーで二十代中頃といちばん若いモグモグに近づいた。

「気をつけてね、これ、少ないけどカンパ。途中皆で栄養ドリンクでも飲んで」

五千円札をそっと握らせた。

「すみません、ありがとうございます」

モグモグの表情は、どことなくすぐれない。

「本当はエルチェさんも、一緒に行ってもらいたかったんですよねえ」

「もしかしてハオウさん、怖いの？」

「いえ、あれで優しいところもあるんですけど、エルチェさんに少し反抗心があるみたいで」

「あら、それだと板挟みね」

会話は廻せば廻すほど、こぼれ落ちてくるものが増える。わたしは意図的に言葉を継いだ。

「エルチェさんがクリーンクリーンってクドく言い過ぎるのも、きっとよくないんですよ。ハオウさん、今回はETCを突破して高速代浮かせて、それで美味いもの食おうかって。言葉だけじゃなくてあの人、本当にやりかねないから。ボクだって立場は下だから、止めろともいえないし」

ブツブツ呟いてから、

「あっ、これ、エルチェさんには絶対内緒ですよ。エルチェさんがハオウさんに言えば言うほど、逆効果になるんで」

モグモグはあわてたように小声で囁くと、ドアを開けて運転席に座った。

わたしは微笑み、うなずいてみせた。

「分かってるわよ、心配しないで。これ、モグモグくんの車なんだ。いいわね、車があるとドライブできて」

「じゃあ今度、ドライブしますか？」

モグモグはわたしに言葉を返しつつ、手慣れた様子でカーナビをセットし始めた。

「わたしみたいなオバサンじゃイヤでしょ」

「そんなことないです。リンダさんとドライブに行けるなら、嬉しいっす」

モグモグは、少しはにかんだように言う。

「本当？　嬉しいな。後部座席はどんな感じ？　意外と広いのね。思ったより快適そう」

どうでもいい話を続けながら、わたしは、カーナビの画面を横目で確かめる。

画面は、東名高速から伊勢湾岸自動車道で四日市へ、東名阪自動車道、新名神高速道路、名神高速道路で吹田へ。さらに近畿自動車道と阪神高速で大阪市内に入る道を示した。

用意が整い、面々が乗り込んだ軽自動車のテールランプが、角を曲がり消えた。仕事があるからと、わたしはその足で駅へ向かった。すぐにでも電話をしたかったが、万一の目を考えて自重した。生田駅から新宿行きの各停に乗り、登戸《のぼりと》で快速急行に乗り換えた。車内はがらがらで、わたしに注意を向けている者はいない。数日前に感じた視線も今日はない。新宿駅に着いたのは午後十時五十八分。高円寺まで待てず柱の陰で、美国堂の市川に電話をした。彼はまだ眠っていなかったようで、すぐ電話に出てくれた。

「遅くにゴメン。急ぐ話なの。もしかしたら空振りになるかもしれないけれど、聞いてくれる？」

状況を説明し、手早く指示を与えた。

2

翌日、朝六時半にスマホが鳴った。

こんな時間に、誰？　寝返りを打った時に記憶がつながり、スマホを取り上げた。

電話の主は市川。

「西澤さん、かかりましたよ！」興奮した声が飛び込んできた。

「よかった。あとはマスコミへの仕掛け、お願いね。不自然さのないよう、最初は小さく。でも今日中には大きく」

寝惚けた声でそれだけを言い、わたしはまた眠りに落ちた。

高円寺のワンルームでわたしが惰眠《だみん》を貪っているあいだ、美国堂を糺す会は揺れに揺れた。

午前五時十八分、名神高速道路吹田インターチェンジのETCレーンを突破したスズキ・アルトが大阪府高速道路交通警察隊に現行犯逮捕された。運転していたのはアルバイト岩崎誠《いわさきまこと》三十八歳、つまりハオウだ。生田のアジトを出る際ハンドルを握っていたのはモグモグだったが、ETCレーンの強行突破に際してハオウが運転を代わったのだろう。一行は警察署で取り調べを受け、片や大阪のメンバーは約束の時刻になっても現れず連絡もつかないハオウに焦った。なんとかデモは行ったものの現場は混乱していたようで、暴言を吐き通行人と小競りあいを始める参加者もいたらしい。デモとほぼ同時刻、関西のローカル局がワイドショーで、取材中にたまたま遭遇した高速道路料金踏み倒し未遂の映像を公開した。猛スピードで料金所のバーを撥ね飛ばす車の様子とともに、運転していたのが市民運動家で活動のため大阪入りするところだったと注釈もついた。取り調べにハオウはETCカードの未装着に気づかなかったと弁明したようだが、普通、こんな猛スピードでレーンを抜ける者はいないだろう。夕刻には扱いこそ小さいが東京のキー局がニュース番組で報道するに至り、この件は全国に広まった。

これが、大手企業の力だ。しかも美国堂は大阪発祥の会社。今は東京に本社があるとはいえ、関西圏での力には根強いものがある。警察OBの雇用だけでなく、交通安全キャンペーン、交通安全講習会等に大阪支社の大ホールを無償で貸し出し、交通安全の催しに際しては自社製品を提供と、大阪府警とのつながりも深い。今回はあらかじめ違反車両のナンバーが分かっている。要所で警戒に当たらせることは無論、そこにテレビ局のカメラを配置させることも、年間五百億円という宣伝広告費を持つ美国堂からすれば朝飯前だ。とはいえ、本当にハオウがああいう行動に出るとは限らず、空振りに終わる可能性も少なからずあった。そこを臆せず、しかも短時間で多方面にネゴシエーションを行ったのが市川の好プレーであることは間違いない。彼のことは買っていた。三年前の案件時には単なる窓口でしかなかったが、昨年回ってきた仕事の際には彼の手を借りる必要があり、期待以上の力を示してくれた。わたしは彼を戦友として認めたからこそ、三月末には原田に内緒で相談にも乗っている。今回のこれも、戦友あっての成果だ。

この日、ハオウの一件が大きくなるあいだ、わたしはずっと惰眠を貪っていたわけではない。林田佳子がアジトのミーティングに現れたのと同時にハオウが捕まった。こちらとしてはシラを切り続けるしかないが、この符合を怪しく思う者はいるだろうし、そうなるといつまで潜入を続けられるかも分からない。

ネットで生田駅周辺の不動産屋を当たり、アジトに近くすぐに入居できる賃借物件を探した。あのあたりにアパートが多いことは、昨日目にしたことで理解している。レノンによると裏手に大きな墓地があることで、アパートを取り壊し分譲する計画が立ちにくいらしい。不動産屋から四件の候補をメールで送ってもらい、一件を明日、内見することにした。アジトのあたりをうろつくのには躊躇《ちゅうちょ》もあったが、不動産屋の車で移動すれば姿を見られるリスクは少ないだろう。エルチェにはこちらからメールを入れた。報道を見た。心配している。そんな内容だ。しばらくして短い返信があった。『あのバカとは縁を切る！』感情を露わにした文面だった。

夕刻、もう一度市川と連絡を取りひと息ついていると、黄から電話が入った。電話の向こうで黄は思わぬ言葉を口にした。

「奈美さん、会えない？　朝子さんが死んだ理由、少し分かった」

正直、踏み込みたくない話だったが、黄の口調があまりにも悲愴で、会って話を聞くことを承知した。黄は、数少ない仲間の一人だから。

陽の暮れる六時を待って、ジーパンにスニーカー、ボーダーのカットソーにベージュの薄いモッズコートを羽織り高円寺のマンションを出た。背筋に力の入らないスタイルだが仕方ない。こまめに道を変えながら隣駅の阿佐ケ谷まで歩き、わたしをつけている者がいないか確かめた。数日前に感じた視線はない。あれは、なんだったのか。まさか雪江？　そんな思いもよぎったが、素人のあの娘《こ》にあんな真似ができるはずがない。消えたとはいえ、座りが悪い。いや、むしろ消えたことのほうに理由が？　つまり、観ていた者は目的を達した。でも、どんな目的？　気味悪さが貼りついたまま、南阿佐ケ谷から丸ノ内線という遠回りを選び池袋へ。途中、ネットで東口のダイニングに個室の予約を入れ、午後八時、黄と落ちあった。黒尽くめでないわたしに彼は少し驚いたようだったが、あれこれ話を作るのも面倒くさい。このところつめている仕事先から池袋まで出てきたと、大久保以外の場所で会うことになった適当な口実だけを語り、ビールで乾杯した。そのあいだも黄の表情はどこかすぐれない。

「電話の話、なにがあったの？」

こうしてやってきたからには逃げるわけにもいかず、そんな言葉で水を向けると彼はうなずき、ぽつりぽつり語り始めた。

「先々週の金曜だから、十八日。店に陳《ジン》がやってきた」

十八日というと、わたしがエルチェにコンタクトした日だ。陳という名に思い浮かぶ顔はない。

「大久保の韓国スーパーで働く全州《チョンジュ》出身の男。四十歳を越えているのに仕事より酒が好きな奴で毎晩飲み歩いて、時々アサコ苑にもやってくるけど、借金だらけ。あまり好かれてない」

仕事より酒が好きな奴。その言葉にわたしは、ジョッキに伸ばしかけた手をそっと止めた。

「陳は、店を閉める頃にやってきた。やっぱり酔っていてマッコルリを飲んで、そのうち泣き出した」

その日、黄はアサコ苑にはいなかった。つまり、のちに千里から聞かされたということなのだが、

「陳、죄송합니다《ゴメンナサイ》って謝ったらしい。千里さんはなんのことか分からなくて理由を聞いて――」

陳は二月に倒れ、歌舞伎町の病院に入院していた。重度のアルコール性肝障害で、病院はベンゾジアゼピン系の薬剤とビタミンB_1投与等の治療を行ったものの、陳は夜な夜な屋上で秘かに酒を舐め、タバコを吸っていた。このあたりは心情的に分からないでもない。

「ある夜、誰もいないはずの屋上に人がやってきた。看護師の見回りかと思って陳は

隠れた」

　人影は男と女。二人は立ち去る様子もなく語りあっていた。二月だ。上着を羽織っているとはいえ寒い。わずかなコップ酒も底をつき体が冷えていくなか、声は争うようなものに変わっていった。責め立てる男と、懸命に訴える女。

「途中から女が、同じ病院に入った朝子さんではと思ったらしい」

「陳はそのことをあとで朝子さんに確かめているの？」

「その時間はなかった。怖くなって、それに寒くて、陳は最後、そっと逃げた。その夜のうちに、朝子さんは病院の屋上から飛び降りた」

　自分が声をかけていたなら朝子は死ななかったのではないか。陳はそのことを負い目に感じ、ずっと秘密にしていたものの良心の呵責《かしやく》か、千里に告白し、泣いて謝った。

「でも、それだけではなにも」

「なにも分からない。ボクも最初、そう思った。でも陳、途中から録音していた。それを奈美さんに聞いてほしかった」

　黄はスマホにイヤホンを取りつけた。わたしが耳に装着するのを待ち、彼は音声ファイルを再生した。マイクの感度がよくないのだろう、録音された音は小さくかなり

ボリュームを上げねばならず、その分ノイズが耳につく。雑音、雑音、雑音。遠くで、

（お願い、落ちついて）

女の声が聞こえた。でもこれが朝子の声だという判断は、わたしにはつかない。女を罵倒する男の声は若そうだが、早口でまくし立てていることもあり、上手く聞き取れない。

（そうじゃない。わたしは……）

女は懸命に言葉を尽くそうとしているようだ。

（あんたなんか……、俺に流れ）

（お願い……、そんな言い方）

断片的にしか聞こえない。そう告げると、

「奈美さんでも、駄目なんだ」

黄は、落胆した。

「これ、音の補正はしたの？」

全部を聞き取れたとして、だからどうなのだ。正直そんな気がしたが、黄の哀しげな顔に、そう言葉を選んだ。

「ネイティブの奈美さんなら聞き取れると思ったから、なにもしていない。やってみるから、また聞いて」

「それはかまわないけれど、会話の内容を聞き取れたところで、なにが明らかになるかは分からないわよ」

「千里さんは、朝子さんと話していた男、もしかしたら息子じゃないかって」

「朝子さんに息子がいたの？　初耳だけど」

「朝子さんは昔、離婚している。まだ子供だった息子は父親が連れていき、そのままだったらしい」

――わたしには家族がないの。縁がなかったのよ。

いつだったか朝子から聞いた言葉は、そういうことだったのか。

「離婚の原因は？」

「知らないけれど」黄はスマホを操作し、一枚の写真を示した。

「朝子さんの遺品。千里さんが見せてくれた」

色褪せたカラー写真には若い頃の朝子と同世代の男性が並び、彼女の膝で二歳ほどの幼児があどけない笑みを浮かべている。

「朝子さんは入院した時、病院にこの写真を持っていった」

黄に写真をメールで送ってもらい、音声ファイルも補正でき次第送るようにと告げた。

「この男と息子の名前は？」

「聞いてない」

「じゃあ、それも聞いておいて」

指示しながら、朝子の闇に次第に深入りしていくような自分に溜息が漏れそうになった。適当なところで手を引こう。

今夜はビール二杯とウイスキー一杯で、切り上げた。

3

高円寺のマンションで目覚めると、今夜ミーティングを行う旨、エルチェから連絡が届いていた。はたして林田佳子がどんな目で見られるか気にはなったが、疑われたところでなんの証拠があるわけでもないはず。不参加は逆にまずいだろうと、ハラを決めた。午前中に生田の不動産屋に向かい、候補のアパートを見た。アジトの南にある古びたハイツは１Ｋ——六帖のフローリングに四・五帖のキッチン。ユニットバスとトイレがつき、月額六万円。考えるふりをしたが、広さも値段もじつはどうでもいい。アジトに近いことだけが条件だ。近隣の大学で急な仕事が入ったと適当な話を作り、手付金を渡し契約を進めてもらうことにした。上手く運べば最短で二日、つまり土曜には契約が完了する。午後二時を待ってアジトに向かい、戸を叩いた。レノンは今頃、近所のドラッグストアでアルバイトの真っ最中だ。昼時にいったん戻ったところで、すでに店に向かったはず。返事のないことを確かめてから、鍵を開けた。こういう安物のシリンダー錠なら、解錠に三十秒とかからない。一昨日のミーティングで当たりをつけておいた場所にスクランブル型盗聴器を二台、手早く仕込んだ。これは複数の周波数を一秒に二十回高速変化させつつ盗聴波を送信するもので、盗聴器調査のプロでも発見が難しい。本来ならエルチェの住まいを盗聴したいところだが、彼から聞いた防犯カメラのセキュリティ相手だと、さすがに忍び込むにもハードルが高い。いったん生田を離れ、夜、素知らぬ顔で再び生田駅に降り立った。

今夜アジトに集まったのは、ケンケン、イーチャン、ヨミ、マサミン、ボート、レノン、わたし。そして大阪に向かった四人のうち、縮こまったモグモグの姿があった。皆、一様に暗く、無駄口を叩く者はいない。

「知っての通り、ハオウが逮捕された」

エルチェは苦々しい声で告げ、皆の顔を眺めた。

「モグ！」強い口調で促され、モグモグが消え入りそうな声で、逮捕の経緯を語った。

一昨日の夜、軽自動車に乗り込んだ四人は、朝方、予定通り大阪に至った。

「名神高速に入ったところで、ハオウさんが運転を代われ、と。高速道路料金の踏み倒しなどゲームみたいなものだとETCレーンを走り抜け――」

「わずか一万円程度の高速代のために捕まり、テレビでも名前入りで報道された。あそこまでバカな真似をする奴とは思っていなかった。警察は刑事罰を視野に入れた動きをしているようで、そうなると三十万円以下の罰金だ。常習犯となると詐欺《さぎ》罪。もっとも、はめられた気がしないでもない。あんな早朝に警察が張り込んでいて、そこにテレビ局が居あわせる偶然というのは、そうそうないはずだ」

ヒヤリとする言葉だったが、わたしはあくまでも新参者として聞き手を装う。

「でも、誰が？」

そう口にしたもじゃもじゃ頭のヨミに、エルチェは「分からんさ」と吐き捨てるように応じ、ちらりとわたしに視線を向けかけた気がした。

「確かなのは、とんでもないことをしてくれた、ということだ。で、今後どうするかだが――」

ハオウは会から永久除名。不祥事を受けて、美国堂を糺す会主催のデモは一週間自粛。この二点を今夜、会のSNSに公式声明としてアップする。

「意見、異議のある者は、遠慮せず申し出てくれ」エルチェは皆の顔を眺め回した。

「あの、その点はいいんですが、このあと運動はどうするんですか」

イーチャンが、おずおずと声を上げた。

「無論、続ける。一週間の自粛で世間の言う禊《みそぎ》とし、運動は再開だ。批判されているのはハオウの行いであって、俺たちの主張そのものではない。皆、この点は絶対に混同しないようにしてくれ」

だが、面々の不安そうな顔は変わらない。今朝のワイドショーはハオウの件を取り上げ、岩崎誠の実名とともに顔写真、市民活動家という肩書きを放送した番組もあった。どの番組もハオウが合流するはずだった美国堂デモに触れていないのは、テレビ局としての配慮だろう。ただネットでは岩崎が美国堂を糺す会の幹部であることが話題となり、会を非難する声に、会と岩崎の行いは別物とする声、さらに岩崎を庇護する意見もあり、炎上の様相を呈していた。

火曜の勢いのよさとは打って変わった会は、ひっそりと終了した。

4

五月三十日早朝、名神高速吹田インターにて、当会の岩崎誠が高速道路料金の支払いを不当に免れようとし、大阪府高速道路交通警察隊に現行犯逮捕されました。岩崎は当会の副代表を務める幹部であり、そのような立場にある者が不正を犯し逮捕に至ったことは慙愧《ざんき》に堪えません。幹部会員がこのような問題を起こしたことに、代表としての至らなさを痛感するとともに深く反省をしております。本件を受け『美国堂を糺す会』は、以下の対応を取ることといたしました。

一、岩崎誠を当会から永久除名処分とし、今後、一切の運動に関わらせません。

一、当会は今回の犯罪行為を重く受け止め、六月一日美国堂東京本社、六月六日美国堂大阪支社に対して予定していた抗議デモを自粛します。

なお、美国堂の韓国偏重の経営路線は容認できるものではなく、自粛ののち我々は、美国堂を糺す運動にさらに邁進いたします。

『美国堂を糺す会』代表エルチェ

文書がネットに上がったのは五月三十一日深夜。一日のデモは中止する旨、会のSNSに事前告知があったが、事情を知らず集まった百人ほどが美国堂本社前でおのおの気勢を上げた。

その翌日となる土曜、不動産屋と契約が完了し、部屋の鍵を受け取った。立ちあいが必要なガスの開通は後回しとし、電気と水道の利用を電話で手続きした。なにもない部屋で二台のパソコンを立ち上げた。アジトに仕掛けた盗聴器の傍受範囲は半径百メートル。ここでいったん音声を拾い、クラウドに置いたフォルダーへ飛ばす。そうしておけば、どこでも音声をチェックできる。音声ファイルは、一定以上の物音が聞こえた時のみ生成される仕組みだ。ネットワーク関連に強い雪江や黄なら、もっと簡素で効率のいいやり方を考えつくのだろうが、わたしの知識ではこんなところだ。ツールはどんどん進化している。そろそろ新しい手法も学ばないといけないだろう。

新宿に戻り、その足で原田と会った。原田は前日からヒルトンホテルに宿泊し、いつもの一階のラウンジではなく、三十七階の宿泊者専用ラウンジにわたしを呼び寄せた。昼間ということもあり、人の姿はほとんどない。外国人が数人、窓際の席で談笑している。

「ここなら、まず他人の目もない。たまには、こういうところに宿泊するのもいいものだな」

「でも、御覧になっているものは同じですね」

今日も原田は、喰い入るようにスマホの画面を見つめていた。

「試合の映像を、また入れてもらったのでな」

「本当に、お好きですね」

「男ってのは、いくつになっても血湧き肉躍る闘いに憧れるんだ。少しは大目に見ろ」

原田は手のなかでスマホをもてあそんだ。

「別に、駄目とは言っていません」

「厳しい奈美様にお許しをいただけて嬉しいよ。しかし夢中になるせいか、このところスマホの電池がすぐなくなるようになった。四六時中スマホに齧《かじ》りつくのはバカのやることだと思っていたが、これでは他人のことは言えんな」

原田はテーブルにスマホを置くと、少し照れたように、大きな窓の外に広がる薄曇りの都市に視線を置いた。昼の陽のなかで眺める原田の横顔は、随分老《ふ》けて見えた。

すでに七十歳、一般社会ではとうに現役を退いた世代だ。知恵者で策士、肚の据わったこの男にも、確実に老いは訪れている。フブキパン工場長室での出会いから十五年。信頼はしている。尊敬の念も抱いている。でも、原田個人については、なにも知らないに等しい。

人は誰しも自分を語りたがる。だからこそボロも出る。わたしの仕事は、しばしば、人間が持つ自己顕示欲、承認欲求に助けられる。原田はそのことを熟知しているからこそ、身内にも己を出さないのか。いや、この男の思考に身内という概念はあるのか。すべてをなげうち、自分が粉々になろうとも、手を差し伸べようとするような相手が。少なくともわたしがその対象でないことは理解している。二人をつなぐ基本線はビジネス。寂しいとも思わない。生まれ落ちてからこの方、身内など持たなかったし、それでいいと思っている。

取り留めのないことを泡沫《ほうまつ》のように頭の隅に浮かべながら、わたしの口は、ここ数日の顚末を告げていく。

「さすが奈美、というところだな。あの会の運動に支障が出るところまで、よく短期間で追いつめた。宮浦は電話口で小躍りせんばかりだったぞ」

原田は、淡々と称賛した。

わたしが連絡を取りあう市川も、胸を撫で下ろしていた。これで、大将が敵陣に飛び込む暴挙は止められました。そんなふうに笑っていたが、まだすべてが終わったわけではない。

「取りあえず運動の勢いを削ぐことはできました。でも、自粛明けにデモが鎮火に向かうか再燃するかは予測がつきかねます。一昨夜ネットに上がった文書も、思っていたより形になっていました」

あの文書には、事実の説明、謝罪と岩崎の処分、短期間ではあるが活動自粛というケジメ、今後の方針、それらが簡潔に述べられていた。活動歴の長いハオウは過去にも問題を起こしており、そういう者を会に引き入れた迂闊さを問う声はあったものの、声明文公開ののち、ネット上ではエルチェに好意的な評価も増えていた。

「見たところ、ハオウのようにアクの強いメンバーはもういません。似たような手は使えないかと思います。それに、いつまで会に潜入できるかも。でも、なんとかします」

その言葉を機に、わたしはソファーから腰を上げた。

5

高円寺のマンションに戻った。別人に成りすます際のことを考え用意した一室だが、慣れない部屋とコーディネートはどうも落ちつかない。西澤奈美に林田佳子が混ざり込み、本来のリズムが狂っていくようだった。

もうしばらく、辛抱なさい。

ストレスを発散させるため、カードを切り、スクワットとプッシュアップで汗を流した。体がアルコールを求めているが、部屋で独り飲んでも気が滅入るだけだ。

雪江に会いたい。ふと、そんな思いがよぎった。エルチエの前で互いにハンドルネームで会い、探りあうように初対面を装い、雪江とはそれきりだ。

電話、とスマホに手を伸ばし、躊躇《ためら》った。雪江に抱いてしまった疑惑のせいで、以前のように肩の力を抜いてふるまうことができそうにない。

雪江が意図的にあれを仕組んだ可能性を、ああすることで彼女の利益となるものを考えてみる。いい答え——、この場合のいい答えは、わたしにとって悪い答えということだが、そういうものはなにも、たしかな形では浮かんでこなかった。

スマホが震えて、メールの着信を知らせた。着信は二件。一件は、(明日あたり、会えない?)まるでわたしの思考を読んだような、雪江のメールだった。

もう一件は黄で、音声ファイルが添付されていた。

雪江への返事を後回しにした。逃げている。少し自己嫌悪を覚えながら、それでも逃げ込むように黄のメールを開いた。ただこちらも、歓迎するような内容ではない。

朝子の元夫の名は峰岸正樹《みねぎしまさき》、息子は比呂《ひろ》。このあいだの音声をできる限りクリアにしたので、音声を聞いたあと連絡をほしいとあった。

添付された音声ファイルは一分十六秒。気は進まないが聞かないわけにもいかない。再生すると、土砂降りのような雑音が飛び込んできた。前回より近いところで、

「お願い、落ちついて」

女の声が聞こえた。ただ音は酷く割れ、これが朝子の声であるかは自信が持てない。

「嘘だ。あんたは俺に嘘をついてる。俺を……、そうなんだろう？」

激昂した若い男の声が聞こえた。補正のかけ過ぎで音は酷い歪みを生じているが、どこかで似た声を、わたしは聞かなかったか？

「辛いかもしれないけど、事実を受け止めて……」

女は涙声で赦しを請うている。

「あんたなんか母親じゃない！」

前回聞き取れなかった部分が、ところどころ耳に届く。

「お願いだから、そんな言い方は止めて……」

「俺は日本人だ！　純粋な、日本人だ！　あんた、そんなことを言いたくて、俺の前に現れたのか！」

「知ってほしかったの、本当のことを。それで……生きてもらいたかった」

そこで音声は終わっていた。

朝子の遺書が脳裏をよぎり重い溜息が出たが、もう一度音声を聞き直した。意思とは関係なく、ある興味が芽生えている。これが、朝子の息子の声。かなり歪んだ音声だが、聞き覚えのようなものが……。

幾度も繰り返し聞いてみたものの、答えは訪れなかった。すぐそこに引っかかっているはずのものに、伸ばした指がかからない。そんなもどかしさに苛まれた。いつもの自分ではない。朝子の死に漂う闇に臆病になっているのか、林田佳子という偽者を演じるストレスか、雪江に感じる疑惑に心が揺れているのか。弱い自分にうんざりした。逃げてばかりいてなんになる。まず雪江に明日の夜会おうとメールを返して、彼女を頭から消した。それから黄に電話を入れた。

七章

1

万一の尾行を考えていくつか電車とバスを乗り継ぎ、午後十時、高田馬場のダイニングで黄と落ちあった。土曜の夜とあってこの時間帯でも混みあっていたが、運よく二人用の個室に潜り込むことができた。

「奈美さん、趣味変わった？」

前回同様、黄は、わたしの服装に怪訝な目を向けた。デニムパンツにチェック袖のタックブラウス、そこにオリーブ色のロングシャツを重ねたわたしは、林田佳子仕様だ。

宗旨替え、とふざけたところで、黄には通じないだろう。

「これからは、こういうスタイルにする」適当に言ってみると、彼は目を丸くした。

「嘘よ。それより、音声ファイルのことだけど」

流れを用件に向けた時、お通しと生ビールが運ばれてきた。今回は様々なストレスに心を圧されている。少し手綱《たづな》を緩めようと、ジョッキをあわせて乾杯してから、中ジョッキの半分ほどをひと息に空けた。

「音声、途中でフェイドアウトしているようね」

「陳は怖くなって屋上から逃げた。だからあそこで終わり」

「あれは本当に朝子さんと理解していいの？」

「千里さん、何回も聞き直して、間違いないと言っていた。朝子さんは再会した息子に辛いことを言われて、死んだ」

そういう流れとみていいのだろう。わたしは、うなずいてみせた。

「電話で話した通り、ボクたち、朝子さんの息子を探そうとした」

店員が食事を運んできた。地鶏の焼鳥、刺身の盛りあわせ、鉄鍋餃子……。メニューに気に入った洋酒がないので芋焼酎をストレートでオーダーし、それとは別にチェイサーとして氷水を頼んだ。さほど酒に強くない黄は一杯目のビールを舐め舐め、続きを語り始めた。

「朝子さんの遺品で息子のものは、このあいだ奈美さんに見せた写真しかなかった。もう一度、朝子さんのパソコンの履歴を調べた」

ユーチューブの閲覧履歴には、朝子が若い頃のアイドルの映像、大好きだった大相撲、癌の症状を扱ったコンテンツ。そういうものに混じり、

「大久保であったデモの映像を、朝子さん、見ていた」

そのことなら、以前、聞いている。

「ボクなんか哀しくなるデモ。それを朝子さん、たくさん」

三年前がピークだったか、韓国人、在日は出ていけと叫ぶデモが土日の大久保で盛んに行われていた。

——あんたなんか母親じゃない！

朝子をののしる声が蘇った。彼女は在日二世。そこから考えられるのは……。

「そう。息子は自分の母が二世と知らないで、デモに参加していたかも」

黄は、朝子が閲覧したデモ映像をパソコンに取り込み、顔認識ソフトを用いて解析した。

「二回以上認識された顔は二十六。これ、男の人だけの数」

彼は手元のタブレットを確かめつつ、わたしに告げた。

「二十六人の顔を画像検索した。十一人は名前分かった。でも、峰岸比呂じゃない。あとの十五人は分からない」

インターネットの閲覧履歴も当たった。

「朝子さん、反韓団体のサイトを三つ見ていた。いちばん見ていたのが──」

黄はタブレットの画面を向けた。そこには日本を生きる会、エルチェが代表を務める団体のホームページが表示されていた。

思いもせぬ扉が突如姿を現わし、軋《きし》みながら開いていくようだった。

朝子と語る男の音声、歪みこそ強いが、うっすら聞き覚えのある声は、エルチェに似ている？

わたしの動揺に気づかないまま、黄は、自分の言葉を続ける。

「でもここには誰の顔写真もないし、メンバーのことも書かれてない。代表のエルチェ、本当の名前も分からなかった。ネットをたくさん調べたけれど顔写真も出ていない。調べられたのは、ここまでだった」

黄は、肩を落とした。糺す会の集会でエルチェが演説する様子はネットに上がっているが、保守系市民グループの流れを把握していない黄には、このあたりが限界なのだろう。

「デモに参加していた者たちの顔、リストはある？」

思いきって、黄に訊ねた。ここまで話を聞き、エルチェの姿が朝子に重なってきたからには、もう逃げず、踏み込むしかない。そう、心を決めた。

「きちんとまとめていないけど」

映像からキャプチャーした写真はどれも粗くサイズも様々だ。画面をスクロールしていくと、ハオウがいた。ゲラの顔もあった。さらにスクロールすると、ボート、ヨミ、そしてエルチェがいた。エルチェがあの時期、大久保でデモに参加していたことは本人から聞いている。映像に映り込んでいるのは当然だし、彼の会のサイトを朝子が幾度も訪れていたからといって、それをもってエルチェが彼女の息子という証明にはならない。エルチェに母親のことを訊いた時、子供の頃に死んだと言っていた。ただ、そこになにか潜んでいそうな間合いではあったし、マサミンが語っていたエルチェが落ち込んでいたという時期は、朝子が自死した頃とほぼ一致する。

「写真をすべてメールで送って。身許が分かった人物については、その情報もお願い」

そう黄に求め、運ばれてきた焼酎を口にした。ハンドルを貫くエルチェの名を、どうやって調べたものか。運転免許証、公的支払い書……。彼の用心ぶりからすると、どれもすんなりとはいかなそうだ。デモの際には公安に『集会・集団示威運動許可申請書』とお堅い名の書類を提出する必要があり、代表者として彼の本名が記載されているはずだが、見ることは難しいだろう。唯一といっていい彼が許した情報、喜多見にあるワンルームを探り当てれば郵便受けにプレートくらい出ていないだろうか。変装してビラでも放り込むふりを装えば、防犯カメラに映り込んだところで差し障りはないだろう。あれこれ考えていると、黄がおずおずと口を開いた。

「あとひとつ、いい？　これは千里さんから聞いた話。四年前、朝子さんを、別れた男が訪ねてきたらしい」

「それは朝子さんの元夫、つまり比呂の父親という意味？」

「そう。テレビでアサコ苑が紹介されたのを見て、訪ねてきた。朝子さんは、一緒に暮らそうって誘ったらしい」

「でも、そうはならなかったわけね。どうして？」

「そこは聞いていない」

溜息をつきかけて、呑み込んだ。人間誰しも得手不得手がある。黄は人の話をふんふんと聞き疑問を抱かないところがあるので、こういう聞き取りには向いていない。

時刻は午前零時前。「今から千里さんのところに行くわ」驚いたような黄に、千里に電話して店に引き留めておくように指示し、焼酎を一気に流し込んだ。焼けるような刺激が、喉を通っていった。

店を出てタクシーを拾い、誰かに姿を見られるリスクを避けるためアサコ苑に横づけした。店の看板の明かりは消えていたが、土曜の夜とあって数人、常連がまだ腰を据えている。お帰りの声がわたしたちを迎えた。黄は気を利かせて千里と洗いものを代わった。カウンターに腰かけてビールをもらい、朝子の写真に献杯し、千里と口をつけた。千里は控えめながら、わたしの服装に不思議そうな視線を置いた。

「ちょっとわけありなの。似合わないでしょ？」

そんな言葉で片づけてから、

「黄クンに聞いたんだけど、以前、別れた旦那が朝子さんを訪ねてきたんだって？」

「ええ。それが、なにか」千里は、少し固い顔でうなずいた。

「大したことじゃないんだけれど、一度きりのこと？」

「はい、わたしが理解している限りでは」

「朝子さんは、一緒に暮らそうって誘ったのね」

「そう聞きました。でもふられたのかなって、少し哀しそうに笑っていました」

朝子の写真を眺めた。きれいな歳の重ね方をし、普段は明るい人だったが、どこか翳《かげ》のある女性だった。

「男には、すでに再婚相手でもいたのかな？」

「そうじゃなかったようです。朝子さんが言うには、じつは俺もそのつもりだったが気が変わった。罪滅ぼしをしなければ。そんなことを告げて、逃げるように行っちゃったらしいんです」

「罪滅ぼし。どういうこと？」

「そこについては具体的にはなにも。昔から変なこだわりがあった人だから、とだけ」

「その男がやってきた日づけ、具体的に分かる？」

千里は記憶を辿るように、しばらく考え込んだ。

「たしか四年前、二〇一四年の夏頃じゃなかったかと」

その時分の大久保は……。

「正確な日付は分からない？」と重ねて訊くと、ゴメンなさいとすまなそうな声が返った。

「こっちこそゴメン、強く言い過ぎた。あなたが謝る必要はないわ。それで、元夫の行き先は分かってるの？」

「朝子さんからは、福島にいるらしいとだけ」

2

大久保の住まいを求める帰巣本能を抑えて、タクシーで高円寺に戻ったのが午前二時。着替えもせずベッドに倒れ込んだ。

目覚め、冷たいシャワーを浴び、頭をすっきりさせる。買い置きの缶コーヒーの口を開け、ユキエを呼び出そうとして、躊躇った。ユキエのアプリが稼働しないように設定してからユーチューブで古いジャズを選んでみたものの、こういう部屋にはそぐわない気がして止めた。

静かな部屋で二本目の缶コーヒーを飲みながら、昨夜の話を整理した。

朝子の息子がエルチェである可能性。追ってみる価値はある。彼がじつは韓国の血を引いていたとなれば、自分の会に掲げた言葉に対して自己矛盾が生じる。彼が朝子の自死の引鉄《ひきがね》となったことも、材料としては有効だろう。情緒に訴えるのは、下手な理屈より効果がある。ただそれは結果的に、朝子が想う人を痛めつけることになる。

浮かび上がる朝子の面影をふり払った。

黄は、峰岸比呂の名はネットでヒットしないと言っていた。一応わたしも試してみたが、その通りだった。そちらの方面で、黄に抜かりはない。彼には昨夜、福島の峰岸正樹を探すように依頼した。わたしなりの予測はあったが、あえて伝えずまずは任せてみた。わたしにできるのは、エルチェに近づいて彼の名を探ること。ミーティングのあとエルチェを尾行し、住まいを突き止めるか。だが、次回のミーティングは四日後の木曜あたりだろう。間があり過ぎる。その前に食事でも理由に呼び出そうか。ただ彼がこのあいだアジトで向けかけた視線が気になる。林田佳子に疑惑を抱いているなら、簡単に誘いには乗らないだろう。

あれこれ考えていくうちに、雪江ならエルチェの名を知っているのではと思い当たった。メールボックスを開くと二十件ほど新着がある。数件がスパム。それからダイレクトメール。次々と捨てていく手を止めた。雪江からメールが入っていた。

夕刻、タクシーを何台か乗り継いで大久保に戻り、いつもの黒に着替えて、ヒルトン東京二階のグリルで雪江とディナーを取った。

選りすぐった食材を薪《まき》の炎で焼き上げる手法にこだわった店で、ステーキとシーフードにシーザーサラダをチョイス。乾杯にシャンペン、それからビールを一杯だけ味わい、ワインをソムリエのおすすめリストからボトルで。こちらは雪江のチョイスで赤のフルボディにした。

「味がしっかりしているしポリフェノールが多い。健康にもいいでしょ」

雪江の言葉に、肩をすくめることで応えた。抗酸化作用にすぐれ、動脈硬化や癌の予防効果が期待されるというポリフェノールは、葡萄の果皮と種子に多く含まれる。赤ワインは葡萄を丸ごと使うので、ポリフェノールの含有量も多い。その程度は知っているけれど、酒は、美味しければそれでいい。

ガラス張りのグリルカウンター、壁や柱が煉瓦《れんが》、鉄、レザーで装飾された洒落た空間。席もゆったり配置され、耳に障らない音量で流れるスタンダードナンバーも心地いい。すべてが申し分なく、心が追いつめられていなければ豊かに愉しめたことだろう。物足りないのはやっぱりタバコ。店内は禁煙で、喫煙所はエントランスを出て左にお進みいただいたところにございます。つまり、外で吸えということだ。

「タバコ、吸ってくる」メインディッシュのステーキを味わったあと、どうしてもタバコがほしくなって席を立った。簡単な仕切りしかない外の喫煙所で立て続けに二本、スーパースリムを灰にした。

テーブルに戻ると、ワイングラスを傾ける雪江が微笑んだ。

「随分、ゆっくりだったわね」

「だって外だもの。一服するにも本当に面倒な時代。まだ今日はいいけれど、雨だったら傘を差さないとずぶ濡れだし、真冬にはコートを着ていかないと風邪を引くわ」

「いい加減にタバコ、止めたら？　ねえ、デザートがくる前にワイン空けちゃおう」

ワインが残るわたしのグラスに雪江はボトルを傾け、残りを自分のグラスに注ぎきった。

「わたしたちの、酒とバラの日々に」

雪江は微笑み、グラスを手にする。

「あら、オールディーズ、好きだった？」

わたしも、グラスのステムに指をかけた。

「奈美の嗜好が伝染したかな。それにほら、丁度この曲が流れてる」

雪江は細い指を上に向けた。オーケストラの奏でるインストルメンタルが、静かな店内を漂っている。

酒とバラの日々――The days of wine and roses。そもそもは一九六二年にアメリカで作られた映画で、ジャック・レモンとリー・レミックが、アルコールに溺れてゆくカップルを演じた。アルコール依存症に陥る男女をシリアスに描いた映画はわたしなど身につまされるが、世に広く残ったのは、ジョニー・マーサーが作詞、ヘンリー・マンシーニが作曲した、映画と同名のテーマ曲のほうだった。アンディ・ウィリアムスの録音が映画の翌年に大ヒットし、今ではジャズのスタンダードナンバーとして愛されている。

こんなこと、同世代の女性はまず知らないし、興味すらないだろう。仕事だけでなく趣味まで原田の影響を受けたわたしは、きっと、世間標準からズレている。

改めて乾杯し、飲んだワインは、さっきより少し苦い気がした。そんなことを呟くと、

「良薬は口に苦し、じゃなくてタバコの吸い過ぎ。そのうち味覚がおかしくなるわよ」

雪江は、眉を顰《ひそ》めた。

「別にかまわないわ」わたしは取りあわず、ワインを飲み干しグラスを置いた。

「もう、心配しているのに。わたしとタバコ、どっちが大事？」

おどけ、ワインでほんのり赤らんだ顔で微笑む雪江に、いつもと変わったところはない。

（仕事先からヒルトン東京の宿泊券をもらったの。一緒に泊まろうよ）

今朝方確認した雪江のメールには、そう誘いがあった。

ホテルの宿泊券。そういうものはあるのだろう。でも、ヒルトン。いつも原田と打ちあわせに使うホテルというのが引っかかった。

「ねえ奈美、わたしたち、どんな二人に見えるんだろう」

黒で装ったわたしたちに、少し離れた席のビジネスマン風の西洋人が、先ほどから、ちらちら視線を向けている。

「施設にいた頃は、人生で一度だってこういう思いができるなんて考えもしなかった。わたしたちはきっと今、人生の、酒とバラの日々」

運ばれてきたコーヒーに手をつけながら、雪江は遠くを見る目をした。

「夢を壊すようで悪いけれど、知ってる？　あの歌も映画も、ハッピーエンドじゃないのよ」

「映画は観たことないけれど、無邪気で幸せだった頃を切なくふり返る歌よね。わたしを虜《とりこ》にした黄金の微笑み。それは酒とバラ、あなたがいた日々。たしかそんな歌詞でしょ。いつかそうやって、わたしのことを懐かしんでくれる？」

わたしは目の動きだけで曖昧に応じ、問いかけから逃げた。

「プログラミングの仕事は順調なの？」

「うん、まあね」

「そのうち、いい人を見つけたら？」そうして落ちついたほうが、雪江は幸せなのかもしれない。ふと思い、それが言葉となって出た。わたしの勝手な欲望で関係を持ってしまったが、この娘《こ》は黒なんかより白が似合う。

「今のままじゃ、駄目？」雪江は少し首を傾げて、考えるような顔をした。

「奈美こそ、どうなの？」

「わたしに、普通の暮らしはできっこない。エルチェなんか相手としてどう？」

「考えていないわ。ねえ、場所変えない？　上に宿泊者専用のラウンジがあるんだって」

　雪江は、わたしを促した。

　ラウンジは三十七階。昨日、原田と会った場所だ。

　二人だけを乗せたエレベーターが上昇していく。

「奈美、熱でもある？　少しいつもと違わない？」

「そう？　そんな感じはないけれど」曖昧な言葉でごまかしたものの、たしかに、どこか自分が頼りない。エレベーターを降り、広い窓に夜景が広がるラウンジに向かった。照明を絞り夜景と同化したような空間は、昨日とはまったく異なる場所のようだった。

やってきた蝶ネクタイのウエイターに、雪江は、

「うーん、あそこの席、いいかしら？」

細い指が示したのは、原田と座った場所だった。

飲み過ぎたのだろうか。いつもより顔がほてり、酔いが廻っている気がする。軽めのカクテルをオーダーし、さりげない会話の頃合で、「エルチェも大変ね」そんなふうにふってみた。

「あのハオウ、なにかとズレたことをするの。だから早く離れなさいって言ってたのに。でも彼、昔からの顔馴染みだからって引きずって、結局あれよ。奈美、これからも本気で活動する気？」

「先のことまでは分からないけれど、そろそろ社会のことも考えたほうがいいかなって、これも歳なのかな」

わたしは適当な理由を口にした。

「おかしい。奈美って超個人主義で社会問題には無関心だとばかり」

「今でも軸足はそこね。でも人間、歳を重ねれば、きっと変わっていくものなのよ。少し、彼のところで勉強させてもらうわ。あそこはあれこれプライバシーを詮索されないからその分気も楽だし。でもあなた、エルチェの名前くらい知ってるんでしょ」

今日、雪江から確かめたかったことを、会話のなかにまぶした。

「うーん、まあ」雪江は、考えるような素振りをした。

「もったいぶらないで教えてくれてもいいじゃない」

大したことじゃないでしょ、という気軽な雰囲気を、わたしは台詞に匂わせた。

「名前はあれだけど……、彼のハンドルネームの由来なら」

チェ・ゲバラ。アルゼンチン生まれで、キューバ革命を成功に導いた革命家の名を、雪江は告げた。

「革命を成功させた英雄、ということもあるだろうけれど、エルチェが尊敬していた木部さんという女性が彼を見て、風貌がチェ・ゲバラに似ていると言ったらしいの」

チェ・ゲバラの写真は、ポスターやTシャツになっている。目鼻立ちが鋭く整いながらも甘いマスク、長髪に髭、アーミーベレー帽という風貌だった。そういえば下北沢のダイニングで会った時、エルチェはその写真と同じようなベレー帽を被っていた。

「チェ・ゲバラは、ラテンアメリカではチェ、もしくはエル・チェと呼ばれるんだって。だから彼はエルチェ。この由来を知ってる人、会のなかにはいないはずよ」

雪江は小鼻をうごめかせ、カクテルを飲み干した。

「奈美、彼の話は止めようよ。今夜はデートなんだから」

寝よう。

そっと言うと、カクテルグラスをテーブルに置いた。


なにかが、おかしい。

違和感に包まれながら、部屋に入った。

窓の向こうに新宿の夜景が広がる贅沢な一室。ベージュで統一された壁と天井。ソファーセットとダブルベッド。柔らかな光と影を演出する照明。映画で、主人公とヒロインが愛を語るような場所だ。

「飲み過ぎたかしら」

ハンドバッグをソファーに放り投げた雪江は、両手を広げて近づくとわたしを抱き締め、そのままベッドに押し倒した。

いつもと違う。

わたしが誘い、リードする。それが、二人のあいだで続けられた形だった。

戸惑った時には、雪江の顔が間近にあった。

「シャワーくらい」

言った唇を、柔らかく塞がれた。

「今日は、わたしがリードしてあげる」

雪江の指が、わたしの体を這った。

いつもはわたしがやることだった。わたしが愛撫し、雪江は昇りつめる。わたしがいくときも、彼女に命じた。常にわたしが、導いていた。

でも今夜は、雪江がマウントしようとしている？

奈美、可愛い。もっと、可愛がってあげる。

服を脱がされた。

こうされるのが好き？　そうなんでしょ。こんなに乱れて。

言葉でも、責められた。

違う。いつもと、違う……。

抗おうとしたが、雪江の愛撫がそれを裏切る。どす黒い蛇のごとく、快感が体を這って。

いた。彼女の指が、唇が、甘く容赦ない責めで、わたしを追い込んでいく。

——我慢しなくていいの。言ってたじゃない。歳を重ねれば、きっと変わっていく

い回った。堪えようとした。でも雪江は、わたしが思っていたより、わたしを知って

力を抜いて。身を任せなさい。泣いていいのよ。たくさん、いって、いいの。

ほら、いくところを、わたしに見せて。もう、あなたは、わたしの上じゃないの。

そんな声を聞いた気がした。

雪江がもたらす快楽の奔流に、呑み込まれていく。

こんなことは、初めてだった。許したことのない形を取らされた。

稲妻のような快感が、体を貫いた。

雪江は、手を緩めない。

残酷な、愛撫。永い、永い、愛の拷問。

仰《の》け反《ぞ》り、声を上げた。幾度も、昇りつめた。昇りつめても、昇りつめても、奥か

らさらに絶頂がやってくる。

おかしい、なにかがおかしい。違う、違う、これは、違う。

シーツに爪を立てた。巨大な波に呑み込まれた。痙攣した。わたしは、真っ白に弾

けた。

3

目覚めた時、どこにいるのか分からなかった。よそよそしく洒落た部屋。大きなベッド。絡みつくシーツ。昨夜の出来事が、徐々に蘇っていく。

「雪江」呟くような声で呼びかけたが、彼女の姿はない。シャワーを浴びようと起き上がったものの、体が重い。崩れるようにベッドに倒れ、もう一度目を閉じた。世界がゆっくり、ねじれているようだった。肚の奥が、熱を持っている。お馴染みの二日酔いとは異なる感覚を訝しく思いながら、指が別の生き物のようにシーツを這い、股間に至った。熱は、愛撫を求めている。起きがけなのに濡れていた。指を差し込み、擦り、自分でした。声が出た。普通じゃない。どうしたの？　湧き上がるそんな意識も、欲望の嵐に巻き込まれていく。仰け反り、声を上げ、獣のように、二度三度わたしは達し、力尽き、微睡《まどろ》んだ。ようやく、体の昂りが引いていく。今度こそ起きて、シャワールームに向かった。腰がふらつく。それが雪江の愛撫の爪痕に思えて、小さく毒づいた。体を洗い、それでもさっぱりしない。むしろ、憂鬱になる。

テーブルに雪江の字でメモがあった。

奈美、先に帰るわ。支払いはすべてすませたから。あと、すてきだった。

読み、握り潰した。逃げるように身支度を整え、フロントに下りてルームキーを渡し、チェックアウトを告げた。伝言通り、支払いは終わっていた。慇懃《いんぎん》に頭を下げるフロントマンにいったん背を向けてから、さも気づいたというようにふり返った。

「すみません。今回は連れにすべて甘えてしまって。彼女にお返しをする参考にしたいので、全部でおいくらか教えていただけません？」

初老のフロントマンは笑顔でパソコンを叩き、思わぬ額を告げた。

「ちなみに、宿泊料はどうなっています？」

続けて訊くと、無料ではない。

「あらやだ、彼女、わたしに気を使わせないようにかしら、無料宿泊券が手に入ったって言ってたんです」

「いえ、間違いなく頂戴しております」

ここまで念を押して確かめれば、そういうことなのだろう。

「しかし、御友人のお心を思えば、頂戴しておりません、とお応えするべきでした」

そういう言い方は嫌いじゃない。疲れた心に清涼剤を少しもらったようで、わたしは、微笑んでみせた。

「頂戴しておりません——、あなたからは、そう聞いたことにしておきます」

「ありがとうございます、いい御友人をお持ちで」

「古いつきあいですから」

街に出た。月曜、すでに街は日常を始めている。でもわたしは日常のなかにいない。違う世界に放り込まれたようだった。

新たな疑問が生まれた。雪江は、わたしと原田の関係を知っているのか。

あのホテル。指定したラウンジの席。

きっと、そういうことなのだろう。

でも、どうやって？　そして、どこまで？　二年前の仕組まれた再会のことも？

昨夜のあれは謎かけで、マウントは意趣返しのつもりなのか。

エルチェのところに現れたのも……。ただ、彼女があの会に入ったのは半年前。あの時点で、わたしがエルチェに近づくことなど分かるはずがない。

ひとつも考えがまとまらない。大久保の住居に逃避した。シャワーを浴び直して、コーヒーを飲みタバコを吸う。殺風景だが自分の呼吸が染みついた部屋に、少し気分が落ちついていくようだった。

雪江のことを、原田に相談してみようか。いや、原田はわたしたちの関係を知らない。これは二人の問題だ。昨夜は油断してマウントされたが、どちらが上か、あの娘《こ》にはきちんと教えなければならない。そのあとで、話をすべて聞き出そう。まずは、そこからだ。エルチェの本名について、雪江は思わせぶりにふるまったが、過去の彼女の言動から推測すると、知らない。そう判断していいのではないか。

本名は知らない、とはいえ、エルチェに対する自分の優位を顕示したい。だから、知り得たハンドルネームの由来を告げた。そうなると彼の名は、違う手で探り出さねばならない。そんなふうにこの先を考えていると、メールの着信があった。黄だった。

遅れてゴメンなさい、の文面とともに、添付ファイルにデモ参加者の一覧があった。名前の分かった人物については、それも記されている。峰岸正樹の行方については調べたものの分からないとあったので、福島原発の除染作業員を中心に当たるよう返信した。福島で罪滅ぼしと考えた時、すぐにその可能性が浮かんだ。ただ、あそこには数千人規模の労働者が働いていると聞いた。入れ替わりも激しいだろうし、個人情報の管理は厳格なはず。黄がいくらネットに精通していたところで、探し出すのは難しいだろう。

そこまで考えてから、ふと思った。峰岸は大久保に現れたあと、朝子に一度も連絡を寄越していないのだろうか。峰岸は朝子とやり直そうと思っていた。ところが、罪滅ぼしをしなければならないなにかに遭遇した。となると、罪滅ぼしの場所を、その場で即断したとは考えにくい。それに、いずれ朝子と縒《よ》りを戻すことも考えのなかにはあったのでは。だとしたら、福島という場所を朝子に告げたのは再会したその日ではなく、福島に落ちついたのち改めて連絡を入れたのでは。

電話、メール、手紙……。

いても立ってもいられなくなった。アサコ苑、いや、今日は休み。黄に電話を入れた。「もしもし、ちょっといい?」

4

昼過ぎ、アサコ苑の前で千里と落ちあった。

折角の休日に呼び出したことを詫び、改めて訊いてみたものの、峰岸が福島に行ったことをいつ朝子から聞いたかは記憶がないということだった。事情を話して店に入り登録された電話番号を調べたが、峰岸らしきものはなかった。続いて千里のマンシヨンに向かった。朝子と千里がマンションの一室で共同生活していることは、以前聞いていた。千里は今もそこに住み、朝子の荷物には基本、手を触れていない。

「ああいうことが分かったので、少し、朝子さんの持ち物は調べさせてもらいましたが、それも気が引けて。朝子さんの荷物も、いつかは整理をと思うんですが、踏ん切りもつかないし、どうしていいかも分からないままで」

「朝子さんの実家には連絡をつけられないの?」

「すでに両親は亡くなったと言っていましたし、どうも折りあいがよくなかったようで、朝子さん、そのことを随分悔いていたようでした。辛かったんでしょうね、親兄弟のことは、ほとんど口にしませんでした」

朝子の両親が健在なら、そこから辿ることも浮かんだのだが、これでは無理だろう。やはり、峰岸の線だ。

マンションは新大久保駅から徒歩十分ほどの裏通りにあった。ダイニングと六帖の部屋が二室という間取りで、ダイニングを共用し、一室ずつ朝子と千里で分けあっていた。

まずは固定電話を確かめたが、こちらもなにもない。

「朝子さん、お邪魔するわね」

挨拶し、フローリングの部屋に足を踏み入れた。ベッド、十九インチのテレビ、クローゼット、化粧台、ローテーブル、本棚には古い小説と可愛らしい人形が四体。彼女らしい、小ざっぱりした部屋だ。壁には日本の風景を描いたカレンダーがかかり、黄から見せてもらった親子三人の写真も飾られている。

「写真は、ずっとあそこに？」

「ええ。入院する時には持っていきましたけれど、元の場所に戻しました」

パソコンを開いてもらい、連絡先やメールに峰岸とおぼしきものがないか調べたものの、こちらも空ぶりだった。残る可能性は手紙。でも部屋に状差しのようなものはない。ローテーブルに封筒や葉書の束があったが、ダイレクトメール、役所からの案内といった類いだった。本のあいだに葉書が挟まれていないか、千里と本棚を検《あらた》めた。何枚か葉書は見つかったが、わたしが必要としているものではなかった。

「朝子さん、どこかに仕舞い込んだんでしょうか」

隠すようなものではないはずで、そうは思えなかった。あと考えられるのはスマホでのやり取り。しかし彼女が自死した時、スマホは初期化されデータはすべて消えていた。人は、誰にも見られたくないプライバシーを持つ。今はそれがデジタルデータとして大量に遺ってしまう。朝子は旅立つに当たり、そういったものを消した。ではなぜパソコンはそのままだったのか。ひとつに、入院先からパソコンの初期化はできなかった。ひとつに、スマホのなかには、人に知られたくないものがあった。

息子か？　朝子は、スマホで息子と連絡を取った。彼女のスマホには、息子とのやり取りが残されていた。だから、消した？

いずれにしても、どれも推測だ。わたしに示された事実は、ここで手がかりの糸は得られなかったということ。あとは黄の頑張りに。でもさして期待はできず、ぽかんと口を開けて待っているわけにもいかない。ハードルは高そうだが、エルチェのあとを追ってみようと心に決めた。

「わざわざきていただいたのに、無駄足だったみたいですみませんでした。折角ですから、朝子さんと一緒にコーヒーでも飲んでいって下さい」

千里はペーパードリップで三人分のコーヒーを淹れ、朝子の部屋で味わった。熱い湯を注ぎ淹れてくれたコーヒーは手作りの柔らかな味わいがし、なんだか心がほぐれていくようだった。落ちついたら自分でコーヒーを淹れてみようか。豆を選んで、ミルで挽《ひ》いて、ドリップして。そんな気紛れを思った。

「朝子さんが亡くなり、そろそろ四ヵ月になるんですね。お別れの日は、凄く寒かったっけ」

千里は、遠い目で語った。

朝子の葬儀はアサコ苑で行われ、店に入りきれない参列者が外に溢れた。生まれも育ちも、年齢も違う人たちが朝子の死を悼《いた》み、涙し、ともに過ごした時間を懐かしみ、別れを告げていた。喪服だけでなく、仕事先からスーツ、作業着で駆けつけた人たちもいて、服装も様々だった。粛々《しゅくしゅく》と喪服が並ぶより、そうやって人々の集まった姿が、人を愛し、愛された彼女の人生を物語っているようだった。

「もうそんなに経ったのかとも思うし、まだ、とも思うし。時々寂しくて、朝子さんの部屋のテレビをつけて寝るんです。そうすると、今でも隣に朝子さんがいるみたいで。でも朝になって朝子さんの部屋を開けると、やっぱりいない。わたし、なにをしているんだろうって」

彼女の寂しそうな表情が辛く、ローボードに置かれたテレビへ逃げるように視線を向け、気になるものが目に入った。

「朝子さん、旅行は好きだった？」

「いいえ。お店を休むわけにはいかないからって、全然」

そう……。

「数日ならわたしだけでお店を廻すからって言っても、お店が好きだからって」

じゃあ、あれは……？

わたしはテレビに近づいた。旅行案内のパンフレットが数冊、ローボードに置かれている。

『福島・会津の旅』『宮城・福島・山形・春のプラン』『タクシーで巡る福島路』

手に取り頁をめくっていくと、葉書が一枚、カーペットに落ちた。

八章

1

日本で初めて原子力発電が行われたのは一九六三年。電力需要の高まりを受け安全性に不安を抱えながらも原発は増加し、二〇一一年には五十四基と、国内の電力の約三割をまかなうまでになった。しかしその年の三月十一日、三陸沖を震源とする東北地方太平洋沖地震、いわゆる東日本大震災が発生する。マグニチュードは日本周辺で観測史上最大の九・〇。最大震度七の地震に加え、十メートル超の津波が岩手、宮城、福島の沿岸部を襲い、一万八千人以上の死者、行方不明者を出した。

この津波で福島県双葉郡にある福島第一原子力発電所の一号機から三号機がメルトダウンを起こし放射性物質を放出、国際原子力事象評価尺度《INES》で最大のレベル七という深刻な事態を引き起こした。一九八六年ソビエト連邦のチェルノブイリ原子力発電所で発生した原発事故と同じレベルだ。原発の安全神話はもろくも崩れ、七年経った今も一部は立ち入り制限が続き、使用ずみ核燃料取り出しは遅々として進まず、汚染水も日々増え続けている。

地震は天災だが、原発事故は人災だ。マスコミは福島原発に関する様々な話を報道している。どこまでが真実なのかは知りようもないし興味もないが、わたしは、被曝の恐怖に向きあいつつ、現場で働く人たちには敬意を払いたい。福島原発の廃炉に向け、この七年間で数万人が作業に従事し、今も七千人ほどが働いているという。どの世界でも尊いのは、現場の名もない人間だと、わたしは信じる。

朝子の部屋で見つけた一枚の葉書を手に、わたしは福島に向かった。

朝子。元気にしているか。俺はようやく、落ちついた働き場所を確保した。仕事場は、福島第一原子力発電所。この国の頭のいい連中が仕出かした、最悪の事態の尻拭いだ。といっても、環境はいい。小さな町工場で働くより、よほど待遇も安全面も担保されている。そういった意味では贖罪の場としては物足りない気もするが、六十歳、還暦を迎えるまで、ここで少しでもこの国の人々のために働こうと決めている。

還暦というのは、生まれ年の干支に還り、生きながらに生まれ直す、という意味だと聞いた。生まれ変わった時、会いに行く。その時、新たな人生を相談させてくれ。

癖のある角張った文字ながら丁寧に書かれた葉書の消印は二〇一六年九月五日。表書きには住所も記されている。ローボードの旅行案内にこの葉書が挟まれていたことからして、朝子は退院ののち、峰岸正樹に会いにいくつもりだったのだろう。

住所にあった広野町は、福島第一原子力発電所から直線距離にして二十キロメートルほど離れている。にわか仕込みの知識では、原発及び周辺地域のインフラ復興に従事する作業員に対して住居の数が足りず、広野町よりさらに南のいわき市、茨城県の日立市までアパートは満杯のようだ。

東京駅からJR特急ひたちでいわき駅へ。レンタカーで国道六号線を北上し、東京電力火力発電所の巨大な煙突を間近に望む広野に至ったのは夕刻のことだった。震災から七年、ヨソ者の無責任な目で見る限り、九メートル級の津波が押し寄せたこの地に震災の傷跡はない。ただ、新しい建物と道路が目立つのはすべてが破壊されたということなのだろう。ところどころナビにはない路を走り、六号線西側の高台にぽつりと立つ二階建てのアパートを見つけた。震災後に建てられたとおぼしき比較的新しいアパートは、周囲にフェンスも塀もない。手前の未舗装の空き地に、乗用車が三台とワゴン車が一台置かれていた。ナンバープレートは福島、秋田、水戸と様々だ。適当なところに車を停めて、外に出た。波の音、潮と土の匂いを感じながら、葉書に書かれていた一〇三号室へ向かった。共同生活をしているのだろう、部屋の扉の横に川本、木田、峰岸、と書かれた紙が貼られている。

ノックしたが返事はない。二度三度とノックし聞き耳を立てたが、なかで物音はしない。時刻は午後五時。峰岸がどんなシフトで働いているかは知るよしもなく当たりをつけてやってきたのだが、しばらく待つことになりそうだ。車に戻り、タバコを吸った。こういうことには慣れているし、数少ない喫煙車を借りることができたお蔭でストレスも少なくてすむ。高台のここからは、切なげに暮れていく海原を見渡せた。原発の仕事を終えた者たちが根城に戻っていくのか、手前の六号線をいわき方面に走る車の数は思いのほか多い。アパート前の空地にも数台、車が戻ってきた。七人ほど乗ったバン、定員五人をつめ込んだ乗用車。ただ、目当ての一〇三号室に入っていく者はいない。いったん部屋に入ったうちの数人が出かけていった。酒かパチンコか、そんなところだろう。

こんなこともあろうかと買ったコーヒー三缶が空になり、タバコをひと箱潰し、さすがに口のなかが苦さでいっぱいになった頃、白い軽乗用車が戻ってきた。似た年恰好の男が三人車を降り、揃って一〇三号室に消えた。わたしは車を降りて、一〇三号室をノックした。しばらくして、ドアが少しだけ開いた。うかがうような目に、「峰岸さんはいらっしゃいますか」と告げた。

2

前髪こそ薄くなっているものの、伸ばした後ろ髪はほぼ首筋を覆っている。強い眉と厚みのある鼻が陽に焼けた浅黒さと相俟《あいま》って、男の人となりを示しているようだった。

車を置いた空地で、峰岸に、朝子が亡くなったと告げた。

しばらく、峰岸は押し黙った。闇の向こうで、波の音が聞こえる。

「わざわざ、すみませんでした」

峰岸は、ようやくのことで口にし、「でも、どうして今になって」と続けたのは、別段訊きたかったことでもないだろう。沈黙を、哀しみを埋める言葉だ。

「昨日、葉書を見つけました」

スーツのポケットから葉書を取り出して、峰岸に渡した。

「朝子さん、福島旅行のパンフレットと一緒に、その葉書を」

峰岸は緩慢な所作で、遠い街灯の光を葉書に当てた。

「持っていてくれたんだ。二年も前のものを。あと五ヵ月、六十歳になったら、朝子を訪ねようと決めていた。でも俺は、最後まで間違えたんだな」

「四年前、朝子さんに会われているんですよね。なのに、どうして福島に」

峰岸はわたしの視線を避けるように、暗くてなにも見えないであろう葉書に目を落とした。

「正確には、三年九ヵ月前です。あの時、過去を赦してもらえるなら、一緒にやり直したいと思っていたんですよ。でも、なんという偶然、いや、報いなんだろうな。西澤さん、でしたね。若いあなたにはまだ分からないだろうけど、歳を取ると俺みたいな奴でも、神様の存在ってのを感じるようになる。神様はちゃんといて、見ていて、罰を下す。そうじゃなきゃあ、あんなものに、あんなタイミングで出遭うはずがないんだ」

「差支えなければ、なにを御覧になったのか、教えていただけますか」

峰岸は、葉書から顔を上げた。

「亡霊だ。俺が作り、育ててしまった亡霊ですよ」

あの頃の新大久保。亡くなる前、朝子がユーチューブで観ていた映像……。

「それは、息子さんのことですか」

思いきって言ってみると、峰岸の目が険しくなった。わたしはスマホを操り、なかに納めた写真を見せた。

「あなたと朝子さん、それから息子さんですね。朝子さんの部屋にあったものです」

「あんた、どうして俺のところにきたんだ。なにか探っているのか」

「朝子さんが亡くなったことを伝えたかった。そのことに嘘はありません。あとは、朝子さんが自死した理由です」

「病を、はかなんだ。それ以外になにかあるのか」

「彼女は延命目的ではなく、癌を克服するために入院しました。戻ってくるつもりでいたんです。彼女は短いながら、遺書を残しました」

ごめんね　愛してる
「これが誰に向けた言葉なのか。そのことさえ分かれば、彼女の死の理由に近づけるのではないかと思っています。今まで、手がかりをふたつ手に入れました。ひとつは、朝子さんが亡くなる前、ユーチューブで大久保のデモの映像を見ていたこと。もうひとつは、亡くなる前夜、病院の屋上で朝子さんと若い男が言いあい、いえ、若い男が朝子さんを責め立てていたのを聞いていた人がいました」

あの音声を再生した。進むにつれて峰岸の顔が強張っていくのが、夜目にも理解できた。

「会話の相手は、比呂さんですね」

峰岸は、唇を固く引き結んでいる。

「彼女が遺書を遺した相手は、息子さんだった」

わたしは、峰岸の目を真っ直ぐに見た。

「朝子さんは、自分の命が限られたものである可能性も考え、息子に会っておこうと考えた。ただの再会というだけでなく、彼に事実を知ってもらい、それを認めることで穏やかに生きてもらいたいと願った。でも残念ながら、急ぎ過ぎた再会だったのだと思います。息子さんにしてみれば、突然、思わぬものを突きつけられた。彼が掲げてきた主張からすれば、朝子さんの告げた事実は、突然刃物を突きつけられた形にも近かったのでしょう。怯えのあまり彼は朝子さんを厳しい言葉で責め、朝子さんは思いつめ、発作的に」

峰岸は身じろぎもせず、わたしの言葉を聞いている。

「朝子さんは、デモの映像から息子さんを探し出した。それができたのは、息子さんがデモに参加していたことをあなたから聞いていたからではないですか。あなたが朝子さんに会いに大久保へ向かったのは、デモが激しさを増していた頃でした。あなたは偶然デモに出くわして、参加者のなかに比呂さんを見てしまった。あなたが作り、育ててしまった亡霊を。違いますか？」

しばらくわたしを睨むような峰岸だったが、次第に目から力が失せていく。やがてのろのろと、ズボンを探った。

「タバコがほしいが、部屋に置いてきたか」

「スリムでいいなら」

わたしはポケットから出したパッケージを示した。

「あんた、吸うのか。もらうぜ」

少し意外そうな口ぶりで、峰岸はタバコを引き抜いた。それにライターで火をつけてから、車のドアを開けた。コーヒーの空き缶を二本摑み、片方を灰皿代わりに峰岸に渡した。

「ああ、悪いな。あんた、しっかりしてるんだな」

そうじゃない。復興に向けて頑張っている土地を、汚す気にはなれなかった。わたしも空き缶を手に、タバコに火をつけて紫煙を吐き出した。

「ひとつはあんたの言う通りだ。俺はあの時、息子を見たんだ」


その頃俺は名古屋に住んでいた。一応、真面目に働いていたさ。でも、歳を取ったんだろうな、五十路《いそじ》に差しかかった頃から、やたらと昔を思うようになった。朝子には悪いことをした。そんな後悔ばかりだ。そんな時、たまたま見たテレビで、朝子が新大久保に店を持って元気にやっているのを知った。会って、謝って、赦してもらえるならもう一度やり直したいなんて甘いことも正直、思っていた。それで、出かけたんだ。新大久保は、凄い混みようだったな。今日はここで祭でもあるのか、なんて思っちまったほどだ。あの時は丁度、韓国ブームだったんだな。ほとんどがオバサンやら若い姉ちゃん、店の呼び込みや嬌声が凄くて、おっさんの俺なんか肩身が狭かった。ただ、それすらもかき消すようにやかましい声を張り上げ、行進する一団がいた。ヘイトスピーチって奴だ。俺だって見ての通り、柄はよくねえ。この歳でまともな言葉づかいだって知らねえ。そんな俺でも眉を顰めたくなるくらい、あれはな。でも、そのなかに、いたんだよ。あんたの言う通り、俺の息子が。

背筋が凍りつくような思いとは、ああいうことを言うんだろうな。

息子をああしたのは、俺だ。

朝子の両親は戦前から日本で暮らしていた。すでに帰化していたんだが、日本人になったなら韓国のことはすべて忘れろと、若い俺は思ったんだな。歳を取った今は分かる。帰化したところで朝子の両親からすれば、韓国の文化は自分たちが歩んできた人生と重なっているんだ。けっして、剝がせるようなものじゃない。俺は、あの人たちの人生を尊重して、受け入れるべきだった。でも、若い俺にはそれができないで、韓国の食い物、着物、生後百日のペギルチャンチ、一歳の祝いのトルチャンチといった風習、すべてが気に食わなかった。息子が三歳の頃には、もう限界だった。我慢が切れた。離婚し、息子は俺が育てることにした。ただ俺はあいつに、母親は死んだと教えたばかりか、韓国憎しを叩き込んでしまったんだ。お前は日本人だ。誇り高い日本人だ。この国は日本人のものだ。韓国や中国の連中に我が物顔にさせちゃあならない、ってな。あいつはずっと、それを聞きながら育った——。

峰岸はタバコの煙とともに、深い溜息を吐いた。

「デモで叫ぶ息子を見て、悟ったんだ。俺の間違った呪詛《じゅそ》が、いつしか息子をあんなふうに作り上げてしまったとな。思えばあいつが名古屋を離れて東京の大学に行き、最後に会ったのは就職して数年後だったか。まあ、学生のあいつに、ろくに仕送りもしてやれないような稼ぎしかなく、あれこれ相談に乗れる気の利いた父親だったわけでもない。だから、元気でやってくれていれば、程度に思っていたんだが、まさかあんなところで。震えたよ。かつての俺の心を、突きつけられたようだった」

「久しぶりなのに、よく、ひと目で息子さんだと分かりましたね」

「それが血のつながった親子ってもんだ。録音の声も、歪んではいるが息子だよ。自分の死と向きあった朝子は、最後に息子に会いたくなった。でも韓国を憎んだ息子は、いや、憎むよう刷り込まれた息子は、朝子をなじってしまった。なんてことを、いや、それも、俺の罪か」

短かくなったタバコを缶のなかに落とし、溜息をついた峰岸に、大阪のデモで写したエルチェの写真を示した。

「息子さんですね」

峰岸は、力なくうなずいた。

「比呂は相変わらず運動を？」

「でも、あなたが見かけた手法からは距離を置いています」

「朝子が自殺したことは、知っているのか？」

「多分。彼、随分揺れているようですから」

そうか。

峰岸は大きく溜息をつき、「ただひとつ、あんたが思い違いしていることがある。俺は朝子に、比呂のことは告げちゃいない」

わたしは耳を疑った。では、どうやって朝子は自分の息子に辿り着いたのだ。

「あいつには、俺が見たものを言えなかったんだ。今思えば、俺はあの時も、逃げたのかもしれない」

「息子さんに、朝子さんのことは」

「言えるもんか。あいつには、母親は死んだと言い続けてきたんだからな。なあ、タバコ、もう一本いいかい？」

わたしはタバコを渡して火をつけた。味わいながら峰岸は、こんなことを語り始めた。

「津波と原発でめちゃめちゃにされちまった福島。ここにきて、見て、働いて、いろいろと考えた。人生、生と死、無常、希望。いろいろとな」

峰岸は、闇の向こうに視線を置いた。

「この頃はこのあたりでも、ぽつぽつ、若いアベックや子連れを見るようになった。

いや、歳を取って、目につくようになったのかな。つい、若い頃の朝子と息子を重ねあわせちまう。過ぎた刻は戻りゃしないのにな」

タバコの煙が沁みたか、峰岸は目を瞬《しばたた》いた。

「若い奴らは、仲睦《なかむつ》まじく手をつないで歩いている。俺と朝子もそうだった。でも、今はこう思うんだ。あれは、そうしていないと離れてしまいそうで、怖くて手を握っているだけなんだ。子供ができると、今度は子をあいだにして手を握るだろう？　家族って奴だな。そのうち子供の手が離れていくと、もう、手はつながない。でもな、それでいいんだ。老いた夫婦は一緒に人生を歩くうち、いつしか心で手をつないでいるんだな。いつか肉体の別れはくる。夫婦だって、どっちかが先に消えちまう。でも、心でつながっていれば、別れはこない。それが、絆《きずな》だ。でも俺は朝子に、そういうことをしてやれなかった。比呂にも、夫婦で手をつないで歩んでやれなかった。俺は、愛を注がなけりゃならない大切な者たちに、哀しみと憎しみしか渡せなかった。いつもこうやって、あとになって気づくだけだ。なあ、あんた、家族はいるのかい？」

「いいえ、一人も」

「親兄弟は？」

「いません。生まれた時から」

峰岸は絶句し、そのなかから告げた。

「そうか、悪かったな。てめえに酔ったような、こんな話を」

わたしは首を横にふり、スマホを内ポケットに仕舞った。

「ところであんた、息子のことを知って、この先、どうするつもりだ」

「それは言えません」

峰岸は、苦笑のようなものを浮かべた。

「正直な人だな」

「あなたには、いえ、朝子さんの大切な人には、嘘をつきたくありませんから」

「そう言ってくれたあんたに、ひとつ頼みがある。比呂はもういい大人だ。親らしいことをしてやれなかった俺が、今さらどうこう言う気もない。ただ朝子のことでは、比呂を責めないでやってくれないか。悪いのは俺だ。比呂も、被害者なんだ」

峰岸は、挑むでもない静かな目で、わたしを見た。その目に、この男なりに辿り着いた人生の境地を見た気がした。でもそれとわたしの仕事は別物だと退けようとした時に、よぎったものがあった。

ごめんね　愛してる

彼女が、人生の最後に遺した想い。

朝子の面影が浮かんだ。朝子とのやり取りが、暖かな時間が、鮮やかに心に押し寄せた。

わたしが朝子とのことでエルチェを責めたなら、彼女が与えてくれた愛の数々を、裏切ることになる。

彼女が人生の最後に記したあの言葉は、あの言葉だけは……。

ようやく辿り着いたのにと、心が揺れたけれど、

——尊ばねば、ならない。

溜息とともに、わたしはうなずいた。

いいだろう。わたしはこの事実で、エルチェを追い込みはしない。

自分に、朝子に、誓った。

「ありがとよ」

峰岸は安堵したように、吸い終えたタバコを缶のなかに落とした。

「ところで比呂の奴、運動の世界では有名なのかい?」

「まあ、自分で会を主宰していますから」

「それでか。いやな、前にこっちの呑み屋で一緒になった奴と息子の話になってな、

変な運動をやっているって俺はこぼしたんだ。そうしたら、じつは自分も運動をやっていたんだが、峰岸さん、もしかして息子さんって比呂さんですかと、デモの写真を見せられたんだ」

自分を隠し通すエルチェの名を知る人物がいた？

「爺さんだったな。柔らかな物腰だったが、運動をやっていたというだけあって、目つきは鋭かった」

「名前は？」

「聞いたが忘れちまった。名刺も、もらわなかったしな」

「いつ頃のことです？」

「随分前、昨年の秋頃だったかな」

「その人物とはそのあとも？」

「いや、一度きりだ。見かけない顔だったんで、旅行か仕事できていたんじゃないかな」

言ってから峰岸はわたしを凝視し、不思議そうな顔をした。

「上手く言えないんだが、こう、雰囲気が、どこかあんたに」

首を傾げたような呟きに、まさかと思いつつ、いくつか訊いてみた。

年齢は七十歳くらいでしょうか。背はわりと高いほうで百七十五センチほど。白いものが目立つ、短く切り揃えた髪。柔和さと厳しさが同居するような笑顔……。

曖昧な訊き方だったが、峰岸は否定しなかった。

「なんだあんた、あの爺さんに心当たりがあるのかい」

という言葉に、なんの反応もできなかった。

原田？

その名を浮かべた瞬間、思いも寄らぬ闇が心のなかから喉元へ迫《せ》り上がってきたようで、強い動揺に見舞われた。突然の訪問の礼を言い、半ば逃げるように車のドアノブに手をかけ、でも、これだけは伝えておくべきだろう。

「朝子さんの遺品は、同居の女性がそのままにしています。遺骨も彼女が管理しています。アサコ苑のあとを継いだ千里という女性です。朝子さんのような、素晴らしい女性です。朝子さんにお別れを言いたいのなら、彼女に連絡して下さい」

「姐《ねえ》ちゃん、どうだろう。その資格が、俺にあるかな」

峰岸はどこか、すがるような目をした。

それには応じず、車に乗り込んだ。

車は闇を走っていく。

エルチェを知る、目つきの鋭い老人。もしそれが原田だったなら、彼はエルチェの本名をわたしに隠し、調べさせようとしていることになる。なんのために？

周りのすべてに疑わしさが滲み始め、考えるほどに、なにもかも信じられなくなっていく。それでも解き明かしていくしかない。その末に、なにが待ち構えていようと。

3

広野からいわきまでは車で三十分ほどと、さしたる距離ではない。それでもいわき駅に戻った時には、東京行きの電車は終わっていた。夜行バスに揺られる気にはなれず、レンタカーを戻したあと、駅に隣接するホテルに宿を求めた。ビジネスホテルにしてはきれいなほうだが、狭い部屋は気が滅入る。特に今夜は。スイートと名のつく部屋が空いていたので、迷わずそこを選んだ。ホテル内のレストランはすでに閉店していた。駅前の適当な店で手早く食事を取り、駅前のコンビニで買い込んだものを手に部屋に入った。

「城塚翡翠」シリーズ最新刊
invert
インヴァート
城塚《じょうづか》翡翠《ひすい》倒叙集
相沢沙呼
装画 遠田志帆
KODANSHA

ミステリランキング5冠!
medium
メディウム
霊媒探偵 城塚《じょうづか》翡翠《ひすい》
オーディオブックで
城塚翡翠の声が聴ける!!
KODANSHA

広いバスタブにゆっくり浸かり、ビールを飲んだ。今夜はもうなにもかも忘れぼんやりしようと試みたものの、峰岸との会話が頭を巡る。止められない。峰岸、朝子、そして息子、互いに翻弄された人生。黄と千里にはこれで、朝子の死の理由を語ることができる。でも、それを聞くことが幸せだろうか。世のなかには、知らないほうがいい真実もある。三本目のビールを開けたが、湯に当たり少し生温い。惰性で口に運び、今日のことを二人に語るべきか考えたが、結論は出なかった。これは宿題。まだ時間がある。そんなふうに押し退ける傍から、次の疑問が浮かんできた。原田がこの件に、わたしの知らぬところですでに絡んでいた可能性。まだある。峰岸のヒントがないなか、どうやって朝子は自分の息子を探し出したのだ。

ああ、もう、今夜は止めにしよう。答えのない堂々巡りに押し潰されそうだ。ビールを飲み干して風呂から出た。体を拭き、バスローブを羽織り部屋に戻る。二台のベッドとゆったりしたソファーが置かれたスイートルームは、一昨日宿泊したヒルトンと同程度の広さ。白を基調に装ってはいるが、さすがに造りは比べようもない。つい、そんなことを思ってしまい、今度は雪江との一夜が蘇り溜息が出た。テレビを眺める気にもなれず、ユーチューブでスタンダードナンバーを選んだ。

ウイスキーの小壜を開け、ひと口飲み、それから、栄養ドリンクとゼリー飲料、サプリを数種摂り、タバコに火をつけた。ウイスキーを飲んで、またタバコ。

体に悪いものをたくさん取って、埋めあわせのように薬漬《サプリ》け。ナチュラリストなんて面倒なものを気取るつもりはないが、どこかで改めないと、そろそろツケが廻ってくる。

でも、だから、どうだというんだろう。

大事に生きたところで、どうということもない人生。行きづまれば、そこでばたりと死ねばいい。その覚悟なら、できているつもりだ。

人生は「The days of wine and roses——酒とバラの日々。

雪江はこの歌の詞《ことば》を呟き、いつかそうやってわたしのことを懐かしんでくれる？と言ったけれど、あいにく、彼女より生き永らえるつもりもない。人生の味わいが失せ色が涸れ、わたしが西澤奈美を演じられなくなった時には、サヨナラだ。

狙ったように、歌が流れてきた。

The days of wine and roses Laugh and run away Like a child at play
Through a meadow land Toward a closing door A door marked "Nevermore"
That wasn't there before

（酒とバラの日々　笑い、逃げ回り、子供のようにはしゃいだものだった　でも草原を駆け抜けると　閉まりかけた扉があって「二度と戻れない」と書いてあった　そんな扉、昔はなかったのに）

The lonely night discloses　Just a passing breeze　Filled with memories　Of the golden smile　That introduced me to　The days of wine and roses　And you

（孤独な夜、思い出すんだ　通り過ぎた風のような日々を　わたしを虜にした黄金の微笑みを　それは酒とバラ　そして、あなたがいた日々）

米国の Oldies but goodies――古いけれどいい音楽。これは、一九五〇年代から六〇年代に流行った英語圏のポピュラーミュージックをカテゴライズした言葉だ。

それを聴く今のわたしは badies《最悪の日々》で、流れている歌は The days of wine and drugs――、酒と薬の日々。

酔っ払った頭で洒落てみて、自嘲したつもりが、引っかかりを覚えた。

Wine and drugs.

――良薬は口に苦し。

雪江の言葉が湧き上がる。酔いが、醒めていくようだった。

4

翌日、すっぴんをサングラスで隠して東京に戻った。

装いは西澤奈美。これで高円寺に戻ったものか、それとも。あれこれ考えたものの面倒になって、結局、大久保に戻った。今日の東京は陰鬱な雨に濡れている。多分、梅雨《つゆ》入りだろう。戻る車中ビールを二本、朝食代わりに流し込んだ埋めあわせに、部屋のマシンで汗を流した。全裸になって鏡で体をチェックする。腹部にはうっすらとシックスパックが浮き出ている。広背筋の広がりも悪くない。胸の張り、上向きの尻に衰えはない。でも、エアロバイクではいつもより早く息が上がった。やっぱりタバコは止めよう。うん、そのうちに。

今日は水曜。糺す会が大阪支社に定例デモをかける日だが、エルチェは自粛を宣言していた。自主的なデモは行われたようだが、SNSで確認すると五十名ほどとさしたる数ではない。自粛明けの金曜はまた大きなうねりになるのか。それとも、いったん萎み出した運動は尻すぼみに向かうのだろうか。ネットを眺めると、林《イム》の反日発言の映像に対して、気に食わないが昔のことではある、発言の時代背景をきちんと捉えないとただのクレーマーになると、ぽつぽつ冷静な声も生まれていた。

デモの再開に向け明日あたりにはミーティングがありそうなものだが、エルチェから連絡はない。ハオウの逮捕を林田佳子が仕掛けた証拠はなにもないはずだが、前回エルチェが向けかけた視線からすると、遠ざけられたのだろうか。ただ、ミーティングの様子なら、盗聴器で聞くことができる。夕刻を待ち雨のなか、ヒルトンに向かった。

日曜と同じ時刻に同じ服装で二階のグリルに入った。同じ席を選び、「このあいだ、美味しかったので」と、同じ食事を頼んだ。食前酒にはシャンペン、一杯だけビール、のち、ソムリエのおすすめのワインをやはりボトルで。すべて、前回を踏襲するように味わい、それから喫煙所に下りてタバコを二本。テーブルに戻り、グラスにワインを注ぎ、味わい、ソムリエを呼んだ。

「このワイン、収穫年も、日曜に戴いたものとまったく同じ?」

「左様でございます。同じものをとご要望をいただいておりますので、念のため確認もしております」

「このあいだ、封を開けて一時間ほどしたら、苦味が増した気がしたんだけれど」

そう言ってみると、ソムリエは少し思案顔になった。

「そうよね。普通はタンニンが酸化して、苦味や渋みは弱められていく。料理との相性かとも思ったけれど、同じものを味わいながら、今日はそれがないの」

他のワインをお選びいたしましょうかというソムリエに、「ありがとう。いいわ、分かったから。いいワインね」と告げた。そう、いいワインだ。余計な苦味さえなければ。

デザートを頼み、店内を見渡した。監視カメラが数ヵ所設置されている。給仕に手を上げて、マネージャーを呼んでもらった。

事情を話し、監視カメラを指した。初老の品のよさそうなマネージャーが困惑顔を隠せないのも無理はない。彼のなかでは、ホテルの立場、自分の立場、守秘義務、事件となる危惧、クレーマーの可能性といった様々が、目まぐるしく巡っているはずだ。

「なにを盗られたわけでもないので、事件にするつもりはありません。彼女が悪戯した事実だけは理解しておきたい、それだけです」

マネージャーの迷いを解くよう、試みた。もっとも、はいそうですかと承知するはずがないことも理解している。ただわたしは、譲歩がほしい。

「あいにく、プライバシーの保護もありますので、映像をお見せするわけには」

「でしたらお手数ですけれど、連れがわたしのワインに薬のようなものを入れる素ぶりがあったかどうか、それだけ、確認いただけません？」

時間は十九時から十九時半のあいだ。そのタイミングでわたしは一度、タバコを吸うために席を外している。

しばらくコーヒーを愉しんでいると、マネージャーが汗を拭きながら戻ってきた。

「確認いたしました。お客様が席を外されている時、お連れ様がお客様のワイングラスを手許に引き寄せ、なにかされているようなご様子が。しかし、薬のようなものを入れているかどうかまでは」

それで充分だった。礼を言い、レジカウンターに向かった。心配顔を貼りつかせたマネージャーは、あとをついてくる。会計をすませて店を出ようとしたところを呼び止められた。

「あの、差支えなければ、その、なにがあったのでしょうか」

「お宅に迷惑のかかる話じゃないから、気にしないで」

それでも、汗の浮いた不安そうな顔は変わらない。

「仕方ないわね。あの娘《こ》にひと晩中責められて、腰が抜けるくらい、いかされ、いかされたの」

呆気に取られたようなマネージャーに、背を向けた。

九章

1

　ヒルトンから大久保に戻った。エルチェからメールはない。林田佳子とは距離を置こうと決めたのかもしれない。そうなるとこれ以上、林田佳子を演じる必要もない。万一ハオウあたりが張っていることも考え併せて、高円寺には戻らないことにした。

　翌日の午前中は、会のアジトに仕掛けた盗聴器の音声を倍速で聴いていった。福島まで出向き、エルチェが比呂であることは突き止めたが、彼の出生は材料にしないと決めた。峰岸とではなく、朝子との約束だ。だから新たなネタを探さなければならない。ただ、ミーティングの類いは開かれていなかったようで、どれもレノンの生活音だった。

午後六時過ぎ、改めて盗聴器の音声を拾いにいくと、複数の話し声が聞こえてきた。ミーティングが行われている。林田佳子が弾かれたことを事実として理解し、同時に寂しさを覚えた。レノン、マサミン、モグモグ、仕事を別にエルチェも……、あそこに出入りする若い人たちを、きっとわたしは嫌いではなかった。そんなことを思ってしまった自分を叱り、聞こえてくる声からメンバーを紙に書いていった。エルチエ、ケンケン、イーチャン、ヨミ、マサミン、ボート、あと、レノンもいる。

「ハオウのせいで活動が後退を余儀なくされたが、明日から運動を再開する」

いつものようにエルチエが口火を切った。その旨を知らせるSNSがそれなりに盛り上がりをみせていることはチェックしている。ただ、ハオウへの批判、会を非難するコメントもそれなりの数、見受けられた。

「どれだけの人が集まってくれるものか。前回の本社デモの参加者は約千五百人。その八割の千二百人が集まれば、まずは合格ラインだろう」

「美国堂は、このまま運動が萎んでいくと踏んでいるんじゃないですか」そう声を上げたのはボートだ。

「新たな起爆剤みたいなものがほしいところですよね」

思案気に呟いたのは、ヨミだろうか。それから皆、沈黙した。しばしののち、

「じつは、新しい材料を手に入れた」エルチェが、思わぬ言葉を告げた。

「詳しくは言えないが、美国堂が引っ繰り返るような話だ。この程度はかまわないだろう？」

　誰かに確認するような言葉に、「ええ」と応じた声は、ナミ？　彼女が参加している？

「ナミの大手柄だ。ほぼ裏も取れた」

「じゃあ明日、それを？」

「いや。明日じゃない。これは美国堂にとって爆弾になる。効果的に爆発させてやる。勝負に出るんだ」

「なんですそれ。焦らさないでくださいよ」

　ボートがせがんだ。強く聞き出して、とわたしは願ったが、

「悪く思うな。ただ、流れはこちらを向いている。この爆弾に、春先仕込んだものが活きてくるんだ。あと、思わぬ巡りあわせもあったしな。絶対に上手く行くと確信している。二週間、時間をくれ。二週間だ。今考えていることが上手く運べば、途轍《とてつ》もない人数のデモが美国堂を囲むはずだ」

　エルチェはその言葉でこの件を打ち切り、明日の確認に移った。

2

市川に電話を入れた。

「ゴメンね、遅くに」

「いえいえ。株主総会が再来週に迫っているので、その準備でまだ会社にいますから」

周囲に同僚がいるのだろう、ちょっと待って下さい、という言葉ののち移動している様子が伝わり、「お待たせしました」と応じた声が、少しだけ硬い。

「さっき、例の会のミーティングがあったの」

「ご苦労様です。明日のデモで、またなにか？」

「明日は粛々とやるみたい。それとは別に――」

わたしは、エルチェの話を伝えた。

「爆弾って言ったんですか？　それ、もっと具体的に分からないんですか？」市川の声が不安を増した。

「今日のところはそこまで。エルチェ、慎重になっているわ。彼、仲間には割合オープンな人間だと思うけど、口を噤《つぐ》んでいるというのは、よほどのものなのかもしれない」

「止めて下さい。怖いじゃないですか」

でも、目を逸らしてどうなるものでもない。

「なんとか調べてみるわ。あなたのほうでも、といっても、それは無理な相談ね」

「でも、会社が引っ繰り返る話なんて、わずかながらも届いていませんよ。今は経営も透明性が進み、疾《やま》しい真似はできなくなっていますから」

「例えば、パワハラで従業員が自死したというような不祥事はないの？」

「ありません。こういった時代なので心の病で休職する社員はそれなりにいますが、産業医は無論、提携した病院で手厚いケアを心掛けています。うちはなによりスキャンダルの類いを怖れていますので、休職期間が満了になっても解雇や降格にはしません」

名の知れた企業だけあり、なにかあれば大きく叩かれる。莫大な広告費はマスコミに一定のダムの役割を果たすものの、決壊、つまり広告費よりインパクトを稼げるとマスコミが判断した際には、その分、大きな奔流が社に押し寄せる。叩く側からすれば世間に名が知れている分叩き甲斐もあり、被るダメージは計り知れない。

「ですから有休取得率、女性社員の産休、男性社員の育休、残業時間の短縮等々についても、広く気をつかっています」

広報として全体を俯瞰する立場にある市川が言うのであれば、そういった線の話はまずないということ。それに、エルチェが美国堂を叩くとなると、いずれにしても韓国絡みと考えたほうが妥当だろう。そのあたりも告げてみた。

「まあ、あまり範囲を限定せず当たってみます。株主総会の想定問答を仕上げているところなので、今の話、気になりますし」

彼の言う想定問答とは、株主の質問に役員が答える際のアンチョコだ。コーポレートコミュニケーション部が中心となり、総務部、品質保証部、研究開発部といった部署が総出で練り上げた想定問答を役員は熟読して総会に臨む。総会当日は予期せぬ質問に備え、何十人ものスタッフがパソコンに向かい資料を検索し、役員の端末に情報を送り込む。「開かれた総会」のため、原田が総会屋をやっていた時分とはすべてが様変わりした。総会をネットで生配信する企業も増え、会場もホテルのパーティールームを用い、舞台作り、音響、映像、照明、ネット中継といったものは外部のプロに発注。セッティングとリハーサルは前日、念入りに。壇上の役員にライトを当てる位置といったものまで細々とした気配りの末、総会は行われる。

その用意の最中に時間を取らせ過ぎてもと、電話を切った。どうせ二人でいくら話したところで、なんら推測の域を出るものではない。

エルチェの弱みを探すつもりが、思わぬ展開になってきた。アジトの盗聴を続ける。デモのあとはあのカフェに行くだろうから、そこからエルチェを尾行してみる。あとは……、雪江か。

午後十一時を待って、雪江に電話した。彼女は、ツーコールで出た。

「遅くにゴメンね。このあいだ、世話になったわね。ありがとう」

言ってみると、

「ううん、わたしも楽しかった」悪びれるでもない声が返ってきた。

「今夜、どうしてこなかったの？」

「えっ、なにかあったの？」

「い、紕す会の会合があったの。知らなかった？」

「知らないわ。あなたは出たの？」

「うん、お呼びがかかったから」

「そうなんだ」

しばらく間を置き、どう言葉を続けたものか考えつつ、

「なんだか悔しいわね」と告げてみた。

「悔しいのは……、そのことだけ？」

雪江は、挑むような言い方をした。

「今からこない？　このあいだたくさん可愛がってもらったから、今度はわたしが返してあげる」

できるだけ、さらりと言ってみたつもりだったが、

「奈美ったら、また、泣きたいんだ……」

吐息のような言葉が返り、それから一転してさっぱりした口調になった。

「でも、数日忙しいの」

「じゃあ、月曜の夜あたり、どう？」

雪江は少し考えたようだが、

「少し遅くなると思う。十時、ううん、十一時でいい？」

「待ってるわ。うちにきて」

わたしは、スマホを切った。

3

翌日、予定通りにデモは行われた。わたしはいつもの黒に服装を戻し、ウイッグで髪型を変え、遠くから様子をうかがった。林田佳子のスタイルを捨てれば、ナミはともかく糺す会のメンバーに対しては変装になる。参加者はおよそ九百人。目標の千二百人には及ばず、デモ自体も気が抜けたようで前回までの勢いがなかった。淡々としたデモに、美国堂は胸を撫で下ろしたことだろう。爆弾の存在をわたしから耳打ちされた市川以外、という但し書きつきではあるが。

ナミの姿は確認できなかった。ナミ、いや雪江はどうやって美国堂の爆弾を探してきたのか。林《イム》の映像も、内部書類も、出所は彼女だった？　そうなると、三月の市川の推理はまったく的外れだったことになる。いずれにしろ、雪江とは月曜だ。そこではっきりさせよう。

ミーティングのカフェから出てきたエルチェを尾行した。彼は日本橋から銀座線で表参道へ。そこで千代田線に乗り換えて経堂《きょうどう》まで行き、さらに相模大野《さがみおおの》行きの各駅停車に乗り換えた。わたしは隣の車両に乗り込んだ。帰宅客で混雑する人と人のあいだから眺める彼は、吊革につかまり目をつぶっている。四駅目の喜多見駅でのろのろ下車していった姿はどこか寂し気で、勇んだふうがない。これ以上の尾行は止め、ひとつ先の狛江《こまえ》で折り返すことにした。

大久保に戻り、これから先の進め方を考えていると、林田佳子のスマホが着信を示した。まさかこれが鳴るとは思いもせず、どきりとした。画面を確かめるとマサミンだった。GPS位置情報の設定はオフにしてある。この場所を特定されることはないだろうと判断して、電話に出た。

「もしもし、リンダです」

「こんばんは、マサミンです。今日のデモ、どうしてこなかったの?」

注意深く声を聞いたものの、なにか企みを秘めている様子はうかがえない。

「ゴメンなさい。具合が悪かったんです」まずはそんなふうに言ってみた。

「このところ、暑かったり寒かったり、天候もおかしいものね。大丈夫?」

「ありがとうございます。それと」

わたしは、幾度か躊躇ってみせてから、

「わたしが参加してすぐハオウさんがああいうことになったからか、このあいだミーティングに行った時、皆さんの目が冷たいみたいで」

そんな泣きごとを言ってみた。

「うん……。そんな声も正直、少し」

ストレートにものを言う彼女にしては、珍しく言葉を濁した。

「エルチェも、わたしのことを疑っていました？」

「彼は特になにも言ってないわ。あなただって、やましいところはないんでしょ。リンダがそういう人じゃないってことは、わたし分かってるから気にしなくていいわ。元気になったらデモに顔を出して。わたしは歓迎する」

彼女の言葉が、胸に痛い。

「皆さん、お元気でした？」そんな言葉でごまかしたわたしだったが、マサミンは思わぬことを言い始めた。

「あなた、エルチェと二人で飲んだことがあるんでしょ。その時、彼からこの先のこと、なにか聞かなかった？」

マサミンはなにか喋りたいのだと読み、わたしはさも考えるように沈黙した。すると彼女は、

「皆には黙っていてね」と釘を差し、電話口ながら少し声を潜めた。

「彼、もしかしたら近々、運動を止めるかも」

息を呑んだわたしに、マサミンの溜息が届いた。

「このあいだ電話がきて、ぽつりと漏らしたの」

「どうしてそんなことを？　なにか理由を言っていました？」

「思うところがあって、とだけ。誰かに後を託したいと。でも無理よ、彼の代わりなんて誰もできない。だから考え直してって言っておいたけど。あっ、くれぐれも皆には内緒よ」

当たり障りのない雑談をして、電話を切った。

スマホを手にしたまま、マサミンの言葉を考えた。

エルチェの胸の内は分からないが、運動を止めるという発言の裏には、朝子の件があるのだろうか。突然突きつけられた自分の秘密に、彼はパニックに陥り母をののしった。結果母は命を絶ち、愛憎と後悔に彼は揺れ、運動から距離を置くことを決意した。だが、敬愛してやまない木部の敵討ちだけは、最後にやり遂げる。

――今回の運動にすべてを懸けようと誓ったんだ。

初めて下北沢で会った時にエルチェが告げた言葉には、そういう思いが隠されていたのか。

殺風景な部屋に、朝子の、木部の面影が浮かび上がる。目を閉じて、マサミンの言葉を心から消した。

原田には、爆弾の件を電話で報告した。本当なら顔を見ながら話をするべきだろうが、原田に感じ始めた疑念の前に、電話に留めた。意外だったのは、あまり無理はするなと、どこか弱気な言葉が出たことだった。市川とも連絡を取った。彼もこの件については薄気味悪いと首を傾げるばかりだったが、思わぬことを口にした。

「ところで西澤さん、宮浦に会いました？」

会っていないと応じると、

「じゃあ、原田先生と宮浦のあいだで、なにかあったんでしょうか」

「どういうこと？」

「ここ数日、宮浦はえらく塞ぎ込んだ様子なんですが、一応、爆弾の件を匂わせておこうと西澤さんの名を出したら凄い目でわたしを睨んで、読んでいた書類を机に叩きつけたんです」

「普段からそういうことはあるの？」

「いいえ。ネチネチ言うのはしょっちゅうですが、あんなふうに爆発したのは初めてです」


だが原田は宮浦のことなど、なにも言っていなかった。いや、

——あまり無理はするな。

という言葉の裏には、なにかあったのか。

土曜日曜と、大久保の部屋に籠もった。アジトの音声をマメにチェックしたが、活動に関するものはなにひとつない。レノンの生活音、鼻歌、テレビ、アダルトビデオと自慰の荒い息……。彼の童顔が浮かぶ。聞きたくもない個人の秘密。盗聴は、いつも気が滅入る。

日曜の夜、日付の変わる時間を待ってアサコ苑へ向かった。千里と黄にはあらかじめ連絡を入れていた。朝子の息子について知り得たことを、やはり二人には語っておかなければならない。店は月曜が定休。場合によっては長い話になるかもしれず、言葉を尽くすならこの時間がいちばんだ。看板の明かりが落ちた店の扉を開けると、固い顔の二人がわたしを迎えた。

「なにか飲みます?」という千里に、お茶でいいと告げた。酒で頭を痺れさせながら、していいような話ではない。その程度の節度はわたしにだってある。客の声が消え、ひっそりした店。小さなテーブル席で膝を突きあわせて、峰岸正樹に会ったこと

と、彼が福島に向かった理由を二人に語った。

「朝子さんの息子は、やっぱりエルチェだった。彼女は、自分の命が限られたものである可能性を考えた時、ひと目息子に会いたくなった。それで、ユーチューブのデモ映像に息子らしい顔を見つけ、市民団体のサイトを閲覧して」

でも、この説明では不充分なところがある。

「峰岸は、デモで息子を見かけたことを、朝子さんには語っていないと言うの」

「じゃあ、朝子さんはどうやって、そのことを知ったの？」

「そこが分からない。誰かが朝子さんに教えたんじゃないかと。思い当たることはない？」

なんらかのヒントが千里から出ることを期待したのだが、彼女は首を横にふった。

わたしは峰岸とのやり取りを、居酒屋で会った老人のくだりを省き、二人に告げていった。

表情を無くした黄、下を向いた千里。二人の心を占めているのは、朝子に対する思いと痛みだ。わたしにも朝子への思いはある。だが、仕事を秘めた分、二人のように純粋ではない。不実な自分が、少しいやになる。

わたしは語り終わり、深夜の店に重い沈黙が落ちた。

「どうして、あいつは、受け入れなかった。自分の母親なのに」

黄が、絞り出すような声をあげた。

三十数年ぶりの再会があありう結末になったことを、多分、エルチェは悔いている。マサミンに語った、運動を止めるという言葉の裏にあるのは、朝子の存在だろう。もっと緩やかに、親子のあいだにある事実を知っていったなら、彼の反応もきっと違ったものになったはずだし、そうなれば朝子が発作的な自死をすることもなかった。愛憎入り混じり乱れた心が生んでしまった、哀しきボタンのかけ違い。ただこれは、二人には語れない部分だ。

「黄、お願いがあるの」彼が握り締めた拳に、そっと手を置いた。

「軽はずみな真似は、しないで」

「でも……」

「彼はきっと報いを受ける。あなたが、手を汚しちゃあいけない。わたしは、あなたたちに事実を告げた。聞かされるあなたたちは辛いだろうけれど、それが、大切なあなたたちへのわたしの思い。だから今度は、わたしの言うことを聞いて」

納得はしていないだろうが、唇を嚙み締めた黄は、小さくうなずいた。

壁にかかった朝子の写真を見た。これからわたしがやろうとしているのは、彼女が望んでいないことだ。わたしには親子の情愛など分からないが、朝子は最後まで息子を思い、愛していたのだから。

「でも、エルチェは本当に報いを受ける時が？」黄が、すがるような目をした。

「黄、信じて。詳しくは言えないけれど――」

それが、わたしの仕事。心の内で、告げた。

4

万一にも黄がおかしな行動に走らないよう注意して。なにかあったら電話を頂戴。店を出る時、千里に耳打ちをした。黄のああいった反応は想定していた。変な動きをされたら、わたしの仕事がやりにくくなることも承知している。でも、伝えることがわたしなりの二人に対する誠意。それをおろそかにはできなかった。

　このところ量の増えたタバコは苦いだけで、ひとつも美味くない。それでも火をつけずにはいられない。街が憂鬱な雨に濡れる月曜の午後、市川から着信があった。

「いろいろ当たりましたが、なにも出てきません。爆弾って、ハッタリじゃないでしょうね」

「そういう男じゃないわ。だからこそ気にしている。探りは入れているから」

さすがに盗聴とは言えず、その程度に留めた。

「お願いします。今週は総会の最終準備で、身動きが取りにくくなりますから」

「大変ね……」と応じた時、エルチェの言葉がよぎっていった。

――二週間、時間をくれ。二週間だ。

「ねえ。今さらだけど、株主総会はいつだった？」

「来週の火曜、十時から十二時を予定しています」

というと、六月十九日。この日は、エルチェが言っていた二週間に含まれる。

「ひとつ調べて。株主のリストに峰岸比呂という名があるか。あった場合、議決権行使書は返送されているか」

「峰岸比呂って、誰です？」

「エルチェの本名よ」

いったん電話を切った。迂闊だった。わたしはてっきり彼がネットあたりでなにかをぶち上げると考えていたのだが、エルチェが予告した週には美国堂の株主総会がある。彼が株主になっているなら、そこでアクションを起こすという選択肢もある。

木曜の夜のエルチェの言葉を、もう一度考えた。

美国堂が引っ繰り返るような話。効果的に爆発させてやる。勝負に出る。

株主総会で騒ぎを起こすなら、あの言葉に当てはまる。

一時間ほどして市川から連絡が入った。

「ありました。三月二十九日に単元株式数を購入しています」

この時期も、――春先仕込んだものが活きてくる、という言葉と合致する。

「総会を欠席する株主には総会の十四日前までに議決権行使書の返送をお願いしていますが、八日前の今日現在、峰岸比呂名義のものは届いていません」

つまり彼は、株主総会に出席するつもりだ。

「でも、もし奴が現れたとして、迷惑行為を行わない限り入場拒否はできませんし」

「そりゃあそうよ。株主様なんだから」

「どうしましょう。あそこで騒ぎを起こされたら」

「なにかあっても、上司の宮浦の責任よ」

市川の心をほぐそうと言ってみると、思わぬ言葉が返ってきた。

「このあいだ、宮浦が塞ぎ込んでいるとお話ししたじゃないですか。宮浦は今日、会社を休んでいるんです」

「なにかあったの？」

「どうも、心の病じゃないかと」

「まさかデモのプレッシャー？」

しかし、爆弾の件は別として、表面上騒ぎは収束に向かっている。

「爆弾のこと、宮浦さんに言ったの？」

「いいえ、話せる雰囲気ではなかったので」

「それでいいわ、あなたの胸に仕舞っておいて」

「わたしには荷が重過ぎますよ」

「いつかあなた、部長になるつもりでしょ。その時のいいエクササイズと思って。エルチェのこと、できる限り当たってみるわ」

電話を切った。いつの間にか夕方になっていた。あと数時間で雪江がやってくると、心を引き締める。こんな気構えで彼女を待つのは初めてのことだ。冷蔵庫の缶ビールの本数を確かめ、電話でピザの配達を頼んだ。

運ばれてきたピザをつまみ、アルコールではなくコーラを飲み、時間を潰した。

いつまで待っても、雪江はやってこなかった。

5

ベッドに横になっては起き、スマホを確かめ、また横になる。そんな繰り返しの末、朝方、眠りに落ちた。九時過ぎに目を開きすぐさまスマホを確かめた。「どうしたの？連絡して」と伝言を残しておいたのだが、電話もメールも入っていなかった。約束をすっぽかす。そういうことをする娘《こ》ではなく、妙な胸騒ぎが湧いた。

ヒルトンホテルのことがあってから、なんとなく避けていたユキエを呼び出した。

（おはよう、奈美）

ユキエの声が、いつものように告げる。

「ねえ、二十四時間、ううん、五十時間以内に、姫野雪江の名がネットに上がっていないか調べて」

自分でも意外なほど、声が震えていた。

（あったわ）

ユキエは、深呼吸する間も与えず、即答した。

（二時間三十七分前に配信されたネットニュースに姫野雪江の名がある）

「どんな記事！」

「彼女、死んだのかも」

ユキエは、明日の天気でも教えるかのように、さらりと告げた。


昨夜遅く、東京都中央区築地《つきじ》のはとば公園で、若い女性が倒れているのを通行人が発見、病院に搬送されたが、死亡が確認された。所持品から、亡くなったのは姫野雪江さん（三十二歳）と見られ、警察は引き続き身元の確認を進めている。


取るものも取りあえず、タクシーで築地に向かった。

なにが起きた？　雪江に、わたしに、なにが。

途中、築地署に電話した。姫野雪江の友人だと告げると担当の刑事に電話が回り、遺体の確認を求められた。雪江は聖路加《せいろか》国際病院に運ばれ、遺体はそこに安置されている。

病院の受付で事情を話すと、地下の遺体安置室に案内された。扉の前に二人の刑事の姿があった。自分の名を告げたかもしれない。六十歳近いほうが八巻《やまき》、わたしと同世代のほうが鎌田《かまた》、そんな名乗りを遠くに聞いた気もする。

扉が開き、冷気がわたしを包み込んだ。エアーコンディショナーが吐き出す冷気と、死者の冷気。虚無の冷たさのなか、ステンレスのストレッチャーに横たわった雪江と対面した。

刻が停止したようだった。

すべての音と光が失せた。

ただ雪江が、闇に浮かんでいる。

なにか語りかけられたようだが、理解に時間がかかった。

姫野雪江サンニ、間違イアリマセンカ？

間違い……。

間違い……？

ええ……、間違っています……。

雪江とは、昨夜会う約束を……。元気だったんです。元気だったんです。先週だって、会って、楽しんで、だから……、これは間違いです。

八巻という年配の刑事は、哀れむような目でわたしを見たようだった。

どうして？

どうして、そんな目でわたしを……？

だってこれは、間違いなのに。

親族《シンゾク》ノ方《カタ》ト連絡《レンラク》ヲ取《ト》リタイノデスガ。

親族と、連絡？

親族ですか？　雪江のですか？　いません。いるはずが、ないでしょう。この娘《こ》は、施設で育ったんです。施設で育って、たった独りで世間を渡って、親族とか、肉親とか呼べるものなんか、雪江にはいないんです。なのに、なんで、そんなことを言うんです。

雪江の姿がぼやけていく。霞《かす》んでいく。

どうして？

目を、擦った。

雪江をしっかり見ようと、目を擦って――、手が濡れた。

なに、これは？

拭っても拭っても、その傍から目は濡れ、雪江が霞んで、見えなくなって……、
消えていく、消えていく、
いや、いや、
行かないで、行かないで、行っちゃいやだ。

お願い、お願いだから、置いていかないで。

雪江——！

気がつくと、白い部屋にわたしは横たわり、腕に点滴針が差し込まれていた。

どうして？

途端、雪江の白い顔が浮かび、また意識が遠くなりかけたが、なんとか体を起こした。

息が荒い。締めつけられるように心臓が痛い。点滴針を引き抜こうとして、やってきた看護師に制された。寝ていなければ駄目という看護師に、刑事を呼んでほしいと頼んだ。

「すみませんでした、取り乱してしまい。もう大丈夫ですから」

ベッドに横になり点滴を受け、なにが大丈夫なのか。自分の言葉が情けない。

「ご遺体は、姫野雪江さんで間違いないでしょうか」

「はい」

白髪で頬に弛みが見えるものの、目つきには現役の鋭さを宿した八巻から話を聞き、話を訊かれた。

昨夜午後十一時過ぎ、犬を連れて散歩中の老人に雪江は発見された。場所はネット記事にあったはとば公園。勝鬨橋《かちどきばし》の西、隅田川に沿って走る遊歩道に接した小さな公園だという。一一九番に救急車の要請が入ったのが十一時十五分。発信元は雪江を発見した老人の携帯電話だった。目と鼻の先の聖路加国際病院に搬送されたのが十一時四十二分。すでに心肺停止の状態で、死亡が確認された。遺体に目立った損傷はない。検視は明日の午前を予定している。

「姫野さんは、なんらかの持病をお持ちでしたか？」

八巻は少し癖のある掠れ声で、わたしに問いかける。

「通院したり、薬を飲んだり、ということはなかったはずです」

「失礼ですが、姫野さんとはどういうご関係で？」

恋人同士、と言ったら、どんな顔をされるのだろう。

「同じ施設で育ちました」

仕事は、フリーでプログラマーをしていると聞いています。交友は、いつも二人だけで会っていました。食事をして、お酒を飲んで、楽しんで。彼女、住まいは目白のマンションです。数回、行ったことが。彼女は未婚の母の許に生まれ、幼い頃母親の内縁の夫から暴力をふるわれ、五歳で施設に。親の行方も知らないって言っていました。わたしですか？　昨夜ですか？　家にいました。大久保です。いえ、昨夜はずっと独りで。そう、わたし、独りなんです。

「アリバイですか？」

と訊くと、形式上のことでして、と八巻は言葉を濁した。

「彼女、昨夜、わたしのところにくるはずだったので、独りで部屋にいました。アリバイにはならないでしょうけれど、午後八時頃、ケータリングのピザを取っています」

スマホを立ち上げて、ピザ屋の電話番号を教えた。

「姫野さんは、よくこのあたりにきていたんでしょうか」

そういう話は聞いたことがなかった。改めて考えると、雪江のことをどこまで知っていたのだろう。普段の彼女を、彼女の心の内を、どこまで。

雪江にかかった経費を持つことを、病院に申し出た。八巻に連絡先を教え、雪江の遺体を引き取りたいと伝えた。彼が言うには検視だけでは結論が出ず、司法解剖に回される可能性が高い。そうなるとさらに数日、場合によっては半月近くかかることもあるらしい。他殺ということになれば、警察が動き出す。当然わたしも容疑者の一人だ。わたしと雪江がエルチェの運動に関わっていたことも調べられるのだろうか。

　雪江が自殺するなんて考えられない。彼女がわたしをマウントしたのは死を心に秘めていたから、とは考えにくい。でも、どうして殺される必要が。外傷は見当たらないということなので、通り魔の仕業ではないだろう。行きずりでなく、なんらかの理由をもって彼女を殺害しようと考える者とは。

　エルチェは、ナミが美国堂に投じる爆弾を探してきたと語っていた。林の映像も、糺す会発足のきっかけとなった韓国への寄付行為の情報も彼女の手になるもので、その線で殺された可能性はないのだろうか。

　雪江を殺した者がいるなら、それが誰であろうと、赦さない。わたしは人生で初めて、強い、たしかな殺意を抱いた。

　病院を出て、隅田川沿いの遊歩道を歩いた。午後三時過ぎ、梅雨時の雲が空を覆った灰色の風景は、町全体が喪に服しているかのようだった。

　遊歩道を少し登ったところにあるはとば公園は、抱いていたイメージよりも小さかった。なんのつもりか、人の背丈より大きい銀の玉のオブジェがポツンと置かれた公園に、人の姿はない。オブジェを囲むように四方に作られた長いベンチに、小さな花束が置かれていた。誰だか知らないけれど、ありがとう。雪江の代わりにお礼を言った。傍に、白いチョークで人の輪郭が描かれている。ベンチに腰かけて、時を過ごした。川を行く観光船と、月島の高層ビル群が見える。流れていく刻。止まったままの刻。なにも考えが浮かばなかった。体中の力が抜けていた。

あたりが夕闇に包まれていく。街にぽつぽつ、明かりが灯り始めている。東京にしては、広い空が見えた。でも、この空の下のどこにも、彼女はいない。

もう、なにもかも投げ出してしまいたかったけれど、立ち上がった。

もしあなたが殺されたのであれば、必ず仇《かたき》を取ってあげるから。

雪江に約束して、公園をあとにした。

十章

1

大久保に戻り鉄のドアをくぐり、崩れるようにダイニングの椅子に座り込んだ。

どうしようもないほどボロボロな心を叱咤《しった》し、パソコンを立ち上げてアジトの音声を聞いた。集まった顔触れはエルチェ、ケンケン、イーチャン、ヨミ、マサミン、ボートというところか。

以前渦巻いていた熱のようなものが感じられないのは、盗聴器を介して聞く音声のせいばかりではないだろう。賑やかな雑談に興じる者もいない。皆、流れが変わったことを痛いほど感じている。ただ、流れを戻すためやるべきことを進言する声はない。すべてはエルチェ頼みということだ。

そのエルチェも元気がない。明日の大阪のデモは向こうのメンバーに任せる。金曜の東京も予定通りに行う。淡々と告げただけで、彼に皆を鼓舞する言葉はない。

「あの、このあいだの爆弾、あれはどうなったんですか？」

少し苛立ったような口調は、マサミンだった。この言葉は、皆の心を代弁したものかもしれない。エルチェは返事をせず、アジトは沈黙に包まれた。やがて、

「進んでいる。大丈夫だ。ところで、ナミと連絡が取れないんだが、誰か知らないか」と、ピント外れとしか思えない台詞を口にした。皆がどんな顔でこの言葉を聞いたかは分からないが、わたしの心は痛みに揺れた。

事件性の薄さからかどの媒体も雪江の扱いは小さく、顔写真も載らなかった。記事を目にした者はいるだろうが、それがナミとは思っていないのだろう。これがハンドル、匿名のつきあいの弱さだ。

誰からも声は上がらず、やがてエルチェが言葉を補足した。

「爆弾の件で、今週、彼女とやろうとしていた作業がひとつあるんだが、そっちのほうが止まっているんだ」

また、沈黙が生じた。ナミさんの代わりにわたしたちでできることはないんですか？　そう訊く声はない。

「もう少し、ナミを待つ」エルチェは力なくこの話題を閉じた。次回のミーティングは金曜のデモのあとにしよう。それが締めの言葉で、湿った散会となった。しばらく音声を聞き続けたが、一人二人とアジトを去っていき、参考になるどんな会話があるでもなかった。

パソコンを閉じた。殺風景な部屋に、空虚な静けさが漂った。

隣の椅子で微笑む雪江、ベッドからわたしを呼ぶ雪江、独りの部屋に、彼女の幻がいくつも現れては消えていく。タバコを何本も吸った。口のなかが苦くなっても止められない。冷蔵庫からビールを二本摑み出した。プルトップを引き、ほぼひと息で一本を流し込んだ。むせ、涙が滲んだ。スマホに着信があった。市川だ。出る気になれなかった。

ゴメン。今夜のわたしは、これで限界。もう今夜は、誰もわたしに関わらないで。わたしはこれから、きっと酔い痴《し》れて、泣き明かすんだと思う。

二本目を開け、味など分からず半分ほど飲み、それからまたタバコを吸った。

黙っているのが辛くて、ユキエに語りかけた。

「ねえ、わたし、雪江にマウントされたままで終わっちゃった」

（そう。それって、哀しいこと？）

どこまで理解しているのか、ユキエは、雪江そっくりの声で応じた。

「どうなのかな。ただ、あの娘《こ》との関係、負けたままで終わるんだ。お返しに、お仕置きしてやりたかったのに」

（まだ、お仕置きしたい？）

「もう、いいわ。でも、どんな気持ちで、あんなことしたんだろう。悔しいけれど、それで少しでもあの娘《こ》の気がすんだのなら」

（許してあげるの？）

「うん、許してあげる」

言った途端、嗚咽《おえつ》がこみ上げた。今まで泣いたのは悔しいからで、寂しかったり哀しかったりして泣いてはいけないと思って生きてきたけれど、今夜は——、泣こう。

（ねえ——）

雪江の声で、ユキエが呼びかける。次の言葉に、感傷的なすべてが、酔いが、吹き飛んだ。

（雪江から、メッセージよ）

雪江からメールが入っていた。

配信時刻は今日の二十一時〇〇分。ほんの数分前。

死者からのメール。表題は、『奈美へ』。文面には、５４１１０３とだけ。音声ファイルが添えられていた。

「ユキエ、再生して」わたしの声は震えていた。

(了解)とユキエが応じ、雪江の声が流れてきた。


奈美、あなたがこれを聞いているからには、きっと、わたしになにかあったんだと思う。わたしが止めない限り、このメッセージはあなたに送信されるようにしたから。まずはゴメンね、約束をすっぽかすことになって。あなたともう一度会ってから、とも思ったけれど、それで決意が揺らいでしまうのが怖かった。だから、行くことにする。もちろん、すべてをきれいにして、なにごともなかった顔で、あなたに会いに行くつもり。このメッセージが杞憂《きゆう》に終わるように戦うけれど、なにがあっても抜かりないよう備えておく。これは、あなたを通じてわたしが作りあげた、強い女性の理想像。

奈美とのこと、楽しかった。あなたは、憧れだった。二年前の再会、覚えてる？新宿の雑踏で声をかけられてふり向くと、黒尽くめの女性が、少し首を傾げるようにわたしを見ていた。すぐに奈美だとは気づかなかった。ただ、すてきな女性だなって。そしてあなたは、ずっと、その印象のまま、ううん、それ以上の女性だった。だからね、あなたを越えたいと思ったの。昔のわたしなら、そんなことは考えなかった。そういう欲は、あなたに憧れて、少しでも近づこうと真似をするうちに芽生えていったもの。でも、あなたが今、わたしの言葉を聞いているということは、背伸びをし過ぎたのかも。そんなふうにも思う。だって、知りたくなかったことも知ってしまったから。あなたの、裏も。でも、やっぱり愛してる。だから、このままサヨナラでもいいのかな。ああ、わたしったら、なに言ってるんだろう。ねえ、奈美、わたし、未だに決めかねているの。あなたにどうメッセージを残すべきなのか。サヨナラで終わるか、仇を取って、ってお願いするか。それとも、わたしがやったことを最後の謎としてあなたに挑むか。ああ、自分で自分を決められない。だからきっとわたしは、西澤奈美を追い越せなかったのね。ずるいやり方だけれど、あなたに託す。サヨナラでいいなら、これで終わって。そうでないなら、次の謎を辿っていって。辿り着けたなら、きっと、すべてが分かる。タイムリミットはこのメールの送信時刻から二十七時間、ってところ。キーはメールの六桁。あとはそうね、ママに訊いて。サヨナラ、奈美。

サヨナラ、雪江。

でも、あなたの仇は取るし、最後の謎って奴は解いてみせる。

まず、あなたの言う謎——、謎？　悪いけど、子供の謎々にすらなっていない。でも、こう解釈してあげる。あなたは本当は、わたしに仇を討ってほしかった。だから、テレビの視聴者クイズじゃないけれど、誰でも答えが分かるようなヒントを遺した。

わたしは鉄のドアを開けて、外に向かった。

2

午後九時を過ぎた新宿地下道は、薄暗い明かりのなか、空虚な靴音が響いている。

このあたりは庭みたいなものだが、一ヵ所だけ、普段は避けているところがある。

母のいるところ。

新宿プロムナード丸ノ内線東改札付近。天井の低い通路に設置されたコインロッカー。

　それが、わたしの母。わたしは、コインロッカーから生まれた。三十五年前と型は変わっているものの、下から二段目の左端。そこが、わたしの生まれたところ。

　ママに訊いてという雪江の言葉は、ここを示している。タイムリミットがメールの送信から二十七時間後というのは、コインロッカーの預かり期限から逆算したもの。メールにあった六桁の数字は、現金でロッカーに荷物を預けた際、鍵代わりにプリントアウトされる暗証番号。

　わたしが産声を上げたロッカーは使用中。タッチパネルに、ボックスナンバーとメールの数字六桁を打ち込んだ。要求された追加料金を支払うと、かちり、と音がした。ロッカーの扉を開けると、紙切れが一枚とＵＳＢメモリが一本、入っていた。

　部屋に戻る時間がもどかしかった。パソコンにＵＳＢメモリを差し、紙に書かれていたふたつの言葉のうち最初のほうをユキエに告げた。

「パンドラ」

　これは、すべての贈り物という意味。ギリシャ神話に登場する、神に初めて創られた女性の名だ。神はパンドラに、開けてはならない箱《ピトス》を与える。しかしパンドラは誘惑に負け――。するとそこから病、哀しみ、犯罪、あらゆる災いが飛び出した。パンドラはあわてて箱を閉める。箱のなかには希望だけが残った。

わたしの求めにユキエの（了解）の声。スマホの画面は暗転し、音声ファイルが流れ始めた。あの娘《こ》のことだ、キーワードにもメッセージは籠められている。パンドラという言葉を選んだのは、そこに災いが収められているということ。

いいだろう。なにが出てこようと、わたしは途中で箱を閉めはしない。

きたのね、奈美。じゃあ、わたしが知ったことを、これから話してあげる。真実、ううん、世のなか、なにが真実なんだろう。わたしが受け止めた真実というところね。ＵＳＢメモリを用意して。まずは最初のファイル——。

ナンバリングされ並んだファイルの数は十六に及ぶ。声に従いクリックすると、ディスプレイに写真が浮かび上がった。

向かいあう、原田とわたし。

息の止まる思いと、やっぱりという納得が、一緒くたに訪れた。

ヒルトンのラウンジ。ズームを効かせた画像は少し粗いものの、原田のスーツからして五月二十六日。彼に仕事の進捗を報告した際のものだ。

あなたもボスの下で働いていたなんて、知らなかった。ううん、あなたのほうが以前からのつきあいよね。わたしの前に現れたのは仕事だったんでしょ。新社長のため、不倫を穏便に闇に葬る。そのためにあなたは再会を装った。でも、そのあとの二人の関係は仕事じゃなかった。そう信じていい？　会社を辞めて仕事を探している時、原田から連絡がきたの。コンピュータ関係に強い人材を探している。会社の人間からわたしを紹介された。そんな話だった。

雪江の話が進むにつれて、世界が捻じれ、歪みゆく錯覚に陥った。わたしの立つ足許が、疑いもしなかった土台が、バラバラになって崩れていくようだった。

冷静になれ。整理しろ。

ワードを立ち上げて書き込んでみたが、まどろっこしい。壁のロートレックを引き剝がした。彼女の話を付箋に書き、わたしが知ることと推測を加え、壁に貼っていく。USBメモリには画像、映像、音声、文書からなる膨大な資料が潜んでいた。息を呑んだものもあった。幾度も間近にしつつ、なかを垣間見ることもなかったものが、今、目の前に提示されている。読み解いていくにつれ、幾度か喉元まで昇ってきた悲鳴を堪えなければならなかった。

二時間、三時間、四時間。つながる、つながる、つながっていく。

美国堂寄付書類の流出、韓国人役員の日本批判に始まるデモ。

朝子の死。

三年前、美国堂を標的に行われたデモ。

木部の死。彼女の言葉、はめられた気がする。春が消えた。

エルチェが手にした爆弾。

峰岸に息子の写真を示した老人。

そして——、雪江の死。

別のものとばかり見えていたもの、すべてが、つながっていく。

休むことも忘れ、作業に没頭した。思い違いはないか。他にもつながりを証明する要素はないか。濃いコーヒーを何杯も飲んで、タバコを吸い、うろうろ歩き回り、流しに頭を突っ込んで水を被り、サプリを噛み砕き、栄養ドリンクとゼリーを呑んで、ネットで検索し、雪江の言葉を聞き直し、ファイルを確かめ、付箋に書き加え、貼り、赤と青のマジックで付箋同士を結んでいく。

朝方、殺風景なダイニングの壁に、高さ一・五メートル、長さ三メートルほどのストーリーマップが浮かび上がった。三百枚近い付箋と、それらを結ぶ点と線。黄、ピンク、オレンジ、青、緑——、翅《はね》を広げた巨大な蝶が襲いかかってくるような、禍々《まがまが》しい姿。極彩色の、悪魔のバタフライ。

でも、まだ完成ではない。六割は分かった。一割を埋めるヒントは午後になればもたらされるはず。あと一割は自分で埋めていく。最後の二割は、本人に確かめるしかない。

雪江のメッセージに、こんな言葉があった。

美国堂の社長のスキャンダルの証拠をエルチェに渡した。それをどう使うか、アイディアも伝えた。エルチェはそれに乗ったわ。彼がこれからなにをするつもりか。それだけは謎として、あなたに挑むことにする。奈美、止められなかったら、あなたの負け。

美国堂の件は、絶対に抑えてやる。爆弾の正体も推測がついた。雪江はもちろん、それを彼女に渡した者も理解していないことだが、投げた餌は思わぬところに飛んだのだ。雪江、あなたにわたしを、西澤奈美のやり方を、見せてあげる。

決意し、気を失うようにベッドに倒れ込んだ。

スマホの鳴る音に瞼が開いた。午後二時を過ぎている。

随分寝てしまった。少しあわててスマホを取り上げた。覚えのない番号の電話は、築地署の八巻だった。

「昨日はどうも……、取り乱してしまいまして」目を瞬き髪をかきあげ、寝ぼけ声のなかから告げた。心痛の声なのだと八巻が思い違いをしてくれるといい。

「いえいえ、お察しします。先ほど検視が終了しまして、一応、ご連絡をと。姫野さんですが、体表面に特徴的な外傷は認められませんでした。ただ、採取した血液からシアン化合物が確認されています。つまり死因は、シアン化合物中毒と思われます」

独特の掠れ声で告げる八巻の言葉に、目が覚めていく。シアン化合物というと、

「ええ、代表的なものはシアン化カリウム、いわゆる青酸カリです」

「雪江は、誰かに呑まされたんですか？」

八巻はしばらく躊躇ったようだったが、言葉を選び、語り始めた。

「昨日、姫野さんが持病を持っていたかとお聞きしましたが、じつは遺留品のなかからティッシュに包まれたカプセルが一錠見つかっていまして。その分析が終わり、中

身が青酸カリだと判明しました。今後、姫野さんのご遺体は念のため、司法解剖に回されることになりました」

検視は、外部から遺体を確認する行為。でも、司法解剖ということになると、あの娘《こ》の柔らかな体は、切り刻まれる……。

思った途端嗚咽が込み上げて、わたしは掌で口を覆った。

「どうされました」

「いいえ、大丈夫です」

「刑事ってのは不躾な言い方しかできず、すいません。そういうことですので、姫野さんのご遺体の引き取りは、しばらく時間がかかるとご理解下さい。ところで、ひとついいですか。デリカシーのない質問で恐縮ですが、姫野さんは自死されたと思われますか？」

「そういう女性ではないと。でも、頭が混乱していて」

そんな言葉に留めて礼を言い、電話を切った。湿っぽくなっていく自分の心を叱りつけた。

いいか、これから戦争だ。それが終わってから、存分に泣けばいい。そう、雪江が自殺するはずがない。

不明の一割を埋めるものが、今の電話だ。八巻が告げた青酸カリ、それなりの知識はあるつもりだが、改めて調べていった。

青酸カリ、化学式はKCN。シアン化アルカリ化合物の代表的なもので、本来は金銀類の抽出、いわゆる冶金《やきん》や、銅に焼きつけを行う鍍金《ときん》といった工業用途に用いられる。シアン化合物として毒物に指定、形状は白色の粉末状結晶で乾燥状態では無臭。潮解性を持ち水に溶け、その際、俗にアーモンド臭といわれる匂いを発する。LD50、経口摂取した際に半数が死亡するとされる半致死量はキログラムあたり五〜十ミリグラム。体重五十キロだと二百五十ミリグラムから五百ミリグラム。上白糖でいえば、小匙十二分の一から六分の一というところだ。摂取後、胃に到達した青酸カリは胃酸と反応してシアン化水素を発生、それがチトクローム酸化酵素の三価鉄イオンと結合し、細胞の呼吸を阻害する。症状として、眩暈《めまい》、嘔吐、動悸、頭痛、痙攣、最終的に心停止。症状の発現まで五分と、短時間で効果の現れる毒物だが、この時間は、青酸カリの純度、量により変化するため目安である。

そういった基本知識のほか、青酸カリの判定法、中毒時の対処法、青酸カリを用いた犯罪事例も当たった。そういえば、原田の師である山形が自死の際に使用した毒物も、たしか青酸カリだったはず。そんな些細なことも確かめ、すべてを付箋に書き、さらに壁に貼っていった。

俯瞰し、考え、不明な点を調べているうちに夕刻となった。昨夜、市川から電話がきていたことを思い出して、連絡を取った。

「宮浦が神経症で入院しました。株主総会を控えたこの大切な時期にと、上の連中はカンカンです」

「で、総会はあなたが陣頭指揮を？」

「そうなります。まあ、現場は分かっているので、なんとかなりますが」

「今回はもしなにかあっても、部長がつめ腹切らされるだけ。変に緊張せずやったらいいわ。ところで、宮浦さんが入院した背景、なにか耳に入っている？」

「詳しくは。ただ、先月末だかに、社長がえらい剣幕で宮浦を叱責していたらしいんです。それが原因ではないかと、秘書室のほうでは噂になっています」

どこか釈然としない理由を市川は告げた。電話を切り、少し早いがアサコ苑に向かった。千里との件はすぐに終わる。あとは腹ごしらえしながら黄を呼び出せばいい。

ただ、どうやって黄に協力を仰いだものか。雪江が残した資料から推測し描いたストーリーでは、彼の役割は今までのように、ちょっとお願いという内容ではない。開店時間には二十分ほど早かったが店の扉を開けると、スマホを手にカウンターに立った千里が驚いたようにわたしを見た。いつもの、お帰りなさいの言葉もない。

「どうしたの？」

問うと、いえ、と取り繕うような笑みを向けた。

「ゴメンね、開店前に。なにも食べてなくて。朝からコーヒーとタバコだけ」

「じゃあ、早くできるものを」

と言う千里に、

「今夜はお酒は要らない。あと、これを見てほしいの」カウンター席に腰を下ろしながら、わたしはスマホを示した。

「この人に見覚え、ある？」

千里は、スマホを覗き込んだ。少し考えてから、

「ええ、店にきたことが。たしか、年末か一月か、寒い頃だったと思います。朝子さんとカウンターで話し込んでいました」

やっぱり。

部屋の壁に貼りつけたストーリーが、さらに鮮明になっていく。

「たしかな話？」

「もの静かだけれど、迫力のようなものがあるお客さんだったので、覚えています。かなり長いあいだ、朝子さん、深刻そうな顔で話していました」

「この男のことや話していた内容、あとで朝子さんからなにか聞かなかった？」

「いいえ、なにも」

応じた声が半ば心ここにあらずで、いつもの千里ではない。

「ねえ、なにかあった？　今日、どこかおかしくない？」

わたしの言葉に千里は下を向き、顔を歪めた。

「ゴメンなさい。じつは黄クンが」

ついさっき、思いつめた表情で黄がやってきた。明日は朝子さんの月命日。それを思うとやはり我慢がならないと、エルチェのところに向かったのだという。

「どれくらい前？」椅子から腰を浮かせながら訊いた。

「三十分くらい。絶対に、奈美さんには内緒だと」

彼女が握り締めたスマホは、わたしに連絡すべきか、独り揺れていたのか。

「でも彼、エルチェの居場所なんか知らないでしょう？」

「奈美さんに話を聞いてから、手を尽くしてネットで調べたようです。会のSNSを辿って、生田に事務所があるようだと」

わたしは店を飛び出した。

3

山手線で新大久保から新宿へ。帰宅時間帯の混みあう小田急線に飛び乗った。途中、黄に幾度か電話をかけたが応答はない。出ないつもりか、まさか、すでに出られない状況なのか。満員電車に揺られるだけの自分に焦燥ばかりが増す。なにもできない時間は拷問にも等しい。流れていく夜の街に、思いつめた黄の顔が浮かぶ。

余計なことをしてくれる。誤算。いや、黄と千里にエルチェのことを告げた時には、こうなることも考えのなかにあった。だからこの状況は呑み込まなければならない。あのアパートに今、エルチェがいるとは限らない。でも、レノンはいるだろう。

生田駅から駆けアジトが近づいた時、リュックを担いで独り歩く黄の後ろ姿を見た。

足音にふり返った黄は、わたしを認めて顔を強張らせた。駆け出した彼に追いつき、リュックを摑んで引き倒した。

「아파파파《アパパパ》……」咄嗟に出るのは母国語なのだろう、黄は尻を押さえ、「な、なん

で、奈美さん」わたしを仰ぎ見た。

「なんでじゃない。軽率な真似はするなと言っただろう」

息を整えながら軽く頭を叩きリュックを奪い取り、なかを検めて溜息が出た。ハンティングナイフが二本と、特殊警棒に催涙スプレーが入っている。リュックを奪い返そうと向かってきた黄をかわして足を払うと、簡単に倒れた。この足腰で殴り込みをかけようというのだから呆れ返る。

「奈美さん、返して」

「返してじゃない。返り討ちがいいところだ」

叱りつけると黄は目に涙と怒りを浮かべ、それでもアジトのほうへ駆け出そうとした。襟首を摑んで引き倒し、ジタバタする黄の首を軽く絞めてから胸倉を摑んで立たせた。

「冷静になって！」

厳しい声で言うと、黄は唇を強く引き結んでわたしを睨んだ。その目に涙が浮かび、溢れ――、わたしの胸に飛び込んできた。困惑するわたしにすがりつき、彼は子供のように泣いた。

そうだったんだ。

こんなにも思いつめて、辛かったんだ。哀しかったんだ。

黄の心が伝わってくるようで、わたしは、そっと、彼を抱きしめた。

あなたと同じ哀しみを、わたしも感じている。

肩に触れ、ゆっくりと体を離し、彼の目を真っ直ぐに見た。

「分かった。勝てる戦いをやりましょ」

「勝てる、戦い？」

涙を拭おうともせず訊き返してくる黄に、

「ケンカは、自分の得意な土俵でやるものよ。一緒にやる？」

黄は手で涙を拭うと、不思議そうな顔をした。

「あなたじゃなければできないこと。それで、エルチェに思い知らせることができる」

「やる。やらせて。でも、奈美さん、なにを？」

「ついておいで」

リュックを手に黄を伴い、アジト裏手に建つアパートの鍵を開け、なかに入った。

電気をつけると、四帖半のキッチンと六帖のフローリング、がらんとした部屋が浮かび上がった。

「さあ、上がって。なにもないけど」

そう。ここにはなにもない。唯一、ノートパソコンが二台あるだけだ。

「ここって、なに？」

「奴らの動きを探ってるの」

起動させたソフトのレベルメーターが揺れている。今あわてて聞く必要はないが、黄に教えるため、スピーカーをオンにした。

（それにしても、よくこんなものが手に入りましたね）

レノンの弾んだ声が聞こえてきた。

（ナミの大手柄だ）どこか力なく応じたのは、エルチェだった。

（でも、まったく音沙汰がない。専門家のナミに加工を任せたかったんだが、もう待っていられない。ベン、できるか）

事態が動いていることに驚くと同時に、彼はまだ雪江の死を知らないのだと少し胸が痛んだ。

（この文章と音声を入れて、ユーチューブに投稿すればいいんですね）

ベン、坊ちゃん刈りのような頭に眼鏡をかけた、三十歳前後のお宅っぽい男。美国堂本社デモの映像は彼が撮影し、ネットに上げていた。

(この話は、ここにいる三人だけに留めておく。いいな、メンバーの誰にも言うな。あと、早めに作って確認させてくれ。ユーチューブに上げるのは念のため、株主総会が始まる十時とする。題名はこれだ)

エルチェが指示しベンが読み上げた文言は、わたしの推理の正しさを裏書きした。

「これ、どういうこと?」困惑する黄にどう話そうか、少し迷いながら、わたしは口を開いた。

十一章

1

　翌々日の空は重く垂れ込めた灰色の雲に覆われ、昼頃にパラパラ雨を落とし始めた。そんな天候も影響したか、デモの参加者は五百人ほどと先週をさらに下回った。デモののち、いつものカフェに向けて歩く、どこか物憂げな面々を尾行した。

　本当ならカフェで行われる会話を聞きたかったのだが、店内の空き具合で座る場所は毎回異なり、盗聴器を仕掛けようもない。一時間ほどして店を出てきたエルチェを、無駄足覚悟で尾行した。彼は前回同様、日本橋駅から銀座線に乗った。ただ今日は表参道で乗り換えず、ひと駅先の渋谷で下車し、道玄坂に立つビル二階のカフェに消えた。

ネットで店を検索した。総席数百一。うち、禁煙席八十七、喫煙席十四。写真で見る限り、それなりに広い。少し悩んだが、黒尽くめの服とウイッグの変装に賭け、思いきって店に入った。茶系で統一した作りにあわせたものか、暗めに設定された照明に少しほっとする。混みあっているのもありがたい。素早く視線を巡らせて、奥まった二人席に背を向けて座るエルチェを見つけた。どうやらこの店で誰かと落ちあったようだ。混みあったレジ前を通り過ぎ喫煙室に入る。タバコを吸わない彼が、ここにやってくることはないだろう。テーブル席が六つと、長いカウンターに椅子が十ほど並ぶスペースは半分ほどが空いていた。カウンター席を選んだ。こちらに背を向けたエルチェの表情はうかがえないが、相手のほうは彼に似た年恰好の男だった。茶に染めたボサボサの髪と無精髭は、普通の会社員ではない。フリーター、なんらかの作業員、そんな雰囲気だ。どこかでこんな顔を見た覚えがある。黄のメールを開いた。デモの映像に複数回映り込んだ一人、黄の調査では国田《くにた》正行《まさゆき》という男に似ている。

レジが空いたのを見計らって手早くコーヒーを買い、再び喫煙室に籠もった。盛んに動く男の唇を注視した。

唇の動きから会話を読み取る、読唇術という技術がある。映画やドラマでは双眼鏡で唇を眺めスラスラと会話を読み解いているが、実際はそれほど安易ではない。熟練者ですら最善の条件下で会話の三、四割の把握がいいところだ。熟練には程遠いわたしに可能なのは簡単な単語の理解程度でしかなく、しかも男はエルチェの背に隠れがちで、唇の動きを満足に追うこともできない。会話を読むのは諦めてPEEK-EYEを取りつけたスマホで写真を撮っていると、男は席を離れてこちらにやってきた。喫煙室に入り、立ったまま灰皿を手にタバコを吸い始める。膝横にポケットのついたベージュのカーゴパンツとブルーのナイロンジャンパー。ジャンパーの胸にネームが入っているが、角度が悪く読み取れない。タバコの半分ほどが灰になった頃、男はあわてたようにジャンパーのポケットからスマホを取り出した。

「はい、国田です。あっ、お疲れさまです」

背を向けたまま、わたしは聞き耳を立てた。

「モニターは、ええと、QSC K10を。マイクはSHURE《シュア》の適当なのを予備も入れて五本。明日のイベントはそれでいけると思いますけど。分かりました、一時間以内で取りにいきます」

電話を切り、——人使いが荒《あれ》えんだよ。大きな舌打ちをして喫煙室を出ていく国田の背に、SOUND・LABOの文字を見た。

五分ほどして、エルチェと国田はカフェを出ていった。その姿を撮影しあとを追うと、二人はカフェ前の信号を渡ったところで握手を交わして別れた。エルチェは真っ直ぐ、井の頭線の改札がある方向に。国田は道玄坂を右に上っていく。つけていくとパーキングに消え、少しして車に乗って現れた。SOUND・LABOの文字が車体に書かれたトヨタのバン。それも写真に収めた。

SOUND・LABOを検索すると、各種イベントへ音響機材、オペレーターの派遣を請け負う組織で、親会社にディスクステージ株式会社の名があった。

市川に電話を入れた。

「もしもし、今いい？　あなたのところの株主総会の設備を請け負うイベント会社名、分かる？」

案の定、ディスクステージの名が返ってきた。

「そこの関連会社に、音響関連のSOUND・LABOという組織があるの。株主総会でそこが音響を担当するか。もしそうなら、当日そのなかに国田というスタッフがいるか、調べてほしいの。分かっていると思うけど、どうしてそんなことを訊くんだと先方に疑問を持たれないよう、上手にやってね」

「SOUND・LABOに、なにかマズイことでもあるんですか？」

市川の声が不安さを増す。

「それを調べるのよ」

電話を切り、混みあう坂を下りた。

2

翌日、東中野にある黄のアパートで、盗聴した音声データを解析した。若い男性らしい散らかり具合の部屋で、黄には、企業から求められて株主総会を無事に運ぶ手助けをしていると告げた。思えば、林《イム》の発言の和訳、二度にわたる写真の難しい加工から始まり、彼には深入りをさせてしまった。「奈美さん、そういう仕事をする雰囲気の人だと思っていた」そんな言葉ですませてくれたのは、彼の人のよさと、わたしへの友情だと理解した。

結局、山ほど生成された音声ファイルで参考になったのは、水曜の夜、盗聴用に借りたアパートで黄と聞いた会話だけだった。

黄に、作り込んでもらう映像と、それをどうするかを伝えた。話を聞くにつれ、黄の目が輝いてくる。なんとか理由を作り協力を取りつけるつもりでいたのだが、黄が早まって、アジトに向かったことは、結果的に彼との距離を手っ取り早く近づけることになった。

夕方、市川から連絡が入った。株主総会で音響を担当するのはSOUND・LABO、派遣されるスタッフに国田正行の名があった。役職のない契約社員だという。

「これ、どういうことなんですか。このあいだ言っていた爆弾と関係が？」

「多分。国田を抱き込み、映像か音声を会場で流すつもり」

総会で騒げば退場させられる。質問者を装うつもりでも、指名されるとは限らない。なんらかのものを総会で示すには、モニターに映すなりスピーカーで流してしまうのが一番だ。短いものなら電源を切られる前に流し終えることも可能だ。そのためにエルチェは、かつてデモに参加していた旧知の国田を抱き込んだ。ミーティングでエルチェが言っていた思わぬ巡りあわせとは、国田の存在を仄《ほの》めかしたものだろう。

メッセージは会場の株主だけでなくネット配信で総会を見ている者にも伝わる。株主総会で起きた騒動というニュース性も手伝い、瞬く間にネットで拡散していく。

「そういうことよ」

「国田を外すよう、動きましょうか」

「ようやく尻尾を摑んだのよ。今ここで国田を外したら、向こうは新たな手を考える。だから泳がせておいて」

不安そうな市川に、エルチェの手がほぼ読めていること、市川には事前に話すことを約束し、電話を切った。

酒は、今回のカタがつくまで断つことにした。蝶を模《かたど》る付箋は五百枚を超えている。新たに国田を書き加え、見落としがないか確かめていく。

今、自分に見えているものとは異なるシナリオが、どこかに隠れてはいないか。土曜の夜から日曜一杯、壁に大きく翅を広げた悪魔のバタフライに向きあった。タバコを三箱空にし、ネスプレッソを十数杯、宅配のピザを頬張り、サプリと栄養ドリンクを摂取する。さすがに部屋にタバコの臭いが籠り、エアコンを入れて空気清浄機能をオンにした。

最後には気を失うように眠りにつき、その頃には壁の光景は、すべて頭に入っていた。

月曜、新たに生成された盗聴音声に、なんら情報はない。黄と仕事の進み具合を確認したあとで、市川に連絡を入れた。

「落ちついて聞いてね。三月に相談を受け、翌月にあなたと仕掛けたあれが、エルチェに渡っている」

市川は電話口で息を呑んだようだった。しばらく経ってから、溜息とともに彼の声が聞こえてきた。

「じゃあ、危惧は本当になったんですね」

「そういうこと」エルチェが考えているであろうことと、わたしのプランを伝えた。

「奴、そんなことをやるつもりなんですか。それに、西澤さんも」

市川の声は驚きに掠れていた。

「あなたも腹を括って。必ず潰してみせるから」そしていくつか、頼みごとをした。

夕刻になって、築地署の八巻から電話が入った。雪江の司法解剖が、明日に決まった。

すぐに葬儀社に電話を入れて、雪江の引き取りを頼んだ。

「祭場は、小さなところでいいです。ええ、参列者はいませんから。ただ、たくさんのお花で飾ってあげて下さい」

そう、白やピンク、淡い色の花がいい。本当は、そういう色が似合う娘《こ》だったから。

遺影用の写真を請われ、なにもないことに――。いや一枚だけ、雪江にせがまれ、一緒に写した写真があった。昨年の冬、二人で箱根に出かけた時のものだ。芦ノ湖をバックに、嬉しそうな雪江と表情のないわたし……。

トリミングした写真をあとで送ると、業者に告げた。

とうとうあの娘《こ》が骨になるのだと、胸が張り裂けそうになった。

でも、泣くのは勝負のあとだ。

エアコンの風が勢いを増し、壁の付箋が羽ばたくように揺れた。

3

六月十九日早朝、黄とタクシーで品川に向かった。

三月決算の会社の株主総会といえば、以前は六月末の一日に集中していた。これは、総会の開催日を揃えて総会屋の活動場所を減らしにかかる、昭和の時代にできた仕組みだ。しかし総会屋が消え、東京証券取引所が株主との対話の重視を企業に指導したことで、総会の開催日は分散傾向にある。

以前、美国堂の株主総会は、本社の大講堂で行われていた。しかし株式単元数を千から百に変更したことで株主総数が増え、参加者も増加し、自社設備では手狭となった。そこでホテルに会場を移し、ここ数年は品川プリンスホテルアネックスタワー内のプリンスホールで定着していた。プリンスホテルは品川駅高輪《たかなわ》口の坂に四つの建物を要塞のように構え、三千五百以上の部屋とレストランのみならず、会議場はもちろん、シネコン、劇場、水族館まで備えた巨大複合施設だ。午前七時過ぎ、メインタワーの正面玄関でタクシーを降りた。ジーパンにトレーナーの黄は大きなキャリーバッグを引いてバックパックを背負い、わたしは黒いパンツスーツに襟を立たせた白いシャツ。余計な荷は持たない主義だが、コンビニの袋を提げた。

朝食会場に出入りする外国人宿泊客で混雑するロビーに入っていくと、市川の姿があった。固い顔で目配せして歩き出した彼に、少しあいだを空けて従った。エスカレーターに乗った市川は左側に立ち、わたしは右側を登っていく。そっと差し出されたものを追い抜きざま受け取り、「よろしく」の囁き声に無言でうなずき、そのまま先を行った。手渡されたのはホテルのキーだ。総会が行われる五階ホールに近く、黄が作業をしやすいよう大きなデスクのある部屋をリクエストした。

ルームキーでドアを開けた。なかに入るや黄はキャリーバッグとバックパックを開きパソコンや周辺機器を取り出し、並べ、電源を入れてネットワークを構築していく。見ていて気持ちのいいプロの動きだ。人間誰しも得手不得手がある。ここでわたしが手伝えることはなく、念のため盗聴器のチェックを行ったあと、コンビニで買い込んだ缶コーヒー、ミネラルウォーター、コーラ、サンドイッチ、おにぎりを取り出し、テーブルの隅に並べていった。

「奈美さん、朝からパーティーやるつもり?」ケーブルをつなぎながら、黄が眉を顰めた。

「このホテル、ルームサービスがないの。だから持ち込み。あなたも好きに食べて」

「よく食欲あるね。ボク、昨日の晩から緊張でなにも食べてない」

「食べないと持たないわよ」

きっと、長い一日になる。

サンドイッチと缶コーヒーを手に窓際に移動したところで、市川から電話がきた。

「午前八時にモニターの確認作業が始まります」

「了解。こっちの画面にも映るかチェックするわ」

「本当に、予想したことが起きるんでしょうか」

「彼は絶対にくる、きちんと入場者をチェックして」

サンドイッチを食べ、人工的な香りのコーヒーを飲んで、口寂しさにタバコを咥えた。

「奈美さん、ここ禁煙室だよ」

分かっている。火はつけない。

喫煙室を取るよう市川に念を押さなかったことを、少し後悔した。

4

総会の会場はプリンスホテル最大のホールだけあり、モニター越しにも重厚な作りがうかがえた。エスカレーターから会場まで伸びる廊下も広々とし相応の装飾が施され、来場者を優雅にもてなしている。

黄が持ち込んだパソコンはすべてで七台にも及んだ。右から二台はモニター用。次の一台はユーチューブにつながり、隣の一台には映像加工ソフトを立ち上げている。続く二台は文字の羅列で、わたしには理解できない。最後の一台からは、紅す会のアジトの音声が流れるように設定した。わたしは続々と会場に入っていく株主と会場内の模様をひとしきり眺めたが、小さなモニター画面ではエルチェを見つけるどころではない。

午前九時四十分、市川から固い声で連絡が入った。

「彼、入っていきました」

「どこに座ったか確かめて。あと、目を離さないで」

やはりエルチェはやってきた。

モニターが水平に移動し、会場の様子を映していく。壇上の中央に議長席、少し下がったところに役員が着席する椅子とテーブルが配置され、『美国堂株式会社 第一一三期定時株主総会』の大看板が掲げられている。左右正面の壁に設置された巨大モニターが美国堂のコマーシャルを流し、用意された椅子が株主で埋まっていく。

火のついていないタバコを咥え、離し、咥え、缶コーヒーに手を伸ばす。じりじりと、刻が進む。

糺す会に仕掛けた盗聴器とつないだパソコンから、(時間だ、やるぞ) ベンの声が聞こえた。

(これでよし。あとはネット中継でエルチェさんの活躍を見守ろう) (ワクワクしますね) ベンとレノンが語りあう。そして、

「奈美さん、出た!」

黄が示すパソコンに目を向けると、ユーチューブ上に、薄暗い廊下を映した写真が表示されていた。

表題は『美国堂株式会社大池社長の下半身スキャンダル』。

「再生して」

静止画像上を文章が流れ、人工音声が読み上げていく。会場で流されることを前提に投稿された映像は、一分〇二秒と短い。

「作っておいてもらった映像を、今すぐこんなふうに加工できる？」

閃《ひらめ》いたものを黄に伝えた。

「문제《ムンジエ》 않아요《アナヨ》（問題ないよ）」

黄は凄まじい勢いでキーボードを叩き始めた。


モニターのなかでは株主総会が始まり、濃紺のスーツ姿の大池社長が壇上に立っていた。七三のさっぱりした髪型に、いかにも理系らしい理知的な容貌の大池は、国内外の経済状況、美国堂が置かれている立場と戦略を簡潔に述べたのち、意外なことに八年前の林の発言に触れた。

「弊社の常務執行役員林彰又《チャンウ》が八年前に螺鈿《ナザン》株式会社内で行った講話の映像が、現在、インターネット上に流れております。御承知ない株主様のためにかいつまんで申しますと、社員の士気を高めようとするあまり日本に対する侮蔑的な発言に至っているものです。当時、弊社と、林が社長を務める螺鈿株式会社は韓国で競合関係にあり激しい競争を行っておりました。その背景からあのような発言になったものと本人から聞いております。しかし、どのような事情であれ、また、社内に向けた限定的なものとはいえ、従業員を預かる企業のトップが発するべき言葉ではなく、林には厳しく注意を促しました。林も今は、当時の思慮のなさを深く反省しております。この席をお借りし、お詫び申し上げます」

後方席の林は起立し、大池とともに深々と頭《こうべ》を垂れた。大池は林を着席させると、再び語り始めた。

「株式会社は営利法人であり、経済社会で日夜激しい戦いを繰り広げています。しかしそれは、手段を選ばず敵を倒し平伏させることを目的とした戦いではありません。人間性を持ち、法令上は無論、倫理的、道義的にも間違いのない戦いであるべきです。売上げはもちろん重要です。収益も重要です。しかし同時に我々は、仕事を通じて日々研鑽《けんさん》を積み、己を高めていくことに力を注ぐべきであると思っております。企業体は人間の集団です。企業の質は、そこに属する人の質に因ります。人の質が上がれば、即ち企業の質の向上につながり、ひいては企業の発展に寄与するものと信じております。日本には、道という厳しくも美しい考え方があります。個人的な話で恐縮ですが、わたしは居合道を三十年近く学びました。人を殺《あや》める道具でしかなかった刀に道を、喉を潤すものでしかない茶に道を、愛《め》でるものでしかない花に道を、あらゆるものに道を見出し、己を高めるための手がかりとしてきた我々は、必ずや仕事にも道を見出すことができるものと信じています。それが、口で言うほど易しいものではないことも理解しているつもりです。しかし我々美国堂は、逃げず、隠さず、今回の林のように間違いがあれば真摯《しんし》に己を糺し、歩み続けていくことを、本日、株主の皆様方にお約束いたします。どうかこれからも、ご指導ご鞭撻《べんたつ》のほど、よろしくお願いいたします」

大池は一礼し、会場は拍手に包まれた。林の発言の件は、一般株主からも意見の出る可能性がある。大池は逃げず自ら語ることで、それを制してみせたことになる。

エルチエはどんな気持ちで、この言葉を聞いただろう。

会場には原田もいるはずだ。原田は、どんな思いでこの言葉を聞いただろう。

のち、議長選出、議決権株式数及び株主数報告と会議成立の確認、例年通りの流れで十五分ほど進行したところで、

「奈美さん、これでいい？」黄が顔を向けた。

確認すると、出来栄えは上々だった。

「あとの処理は、どのくらい時間がかかる？」

「一分もあれば」

「じゃあ、いつでも作業にかかれるようにしておいて」

「オッケー。タイミングで指示して」

ひと息入れてと黄にコーヒーを渡し、総会を映すモニターに見入った。事業報告、決算報告、監査報告、一号議案から三号議案の説明とスムーズに進み、いよいよ質疑応答に入った。議長役の大池社長が挙手した株主を指名し、前方中央の年配女性が穏やかな声で発言を始めた。

質疑応答に費やされる時間は三十分。経営陣にとって、ある意味ここが総会最大の山場だ。業績低迷、収益悪化、不祥事、無配当の際には当然のこと厳しい声が上がるが、最近は環境への配慮、労働問題、女性社員の登用、業種によっては動物実験廃止等、質問や意見は多岐にわたる。想定問答で備えているとはいえ、どのような声が出るかは事前に知りようもなく、受けて立つ側の経営陣は寸分の油断も許されない時間になる。エルチェのデモ効果だろうか、韓国寄りの経営ではないかと質問も飛び、しかしこのあたりは会社側としても想定の内、大池は無難な答えで穏やかに切り抜けていた。

市川から着信があった。

「エルチェは挙手していますが、指名されそうにないですね」

会場から電話しているのだろう、囁くような声だった。議長は会場の前方、中央、後方、右、左、老若男女についても偏りがないよう、指名に気を使う。

「エルチェの近くに座る中年男性が指名されました。ですから、彼にはまず機会はないとみていいでしょう」

モニターでは、最後の質問者ですと議長が断りの上、前方で挙手する中年女性を指名した。

「わたしは韓流が大好きです。何度も韓国に旅行して、あちらの人に優しくしてもらいました。お友達も皆、韓国が好きなんです。どうか美国堂さんは日韓友好のためにも、これからも韓国を応援してあげて下さい」場内からは小さな笑いも生じた。大池が「ご声援ありがとうございます。これからも日本企業としてアジアのリーダーを目指し、韓国とも他の国々とも、いい関係を築いてまいります」という言葉でまとめた時、

「議長！」

会場のなかほどで、紺のスーツ姿のエルチェが立ち上がった。

「黄、やって！」

黄は凄まじい速さでキーボードを叩き始め、三十秒ほどで、

「終了！」

力強くエンターキーを叩いた。

さあ、勝負だ。

5

「緊急動議！　大池社長の疑惑について緊急動議！」

エルチェの声が会場に響き渡り、先ほどの質問で和《なご》んだ会場が一転、緊張に包まれた。

「御着席下さい。総会において株主様が提出できる動議は、招集通知に記載されている議題の修正に限られ、新たな議題を提出することはできません」

大池は動じることなく、会社法上の定めを口にした。

「あんた！　さっき道とか真摯とか偉そうなことを言っていたが、韓国女優となにをした！」

エルチェの怒声に大池は怪訝な表情を浮かべた。

「言ってることとやっていることが違うじゃないか！」

「お静かに願います。株主総会の妨害行為に対しては、議長権限として退場命令権を発動することになります」

警備員がエルチェの許に近づいていく。

「なにが退場だ！　忘れたとは言わせないぞ！」

「退場願います」

大池の宣言に警備員がエルチェを押さえにいったその時、正面左右の大スクリーンに映る会場の映像が切り替わった。

「見ろ！　皆さん、あれを見て下さい！」

エルチェはスクリーンを指差し、勝ち誇ったように叫んだ。

「ユーチューブにアップしました！　皆さん、拡散！　広めて下さい！」

粗い画像ではあるが、大池と若い女性がホテルの部屋に入っていく写真がスクリーンに映っている。右下に20180406と21:55:04のタイムコード。画面下から上へテロップが流れ始め、音声ソフトの機械的な声が読み上げていく。

我々は、美国堂株式会社代表取締役社長大池氏のスキャンダル画像を、極秘入手しました。今年の四月六日、大阪市内のホテルで行われた新製品発表会、引き続き行われた懇親パーティーに、美国堂がＣＭに起用する韓国人女優趙愛榮《チヨエヨン》が出席しました。パーティーののち趙愛榮は、この写真が示す通り、大池社長とホテルの部屋に入っていきました。二人きりの部屋でそのあとなにがあったかは御想像にお任せしますが、趙愛榮は韓国国内で反日発言の目立つ女優です。その女優に骨抜きにされるばかりか役員を韓国から招き、収益を韓国団体に垂れ流す大池氏の公私混同は許されるものではありません。我々は、大池氏を、美国堂を、断固糾弾します。『美国堂を糺す会』

会場がざわつき、壇上の役員たちがあたふたしている。

(やったぞ!)アジトでベンが歓声を上げた。

「西澤さんっ!」スマホから市川の悲鳴が聞こえた。

「あわてないで。止めさせちゃ駄目よ! 続きがあるから!」

そう、これには続きがあった。黄が追加した後編が。

静止画像と同じアングルのまま、今度は動画に切り替わった。ホテルの廊下を大池と女性が歩いてくる。女性のほうは先ほどの若い女ではない。大池と同世代の女性、彼の妻だ。映像は先ほどの写真とまったく同じところで停止し、先程と同じように文字が流れ人工音声が読み上げていく。

驚かれましたか？　しかしあの画像、じつはフェイクです。元映像は四月六日の懇親会後、大池社長と社長夫人がホテルの部屋に戻っていくものです。今流れているものが、捏造される前の映像です。先ほどの告発写真はこの映像を加工したものに過ぎず、映像にカウントされているこの時刻、趙愛榮さんは別室で日本の雑誌社のインタビューを受けています。美国堂を糺す会が流したものは事実ではなく、徒《いたずら》に美国堂を、大池社長を貶《おとし》めようとするものです。ちなみに当日、社長夫人は自費で大阪へ入り、部屋も大池氏が自費で支払いを行っていることを確認しています。

『美国堂を糺す会を糺す会』

音声の途中で捏造前と捏造後のもの、社長夫人の顔の部分以外は寸分違わぬ二枚が画面に並んだ。

わたしと黄が眺めるモニターに、警備員に囲まれたエルチェが映っている。彼は目を見開き、震えていた。部外者でしかない彼にできる裏取りなど、せいぜいその日にホテルで間違いなく発表会とパーティーが行われ、趙愛栄の出席があったかという程度。入手した写真がフェイクで、しかも元の映像をこの場で突きつけられるとは予想だにせぬことだろう。

大あわてするベンの声が聞こえる。先ほどユーチューブの紕す会、、公式チャンネルをハッキングした黄は、改変画像の投稿と同時にパスワードを変更した。ベンは今、自分たちの会の公式チャンネルにアクセスできない。

力なく崩れ落ちたエルチェは、モニターの視界から消えた。

エルチェ、あなたが落ちた罠は、あとでふり返って想像するどんなものよりきっと深く、思いもせぬところで生まれていたものだ。わたしですら、想像していなかった。

警備員がエルチェを抱きかかえ、会場の外に連れ出そうとする。ふらつく足で従うエルチェは、幾度かスクリーンに視線を向けた。俯き、唇がかすかに動いた。

読み取ったわたしは、かすかな胸の痛みを覚え、しかしそれを振り払った。

「不手際を、お詫びいたします。皆さん、御着席下さい。議事に従いまして、第一号議案、第二号議案、第三号議案の承認に移らせていただきます」

落ちつき払った大池の声が、総会を平常に呼び戻した。このあたりの腹の据わり方も立派だ。市川は、自分の社長を誇っていい。

「ご苦労様」大きく息を吐きながら、黄の肩を叩いた。

「まだ仕事がある。これをネットに拡散させる」

よろしく。わたしは黄に背を向けた。

「奈美さん、どこへ行くの？　タバコ？」

そうじゃない。今のものは、悪魔のバタフライが描いたせいぜい三割分。これからが、わたしの本当の仕事だ。その前に——。

スマホを操作して、黄にメールを送った。

「黄、お願いがある。明日の十二時までにわたしから連絡がなかった時には、そのメールにあるコインロッカーに行って、なかのものを引き取って」

そこには、一本のUSBメモリがある。

「そこにあるファイルを、メールのアドレスに一斉に送りつけて」

アドレスはテレビ局、大手新聞社、出版社、すべてで四十社ほど。

「なんなの、これ」

「今日のものなんかより、もっと大きな爆弾よ。この国の経済社会が揺らぐかもしれない」

「そんなもの、ボクに預けていいの？」

「今日、黄はわたしの戦友になったの。家族も肉親もないわたしは、一緒に戦った友を信じる」

「分かったよ」黄は、強い目でうなずいてくれた。

「でも、戻ってきて」

うなずく代わりに微笑んで、わたしは部屋を出た。

総会が引け、土産《みやげ》を受け取った株主たちが会場を出てくる。

会場の外に立った。

流れていく、人、人、人。

声が聞こえる。

「なんだったのあの人」

「迷惑な人よね」

「でも大池社長、立派だった」

「ほらほら、本当にユーチューブにある」

「どうしてスクリーンにあんなものが映ったんだろう」

思わぬ出来事を語り、面白がり、不思議がり、流れていく善男善女《ぜんなんぜんにょ》たち。スマホを操作している人は、今の出来事をSNSに上げているのだろうか。

そんな群れのなかに、原田の姿を見た。ダークネイビーのスーツにブルーのシャツ、ネクタイはネイビー地にペイズリー。アタッシェケースを手に俯きがちに歩む原田は、わたしの視線を感じたか顔を向けた。でも、どんな表情を浮かべるでもなく、数歩進むあいだに視線を外し、人々に混じり、遠ざかっていった。

十二章

1

音も風もない、閉ざされた世界。

わたしは、そこに佇んでいる。

東京の夜景が見える。煌《きら》びやかに彩られた景色だが、今のわたしにはモノクロームとしか映らない。

死の街。罪の街。わたしは、ここに招かれた。

そんな気がして――、腕を伸ばしてみた。

手に触れるものはない。様々なものが、わたしの手をすり抜けていった。

そしてわたしは、さらに自分の意志で、大切だったものから手を離そうとしている。

なんの物音もない、静かな闇。

そこに小さな音が聞こえ、足音が生まれ、薄明かりが差し——。

アタッシェケースを手にした原田が、リビングの入り口に立っていた。右の眉を吊り上げているのは、驚いた時の彼に現れる癖だ。

「遅いお戻りでしたね。お邪魔しています」

わたしは一人掛けのソファーに身を沈めたまま、顔だけを原田に向けた。

大きく息を吐いた原田だったが、それで動くきっかけを摑んだかのようにリビングに足を踏み入れた。

「よくここが、分かったな」

ローテーブルを挟み、彼は三人掛けのソファーに腰を下ろした。

「一人で暮らしているんですね」

「家族は持たない主義だ。お前のようにな」

「マメですね。わたしより、よほど掃除が行き届いています」

「ハウスキーパーにやらせているだけのことだ。洗濯はクリーニング屋。食事は外に行けば美味いものが食える。もう必要ないが、女を抱きたければ買えばいい。つまり、独りでも生きていくのに不自由はない。ところで、どうやってここに入った」

それには応えず、改めてリビングを見渡した。

高い天井が開放感を演出する、ライトブラウンを基調色とした部屋は三十平米ほど。わたしの右は広々としたキッチン。反対側には奥から作りつけの重厚な本棚、隣に腰の高さほどのアンティークなサイドボード。ほぼ真横の位置に針の止まった古い大きな置時計《ホールクロック》が佇んでいる。背中側、つまり原田から見て正面には、彼の師である山形初郎の肖像画と百インチの大型テレビ。その左右の棚にはずらりとレコードが並び、大きなオーディオセットが置かれている。彼が背にした窓の外で、東京の夜景が静かに瞬いていた。

「ウォーターフロントの三十八階。三ＬＤＫ、北東向きの百平米、二億円は下らない、というところですか」

「そんなところだが、お前、不動産屋に鞍替えか？」

「仕事を変えたほうが、穏やかな人生を過ごせるかもしれませんね」

「お前には無理な相談だろう。今日のあれは、お前の仕業か？」

「はい」

原田は溜息とともに、幾度もうなずいた。

「まあ、飲むか」呟くと立ち上がり、サイドボードに向かった。

「わたしは結構です。仕事中なので」

「そう言うな」原田は屈《かが》み込み、サイドボードのガラス戸を引いた。コレクションからウイスキーのボトルとグラスをふたつ手にし、ソファーに戻ると、バーテンダーよろしく洒落た手つきでラベルを示した。山崎の二十五年リミテッド・エディション。発売当時でたしか四十万円。今では倍近い値のつくビンテージだ。

「美国堂の件が片づいたなら開けようと思っていた。飲んでこその酒だからな」

封を切り、ツーフィンガー分グラスに注ぎ、片方をわたしに差し出した。酒には水も氷も入れない。思えば、このスタイルをわたしに教えたのは原田だった。

「ご苦労だった。少し、派手にやり過ぎたようだが」

受け取り、グラスをあわせた。原田はひと口飲んでから、グラスを手にしたままのわたしに不思議そうな視線を置いた。

「なんだ、飲まないのか？」

「ですから仕事中です」

グラスをローテーブルに置いたわたしを見て、原田は肩をすくめた。

「美国堂の連中、大騒ぎのようだぞ」

たしかに大手上場企業からすれば、晴れの株主総会の席であってはならない失態だろう。

「大胆な真似をする。劇場型というかエキセントリックというか。もし俺が事前に同じものを摑んだところで、ああいう行動には出ない。いや、出られない。あのように、肉を切らせて骨を断つやり方は躊躇する。三つ子の魂百までとはよく言ったものだ。十五年前、お前と初めて会った時を思い出したぞ」

「あれがわたしの流儀です。でも、一般の人々からすればアトラクション以上のものではないでしょう」

ネットはこの話題で持ちきりで、まとめサイトも立ち、美国堂というワードは検索ランキング一位になった。マスメディアもこれからこの件を取り上げるだろうが、彼らは大スポンサー美国堂の味方をする。大池が総会で示した毅然《きぜん》としたふるまいは、その際の好材料となるだろう。人の噂も七十五日というが、ドッグイヤーの今では、この程度のネタ、一週間の鮮度もない。企業に与えるダメージは極軽微、ないに等しい。ただし、
美国堂デモ首謀者、株主総会で自爆テロ。ただ、死者自分のみ（笑）。

謎のビデオ。美国堂を糺す会首領エルチェ、株主総会で美国堂社長の愛妻家ぶりを暴露。

ネットの大勢を占めているのは、そんな風潮のコメントだ。

「彼を後押しするツールだったネット世論は、批判を通り越し、すでに嘲笑の対象としています。彼の運動は、終わりです」

原田は曖昧にうなずいてから、こう続けた。

「今回の件は、俺としたことが謎が多い」

「わたしも、同じです」

応じると、原田はまた右眉を吊り上げた。

「ですから、答えあわせをしようと」

「やってきたのか？　その前にまず教えてくれ。どうやってここに入った。いや、どうしてここが分かった」

「彼女が、教えてくれました」

姫野雪江。

わたしは、愛しい名を告げた。

「姫野？」

「というお惚《とぼ》けは時間の無駄です。省きましょう」

突きつけると、原田は苦笑した。

「彼女からこの場所を聞き、ゲストキーのコピーも入手しました」

「つきあいは、続いていたのか」

「二年前の再会のあと、お互いに、愛しあっていました」

「それは、迂闊だったな」

「わたしも迂闊でした。あなたが部下として雪江を使っていたとは、思ってもいませんでした」

「二年前、言ったはずだ。雪江を手許に置いたらどうかと。お前は首を縦にふらなかった」

「だからあなたが使ったと？」

「お前が信じたという根拠だけで納得する俺だと思うか？　まあ、それだけというわけでもない。コンピュータの専門技術は戦力になる。あと、身寄りのないプロフィールも気に入った。この仕事は、外に秘密を漏らさないことが肝要だ」

「わたしたちの仕事は企業に上がった火の手の始末、もしくは事前のクリーニングのはず。片方で自ら火を放っていたとは知りませんでした」

「放火の趣味はない。必要に迫られてのことだ」原田は脚を組み、ソファーに背を預けた。

「俺が総会屋の世界に飛び込んだ頃、企業の透明性が叫ばれ始めた。商法が改正されて、総会屋は一掃された。まだ若かった俺は、当時の師に転身を進言した。総会屋が立ちゆかなくなることは目に見えていたのでな。それから三十数年、企業はさらに透明性を増そうとし、それが我々の不要論につながっている」

原田はグラスを傾け、ひと息つき、言葉を続けた。

「ただ俺には、企業にはこういう仕事を請け負う者が必要だという持論、自負がある。知っての通り俺たちは、なんでもかんでも隠蔽《いんぺい》にかかる存在ではない。例えば、企業活動の生命線である品質に関する不正行為、会社ぐるみの不正経理の類いには、企業の自浄作用を求めている。ただ、どんな企業でも要は人の集団、一部の不心得者による不祥事は起きる。外部から不当な攻撃もある。俺と手を結べば、その部分は未然に、あるいは最小限に抑えることができる。それがひいては企業の収益に貢献し、国家の繁栄にもつながっていく」

「今回、雪江を使い美国堂に火を放ったのは、あなたを不要と断じる大池社長と宮浦に教えるためということですか」

「手っ取り早く言うなら、そういうことだ。奴らは理屈だけで、現場を知らない、知ろうともしない。今日の大池の立派な演説も、口先だ。デモが勢いづいたところで、奴らがなにをした。本社のなかで見ていただけだ。人間ってのは、痛みを覚えるほど学ぶ。学べば、我々の有用性が身に沁みる。今回は痛み分け程度でよかったんだ。ところがお前は会に潜り込むや、デモの首謀者の一人の不正を上手く演出し、一気に運動の勢いを弱らせた。あれには正直なところ、驚いたぞ」

「驚いただけでなく、焦りを覚えた。違いますか？」

原田は聞こえなかったようにウイスキーを飲み干すと、わたしにグラスを向けてみせた。

「本当に、やらないのか？」

わたしは自分のグラスを原田に差し出した。

「もったいないので、どうぞ」

原田は自分のグラスをローテーブルに置き、わたしからグラスを受け取った。

「焦りを覚えたあなたは、雪江に、大池と韓国人女優の密会写真を渡した」

わたしの言葉に、原田は身を乗り出した。

「そこだ。ありゃあ、どういうカラクリだったんだ。うん？　なにがおかしい」

「そんなものは渡していない。てっきり、そうおっしゃるものとばかり思っていましたので」

原田は虚を突かれたように息を止め、それから苦笑した。

「俺としたことが台詞を間違えたか。それだけ、あれが不思議だったたってことだ」

怪訝そうな原田に、種明かしをした。

「二月、美国堂を糺す会が発足し、美国堂が韓国の団体に行った寄付行為をSNS上で糾弾しました。そこに一瞬ですが美国堂の内部文書が載りました。それを市川が不審に思い、わたしに直接連絡をしてきました」

「市川というと、宮浦の下にいる若造か？」

「本来ならボスに連絡がいくところでしょうが、あいにく宮浦と冷戦の最中でした。市川は市川で宮浦の手前困り果て、悩んだすえに秘かにわたしに打診が。彼と話しました。三月二十八日のことです」

2

その日、都内某所ダイニングの個室。市川はこんなことを告げた。

「先月、美国堂を糺す会というものが発足しました。母体は保守系市民団体のようです。彼らはSNSに、美国堂の国賊行為を糾弾するとコメントを出しました。昨年十一月に大池社長は林《イム》常務と韓国を訪問しています。子会社の螺鈿《ナザン》視察が目的ですが、韓国の親睦団体と会談し寄付を行い、コマーシャルに出演いただいている韓国女優と会っています。その模様は向こうの新聞にも載り、弊社としても隠すような話ではありません。しかしそれをもって韓国女優に骨抜きにされ、日本人から得た純益を韓国に垂れ流しする美国堂の大罪としています。内容自体はさして気にしていないのですが、半日ほど、韓国の団体へ寄付を行った際の内部文書が会のサイトに上がったんです。これは一切表に出していないものですし、一般社員が見られるものでもない。どこから出たのかと、社の一部で噂になっています」

「もしかしたら、リークした者が社内に。怪しそうな人物はいるの？」

わたしは、先を促した。

「推測中の推測ですが、川北副社長サイドではないかと。川北は年明け、子飼いを集めた席で、会社のため今年中に大池を追い落とすと息巻いたらしいんです」

「会社のため？　自分のためじゃなくて？」

「川北の本音は不明ですが、大池がゴリゴリやり過ぎているのは事実です。営業畑で現場の実情をよく知る川北は、大池の路線を危惧しています。イメージ戦略としてのクリーンはいいが、バカ真面目にやらかすと販売店からそっぽを向かれ、対抗メーカーにつけ入る隙を与えてしまうというのが彼の持論です。今でこそ社長と副社長ですが、同列の専務だった時代が長かったこともあり、川北は大池に遠慮しません。経営会議の席で何度も激しい口調でやりあっているようです」

「でも、いくら反目しあっても、お互い取締役でしょ？　会社に不利益になる材料を外部に出すとは考えにくいけれど」

「だといいんですが。まあ、なかにいると、いろいろありましてね」

今のはほんの一例で、わたしには言えないレベルのものがあるのか、市川は言葉を濁した。

「それで、あなたはどうしたいの？　社長につくのか、副社長につくのか」

「派閥や社内政治を抜きに、コーポレートコミュニケーション部の立場から純粋に、三年前のデモの再来は避けたいというところです」

「そこで、罠を仕掛けてみたらどうかと、市川に告げました」

原田はグラスに小さく口をつけ、無言で先を促した。

「じゃあ、あなたが怪しいと睨む副社長サイドに餌を投げてみる？　それがあの団体から出たら、彼らが嚙んでいる証明になるでしょ」

「でも、どんな餌を。変なもので逆に騒ぎを起こすわけにもいきませんし」

当然の危惧だ。わたしも言ってはみたものの、なんの当てがあっての話ではない。二人して顔を見合わせるうちに、市川がこんなことをぼやき出した。

「来週、東京と大阪で大手流通とマスコミ向けに新製品のお披露目会があるんですが、そこに、件《くだん》の韓国女優を呼んでいるんですよ。媒体企画部が乗り気でして。わたしなんか、新たな火種にならないかと危惧してるんですがね」

それを聞いた時、取っかかりのようなものを覚えた。

「それ、逆に上手いこと使えないかな。詳しく教えて」

「金曜の大阪に、社長夫人が私用で大池と合流する。川北は翌日に流通とゴルフ接待があり、懇親会を欠席して東京へ戻る。そう聞いた時、隠し撮りを考えました」

「じゃあ、あれは」

原田は、絶句した。

「わたしが大阪に入って隠し撮りした映像です。キャプチャーしたものを友人に加工させました。市川はそれを、社長と韓国女優の密会という怪文書つきで、匿名で副社長のところに」

「出所は、お前か。なんてことを考えた」

「副社長から直接本人に忠言や脅しがあったところで、身に覚えのないものです。大池の性格からして理路整然と否定するでしょう。奥さんという証人もいます。万一の時には、元の映像を示せばことがすみます。一応市川には、秘書室にアンテナを張らせました。映像と同時刻、名の通った女性誌に韓国女優のインタビューをセッティングしてもらうことでアリバイも作りました。そういった上でのことです。副社長から社長にはなにももたらされなかったようでした。しかし数ヵ月後、エルチェに渡った。しかも、雪江経由で――。そういえば三年前の騒ぎの時、あなたを北原社長に引きあわせたのは川北という話でしたね。川北は、あなたとは旧知の仲だった」

わたしはふってみたが、原田は反応しなかった。いいだろう。そういうことなら、それは後回しだ。答えあわせしなければならない項目はいくつもある。

「今回、あなたが犯した最大のミスは、エルチェに近づく役を雪江にふったことです。綻びは、そこから生じました」

エルチェに誘われ初めて下北沢で飲んだ時、彼はナミこと雪江を呼んでいた。具合が悪くなったという理由で現れなかった雪江だが、じつは店に足を踏み入れて、わたしの姿を認めていた。

「偶然のはずがない。彼女はわたしを疑い始めました」

「雪江にお前を知られることは、リスクとして理解していた。ただ、こちらも手薄でな。お前に消火を命じると同時に、雪江にはエルチェと距離を置くように指示をしたのだが」

「わたしが会に潜入した当初、彼女はデモやミーティングには参加していませんでした。指示通り、距離はきちんと置いていたんです。ただ、現場は生モノ。なにかあった時のために、最低限の接点は残しておきます。そのため、エルチェの誘いに応じたんです。事実、あなたは後日雪江を使い、あの写真をエルチェに渡させています。雪江が取った行動は当然です。わたしでも、同じことをしていました」

「お前が秘かに市川に会っていたようにか？」

「それは皮肉ではなく褒め言葉と受け取っておくことにします」

「それは自由だが……、雪江の行動はお前の単なる推測だろう」

「いえ、告白です」

わたしはスマホを引き出して、音声ファイルを再生した。
愛しい、でも今となっては哀しい声が、流れ始めた。

3

会社を辞めて仕事を探している時、原田から連絡がきたの。コンピュータ関係に強い人材を探している。会社の人間からわたしを紹介された。そんな話だった。最初はパソコンで様々な情報を探して、まとめる程度だった。そのうち、深く情報を得るためにハッキングを行うようになって、少しずつ彼本来の仕事に取り込まれ、一年後にはその情報を使って工作にも手を染めるようになっていった。どうして、そんな仕事までするようになったか。収入面の良さもあったけれど、なによりも奈美、あなたの存在だった。普通のOLとは異なる、どこか陰のある仕事に手を染めていけば、いつか奈美みたいにクールで強い女性になれるんじゃないかって考えたの。
原田はいろいろ教えてくれたわ。探偵術や、間諜術、心理学といったものも学ばせてくれた。その原田からエルチェの許に潜入するように言われたのは昨年の十一月二十九日。わたしは日本を生きる会にコンタクトした。そして一月二十日、原田から、あるものを使って美国堂を叩けと命ぜられた。それが、美国堂が韓国の団体に寄付を行ったことを記した向こうの新聞記事と日本語訳、そして覚書書類だった。原田からは、書類のほうは内部資料なので確認だけに用い、表には出すなと指示があった。でも、ベンの手違いでネットに数時間だけ晒されてしまった。すぐに消させたけれど、とんだ失敗だった……。

心の師と仰ぐ木部雅巳が自殺した件で、エルチェは美国堂に強い憎しみを抱いていた。攻撃材料を得た彼は、美国堂を糺す会を新たに立ち上げた。でも、あの程度のものでは、運動は大きな流れに育たない。次にエルチェに与えたのが、常務の林の反日発言だった。それが三月二十七日のこと。ナショナリズムに訴えかけるこれはインパクトがあって、五月中旬には美国堂本社をデモが囲むまでになった。原田からは、いったん身を引けと言われたわ。そのつもりだった。でも五月二十四日、エルチェにリンダという新しい同志を紹介したいと言われ、彼とつながりを保っておきたいと考えたわたしは下北沢に向かった。そこで見たのが、エルチェと向かいあうあなただった。どうしていいか分からず逃げ出したけれど、偶然などではないと考えた。なにが起きているのか、林田佳子と名乗るあなたを秘かに観察した。するとその二日後、あなたはヒルトンで原田と会っていた。この時のわたしの驚き、あなたに分かる？　あなたと原田、わたしが愛し、信じた者たちに突然生じた疑義。わたしは、自分がなに巻き込まれているのか、はっきりさせようと決意した。だから奈美、あなたの前にナミの名で出ていった。同時に原田を探ろうとした。

いったん、音声を止めた。

「五月二十六日、あなたとラウンジで会った時、わたしは誰かの視線を感じたんです。それを手始めに、幾度も」

今思えばそれは、下北沢で初めてナミと会った際、うなじに感じたものと同じだった。

「そう、雪江の視線だったんです。あなたがわたしに様々なことを学ばせたように、技術を身につけた雪江を、わたしは見抜けなかった。雪江は同時に、あなたにも近づいた。そこはもうお分かりですね」

わたしの言葉に、原田は惚けるように首を傾げた。

わたしは再び、雪江の声を再生した。

機会はすぐに訪れた。ハオウが大阪で逮捕された二日後、つまり六月一日、原田に呼び出されたの。そこで指示を受けて、美国堂の社長のスキャンダルの証拠をエルチェに渡した。それをどう使うか、アイディアも伝えた。エルチェはそれに乗ったわ。彼がこれからなにをするつもりか。それだけは謎として、あなたに挑むことにする。奈美、止められなかったら、あなたの負け。

話を戻すわね。原田に会ったその時、彼のスマホにプロレスの映像を入れたの。知ってるでしょ、あの人の趣味。わたしね、あの人が空き時間に楽しめるように、何度か映像をスマホに入れてあげたんだ。喜んでくれればって思っていた。でも、それが役に立った。映像と同時にアプリを組み込みハッキングした。そして翌日、あなたと原田の会話を盗聴した。あなたと原田の関係を、あなたの仕事を、正体を、初めて知った。その日は、驚きと哀しみと怒りで、眠れなかった。知らないのは、わたしだけだったんだと。あなたとの再会も、仕組まれたものだったんじゃないかと思った。今思い返すと、あの会話はわたしにとってパンドラの箱だった。二年前、不倫相手の裏を探った時、もう人の裏は見ないと心に決めたはずだったのに、原田の仕事に関わるうち、その誓いを破っていった報いだったのかも。

そこまで聞かせて、音声を止めた。

このあと雪江の告白は、ホテルでわたしをマウントした件に触れている。ホテル三十七階のラウンジで、ピンボケながら正面からわたしを撮った写真もあった。服装は、原田と会った日のもの。カメラの位置からして、原田のスマホで撮られたものだ。つまり雪江はハッキングした原田のスマホで、あの日のことも把握していた。彼女がラウンジに入った時、わたしと原田が座っていた場所を選んだのも偶然ではなく、その写真からあらかじめ席を割り出していた。彼女はわたしを混乱させ、追い込み、プライドをズタズタに引き裂こうとした。セックスドラッグを用いたことも告白している。あの日、わたしがタバコを吸いに席を離れた時、雪江はワインにドラッグを仕込んだ。だからワインは苦くなって、わたしはあっさりマウントされた。でもそれは原田には関係ない。この部分は、カットした。

「告白通り、ボスとわたしの会話を録音したものも、写真も、彼女が遺したファイルにありました。先日、スマホの電池の減りが早いとおっしゃっていましたね。あれはコンテンツの見過ぎというより、ハッキングによる電力消費だったわけです。ボスと美国堂の川北の会話を録音したファイルもふたつありました。お聞きになりますか？」

「いや、いい。時間の無駄だ。俺は結局川北に、ババを摑まされたってことだったんだな」

「しかし、そのババを使おうと川北に盛んに誘いかけたのは、他ならぬあなたです」

そのくだりは、原田と川北、ふたりの会話に残っていた。

(川北さん、あれ、向こうに渡るようにしました)

(ああ。ただ、この前も言った通り、出所が不明なのが気になるな。だからこそ、手許に留めていた代物《しろもの》だ)

(しかし他に材料がない今、このカードを切らないと事は動きませんよ)

(まあ……、あんたに任せたよ)

「川北も、取締役にしては感心しないやり方です」

「弁護するつもりもないが、あいつはあいつで会社を思い憂えていた。頭の固い大池は、川北のアドバイスに耳を貸そうとしない。川北は、不買運動でいっとき落ちる収益とバカ正直の結果長いこと落ち込む収益を比較し、不買運動のほうがマイナスが少ないと判断し、行動に出たんだ」

「林のビデオも、彼が社長派だったことで利用したわけですね」

「そういうことだ。あれで、社長派の力を削ぐことも目論んだ。ただ、お前の言うように川北も経営者の一人だ。社の恥部を晒し、ダラダラ血を流し続けるのは辛い。スキャンダル写真なら、一気に大池を落とせる。内容も個人的な不祥事であり、世間で問題になりさえすれば退任に追い込み短期間で片づけてしまえる。企業として流す血も少なくてすむ。そう腹を括ったんだろう」

「言葉巧みにあなたが括らせた。違いますか？」

「そこは……、川北にでも訊いてみるか？　で、雪江は、どこまでお前に語っている」

原田は、どこか落着きなく体を揺らした。

「ご心配なく。最後までお聞かせします」

わたしは、再生ボタンを押した。

ハッキングしたスマホで、原田の住まいを突き止めた。最新の高級マンションだけあって、エントランスも、エレベーターも、部屋も、キーレスのスマートロック。キーはスマホを翳《かざ》すだけ。ゲストキーをコピーして、六月四日、五日と原田の部屋に侵入した。

原田の目尻が、ぴくりと痙攣した。

すべてを把握して、秘かに仕掛けをして、六月八日、今度は原田が部屋にいる時に侵入した。目的は、黒い手帳。分かるでしょ、原田の頭脳の一部。手帳というアナログのこればかりは、危険を冒さなければ手に入れることはできなかった。手帳をめくり、すべてを手早く映像に収めた。


「わたしも興味がありました。どういうものが、あそこに書かれているのか。顧問契約を結んだ顧客。手を染めた案件。スケジュール。部下のデータ。肝心な部分はイニシャルと記号で書かれていましたが、雪江は解析してレポートを残しています。わたしの同僚は五人いたんですね。今となっては四人ですが」

「ただ、身元は分からない。それればかりは、俺の頭のなかだ」

「ボスが関わる企業についても七割ほど推測しています。わたしも解析しました。担当した案件もあり、精度は高いはずです。雪江が解析した十九社中、三社は間違っていました。あと、彼女が分からなかった七社中、三社は分かりました」

「それも、推測だ」

それには応えず、音声の続きを再生した。

わたしはこれから、原田と対決する。知ってしまったから。奈美がもしわたしの立場だったら、絶対にそうするから。わたしが奈美のようになり、あなたを越えるには、それが必要だから。奈美、わたしの告白、すべて漏らさず受け取って。止まった神は、小さな目で、すべてを見ているわ。

「これで、雪江の告白は終わりです」

原田は大きな溜息をつき、思い出したようにグラスを傾けた。

「告白以外にも、彼女が遺した資料のお蔭でいろいろと分かりました。例えば三年前の美国堂の件、あれは木部雅巳が保険証の不正使用で立件されたことで鎮火しました。わたしは自分でその事実を摑んだと思っていました。いえ、事実を摑んだのはたしかにわたしです。でも、陰の演出者は、あなたでした」

雪江が映像に残した原田の手帳がなければ、わたしは一生、このカラクリには気づかなかっただろう。

「当時あなたが顧問を務める企業のひとつに、大手電機メーカーがありました」

中部圏を拠点とするそのメーカーは、戦後日本の家電産業を牽引してきた。しかしパソコン部品のシェアを韓国に奪われ大幅な赤字に陥り、人員削減、事業売却で迷走、二〇一六年には米国企業の傘下に入った。

「あなたは早くからその企業に見切りをつけ、新たな取引先を探し、目をつけたひとつが美国堂だった。そして自分の有用性を示すため、木部を使いあの騒ぎを演出した。それまで小さな運動しか経験していなかった彼女の思考、戦略が一気に開花したことを、当時近くで見ていたエルチェも不思議がっていました。それは結局、あなたのアドバイスだった。的確な道筋を示すあなたを木部は信じ、頼ったはずです。彼女から病を抱え込んだことを相談されたあなたは、知りあいから保険証を借りるようアドバイスし、さらに船橋の悪徳医師のところに通うよう仕向けた。そしてあなたは、どこかのタイミングで消えた。彼女は死の直前、こんな言葉を遺していました」

——はめられた気がする。春が、消えたの。

「エルチェからこの言葉を聞かされた時、彼女は春を待たずに死を選ぶ。だから、春が消えたのだと思っていました。でも、手帳のあの時分のスケジュールにのみ、KM、もしくはKという文字が盛んに書かれていました。木部雅巳、ですね。KMの横に一度だけ、ハルと書かれていました。つまり、消えたのは春ではなく、ハルというハンドルの人物。ハルとは誰でしょう。原田哲《はらださとる》の最初と最後のふた文字をあわせれば、丁度、ハ、ルになりますね」

原田はあらぬほうを向いたままグラスを傾け、「この酒は、酔えんな」そう呟いた。

「わたしが保険証の不正使用に気づかなかったら、どうするつもりだったんです？」

「その時には誘導すればいい。お前は結局、俺の掌の上で踊っていたんだ。ストーリーメーカー、マッチメーカーは、俺だった」

あの時、原田の勘の良さに舌を巻いたものだが、なんのことはない、あらかじめ知っていたところへ誘導する手品だったわけだ。

「今回の件でも、不思議に思っていたことがありました。新井朝子が、三十年以上も会っていない息子にどうやって辿り着いたか。エルチェが息子であることを彼女に教えたのも、あなたですね」

「ほう、俺はそんなことをしたのか？」

「アサコ苑で働く女性が、あなたの顔を覚えていました。雪江が隠し撮りしたあなたの写真を使い、確認しました」

「俺の写真を？　どうしてそんなことを考えた」

「わたしは、エルチェの父親、峰岸正樹を探し出し、会っています。その際、昨年の秋頃に息子の写真を示した人物がいたと聞きました。そして、わたしを見て」

――雰囲気が、どこかあんたに。

「まさかと思いながらも、あなたの特徴を語りました。写真はないので言葉だけです。曖昧ながら峰岸は否定しませんでした。そしてあなたの手帳、昨年の十月二十五日の欄にF―H／MMとありました。福島県広野町／峰岸正樹です。あなたは、エルチェが韓国の血を引いていることを突き止め、朝子が息子の今を知れば会おうとすると考えた。つまり今回も、愛国を標榜するエルチェがじつは韓国の血を引いていたという弱みを、わたしに与えるつもりだった」

思い起こせば原田は、エルチェの身許を洗えと、幾度もわたしを誘導していた。

「その事実を摑みながら、どうして使わなかった」

「どうしてだと思います？」

原田は、じっとわたしを見て、それから告げた。

「それが、お前の甘さだ。いつかお前が自滅するとしたら、そこだろうな」

「分からないのは、エルチェの韓国の血に、どうやって気づいたかということです」

「どうやったと思う？」原田は試すように問いかけ、返事がないことを嘲笑《あざわら》った。

「三年前、木部の周辺の人物について、かなり調べあげた。その時の資料をもとに当たりをつけ、さらに調査を進めていくなかで、峰岸比呂が韓国の血を引いている事実に辿りついたというわけだ。まずエルチェありきのストーリーではない。あの男が韓国の血を引いていたことを起点に作り上げたストーリーだ」

「朝子の自死と同じタイミングで割りふられた政治裏献金リスト回収の仕事は、わたしが個人的に彼女の死に踏み込んで、あなたの目論見を暴くのを防ぐため。そういうことですね」

「まあ、そんなところかな。あの店にお前が出入りしていると知った時には驚いた。ストーリーを作り直すべきかと、随分悩みもした」

「でもあなたはリスクを軽視し、ストーリーを変えなかった」

「放火と消火両方の用意を整えるというのも、なかなか難しいものでな。時間もないなか、せっかく考えたものを白紙に戻すことはできなかった。あとは走らせながら臨《りん》機応変《きおうへん》に対処し、乗り切るつもりでいたんだ。そもそも全焼させるつもりはない。奴らが懲りるようそれなりに燃えて、それなりに消せばいい案件だ」

原田は笑い、グラスにウイスキーを注いだ。

「ならば雪江を使い、エルチェに握らせたあの写真は余計だったんじゃないですか」

「あれを流したのはな、さっきお前が言った焦りなんかじゃない。事情が変わったんだ。美国堂だが、経営のセンスという点では川北は大池に劣ると俺は見ている。川北は大池の追い落としを目論んで俺に近づいたのだが、こっちにそこまでの気はなかった。大池の路線自体も否定はしない。時代の要請は取り入れていくべきだ。ただ、急ハンドルはいかん。ふり落とされるものが多過ぎる。変革は焦らず、徐々にやっていくものだ。俺とのつきあいも、その枠組みの内でやれば文句はない。奴に教えたかったのは、結局はそこなんだ。五月、俺に土下座しデモの鎮火を要請した宮浦は、自分は大池の懐刀だ、彼からは三顧の礼で美国堂に迎えられた、大池と手打ちの場を必ずセッティングすると約束した。しかしお前の働きでデモが下火になったにもかかわらず、大池は俺を拒否したんだ。うちはクリーンな会社を目指す。得体の知れぬグレーな男の手は借りぬ、とな」

「大池から直接、お聞きになったのですか」

「いや、宮浦の奴が、小僧の使いのように言いやがった。腹に据えかねて少し脅してやったんだが、あいつは駄目だな。脂汗を流してガタガタ震えていやがった。海の向こうの大学を出たエリートだか知らんが、理屈ばかりで体を張ったことのない奴は、所詮そんなものだ」

　つまり宮浦が神経症で入院したのは、大池と原田の板挟みで追いつめられたから……。

「宮浦などどうでもいい。ただ大池、奴は、俺が差し伸べてやった手を、無礼にもはたいた。あの若造には教えてやらんと俺のプライドが赦さん」

「怒りに駆られて動くなど、あなたらしくないやり方です」

十五年前、怒りに任せ動いたわたしを、原田は窘《たしな》めたはずだ。

――落としどころもなく刀で斬りつけるようなマネはすすめられない。世間を乱すだけだ。

その原田が……。

「暴走老人とでも言うつもりか」

原田は、嘲笑を浮かべた。

「たとえ怒りに任せたにしても、川北も憂慮していた通り、裏も取らずに迂闊なものを雪江に渡したのは、どうかと思います」

「大池を火ダルマにすることが目的だ。世間が信じそうなものであればなんでもよかった」

周到な原田は、手の内に複数のカードを持っていた。雪江を通じて資金を渡し、エルチェに美国堂の株式を持たせたこと。保守運動家の国田が契約社員としてＳＯＵＮ

D・LABOで働いていること。この二枚のカードを選び、株主総会でスキャンダルの暴露というストーリーを描き、エルチェは知らずしらずのうちに彼の操り人形になっていた。わたしが爆弾の件を報告した時、無理をするなと原田が言った裏には、そういう企みがあったのだ。

「奈美、お前はエルチェの目論見を潰し、美国堂を救ったが、大池は感謝などしていないぞ」

「感謝など求めていません。総会時の演説は、大池の意志表明でした。エルチェが起こした騒ぎのなか、他の役員はともかく、彼は動じていませんでした。そういう覚悟が整っているのであれば、我々が手を貸すまでもないことです」

「いずれにしろ、そういうことだ。答えあわせはここまでだ。美国堂とは二度と関わらん。俺だってじつのところ、雪江のことでは心が塞いでいる」

「先週月曜、雪江はここにやってきたんですね」

「雪江は手に入れた情報で、俺を脅迫にかかった。バカなことは考えるなと叱り、追い返したんだ」

「彼女は隅田川を挟んだ向こう側の公園で、冷たくなって発見されました」

「可哀想にな。だが、二年育ててみて、分かっていた。雪江は、お前のようにはなれない。覚悟で、戦略で、行動で、雪江はお前に敵わない。それを分からず背伸びをした挙句、自分に絶望したんだろう」

「自分に絶望ですか。つまり彼女は、自殺したと？」

「ニュースを見た。青酸化合物を呑んだんだろう？」

「自殺なのでしょうか」

「俺が殺したとでも？　まあ、疑いたくなるのも分からんではないが、調べてみるがいい。青酸化合物、いわゆる青酸カリというのは即効性の毒物だ。ものの数分で効いてくる。しかも致死量は意外と多い。最低でも三百ミリグラムほどだったはずだ。つまり、テレビドラマでよくやるように、あらかじめグラスに塗っておき、それで殺せるようなものではない。刺激も強く、騙して呑ませることもできない。実際にあれで死ぬには、自らの意思で呑む以外はないんだ」

　原田は、空のグラスのほうにウイスキーを注いだ。

「もう、いいだろう。今夜は、雪江の冥福を祈るとしよう」

　差し出されたグラスを、わたしは無視した。

「どうした。まだ、なにかあるのか？」

「わたしの答えあわせは、まだ終わっていません。雪江が残した告白は六月十一日、ここに向かう前で終わっています。あの日、あなたと会ったあと、新たな告白を残す時間と余裕は、彼女になかった」

わたしは、原田の目を見た。

「先ほど、これで雪江の告白は終わりだと告げた時、あなたは安堵したように大きな溜息をつき、ウイスキーを口にしました」

「そうだったか？」

「告白はそこまでです。でも、隠されていたものが、まだあったんです。雪江は」

――すべてを把握して、秘かに仕掛けをして、

「あなたに会ったんです。そして最後の言葉」

――わたしの告白、すべて漏らさず受け取って。止まった神は、小さな目で、すべてを見ているわ。

「彼女の願い通り、漏らさず受け取るよう、何度も告白を聞き直し、考えました。ただ、『止まった神は、小さな目で、すべてを見ている』この言葉が分かりませんでした。今日ここに座り、あなたを待つあいだ、もう一度、考えました」

秘かに仕掛けをして、止まった神は、小さな目で、すべてを見ている。

わたしは、左側の壁に立つホールクロックに向かった。わたしの背丈ほどもある大きなもので、前面がガラス張り。上部に洒落た文字盤があり、大きな振り子が下がっている。振り子の後方には複雑に組まれたシリンダーやギア、ホイールやバネといったオルゴールのメカニカルな部分をあえて見せ、上手くデザインに取り込んでいる。

「止まっていますね」

「壊れているので動きはしない。昔は重い音で時を刻み、オルゴールが鳴ったあと、ボーン、ボーン、と時刻を教えたものだった。なんでも十八世紀頃にヨーロッパで作られたビンテージらしい」

「もったいない。修理されたらいかがです」

「わざとそのままにしてあるんだ。そいつは、山形先生の書斎にあったものを、形見としていただいた。修業時代、この時計のネジを巻くのは俺の仕事だった。週に一度ほどのことだが、うっかり忘れて時計が止まると、こっ酷《ぴど》く叩かれた。なんでも先生は新宿の時計店に飾られていたこれに惚れ込み、総会屋の活動で得た初の実入りを頭金に、手に入れたらしい」

その逸話は、山形を書いた本で読んだ。

「先生は、総会屋としての俺のすべての歴史を、この時計が刻んでいる。そんなことを言っていた。先生のことは今でも尊敬しているが、すでに先生の刻は止まった。だから、これでいいんだ」

　本には、その時計と並んだ山形の写真も載っていた。雪江もおそらくその本を読んだのだろう。そしてこの部屋で時計を見て――。

「つまり、そういうことだったんです」

「なにが、そう、い、う、ことなんだ」

「雪江のメッセージです。止まった神とは、亡くなった山形氏を投影した時計のことです」

　時計の前面を開いて、複雑に並ぶシリンダーに隠された小さなカメラを取り出した。

「彼女のメッセージ通り、神は、小さな目で、すべてを見ていたんです」

　カメラからSDカードを取り出し、百インチのテレビに向かった。SDカードを差し込みテレビを操作すると、２０１８０６１１―０１というファイルが現れた。

「今は盗聴も盗撮も簡単になりました。でも、ここで撮ったものをどうやって遠くまで飛ばすか、それは雪江にも難問だった。有線、もしくは大きなバッテリーを組み込んだ機器を使えば可能でしょうが、大掛かりな真似をしてはさすがに気づかれる。そこで雪江はここに仕掛けた。ソファーで話をすれば、横からすべて映すことのできる位置に時計が置かれていたことも好都合でした。スイッチをオンにする操作はあなたに気づかれぬよう、自分のスマホあたりで行ったのだと思います。じつは、これを探すのに時間を要しました。なにしろ一見しただけでは、ただの小さなホイールにしか見えません。ですから、事前に観るだけの余裕はありませんでした。従って、わたしも初見です」

ファイルを再生した。ソファーに向かいあう雪江と原田が、テレビに映し出された。

十三章

1

原田に告げた言葉に嘘はない。これは、わたしも初めて観るものだった。原田はソファーに身を沈め、わたしはテレビの際に立ち、映像を眺めた。

ソファーで二人が向かいあっている。タイムコードは二十時二十一分。雪江は、病院で対面した時の服装。それが黒であることが、心に痛い。原田の前にはあの黒い手帳が、ローテーブルの主のように置かれている。雪江が残したメッセージ通り、神の小さな目は、すべてを見ていた。時計のガラス越しの音声はくぐもっているが、聞き取れないほどではない。映像は三時間にも及び、所々早回ししながら観ていった。最後の雪江。彼女は手帳に記されていた事柄を語り、原田を糾弾していく。

（このやり方の、どこが不満なんだ）

二十一時二十二分、雪江の言葉をひと通り聞いたあと、原田は声を上げた。

（ならば、すべて明らかにして世に問います？）

（脅す気か？　わたしは、お前を家族だと思ってきたつもりだぞ）

（わたしだってそう思っていた。その分、裏切られた痛みは深かった。二年前のわたしにふりかかったもの。奈美と出会い救われたと思っていたのに、その救いは仕組まれたものだった）

（だが、結果的にお前を救った。そうは考えられないのか）

（信じていたものが崩れていく辛さが、あなたには分からないの？）

（ああ。分からんな。空即是色、色即是空。世に揺るがないもの、崩れないものなどない）

（ならば、崩してあげる。あなたのやってきたことを世間に告発するわ）

（バカなことを考えるんじゃない）

（怖いの？）

（これが世に出れば日本を支える多くの企業が混乱に陥り、結果的に国に不利益を及ぼす）

(それも、やってきたことへの報いだわ)

(違う。わたしという存在は必要悪だ。バカ真面目を旨とするこの国の企業は、わたしたちのように汚れた仕事を担う者がいなければ、海外資本と渡りあう前に瓦解《がかい》する。わたしのやってきたことは、日本社会にとってプラスになった。その矜持《きょうじ》を忘れたことはない)

(わたしにも矜持がある。引き下がりはしない)

(どこまで本気で言っている)

(あなたにしては愚問ね)

しばらく二人は睨みあった。解像度の低い映像からも、緊迫した様子が伝わってくる。

(お前は、わたしを、社会的に抹殺するつもりなのか)

やがて原田が、沈黙を破った。台詞、間合い、口調、すべてが計算された言葉だ。その言葉に罠を仕掛けている。背筋を冷たいものが走った。悔しいが、そこがこの男の凄さ、怖さ。

(できれば殺したい。社会的に葬るのではなく、殺してやりたい)

雪江は、怒りに任せたその言葉で、彼の罠に落ちた。

(どこまで分かって言っている。殺すということは、殺されることもあるんだぞ)

原田は、自分のストーリーを進め始めた。すでにラストシーンの定まったストーリーを。

(承知のうえで、ここにきているわ)

(そこまで言うなら、勝負をするか)

(どういうこと?)

(だから勝負だ。お前とわたし、命を懸けた勝負だ)

雪江は、応えない。

(なんだ。承知のうえでここにきている、というのは言葉だけか)

原田は肩をすくめてみせた。画面からは読み取れないが、冷笑を浮かべていることだろう。所詮、その程度か。ただの、はねっ返りか。そういう笑みだ。

挑発だ。雪江、乗っちゃあいけない。でも、

(いいわ)

そのひと言で雪江は、原田のストーリーに乗った。

二十一時三十分。原田はサイドボードに向かうと、鍵のかかった引き出しを開け、取り出したものをトレイに置いていく。さらにサイドボード上に並んだミネラルウォ

ーターから二本。すべてを手にソファーに戻ると、まずは茶色《アンバーカラー》の小さな薬壜をふたつ、雪江の前に置いた。

（片方の壜にはシアン化カリウム。俗にいう青酸カリが入っている。もう片方がスクロース、つまり砂糖だ。もちろん、壜にはどちらがどちらと示すラベルも目印もない。こんなものを用意したのには理由がある。少し、昔話をしよう）

原田は薬壜を前に、語り始めた。

（一九七六年――四十二年前のことだ、わたしは警察を辞めて、総会屋の世界に飛び込んだ。高校を出て警官になってみたものの、あそこは官僚社会でな、キャリア以外は底辺で一生こき使われる。だから見切りをつけた。総会屋なら学歴に関係なく、自分の力量次第でのし上がれる。あの頃はまだ血の気も多く、大人の喧嘩がしたかったこともある。どうせならと、山形初郎に弟子入りを志願した。先生のことは、前に話してやったな。そこらにゴロゴロしていた総会屋とは違う。経済界や政界は無論、裏社会まで知り尽くした伝説の総会屋だ。本来なら高校出の元警官風情《ふぜい》の弟子入りが叶う人物じゃない。だが、どこが気に入られたものか、傍に置いてもらったんだ）

原田は弟子となり、二十四時間山形の傍で、身の回りの世話のみならずボディガードや運転手を務めつつ勉強に明け暮れた。ミクロ経済学、マクロ経済学、計量経済学、国際経済学、経済史、政治経済学、会計学、簿記、商法、手形法、証券取引法、民事訴訟法、刑事訴訟法……。

（その肖像画が、山形先生だ。随分前に、知りあいの画家に描いてもらった。何度も注文をつけたので、なかなか上手く仕上がっている。白髪頭も髭の具合も、鼻も口も生き写しだ。だがな、目だけは無理だった。本物の山形の目は、そりゃあ迫力があった。すべてを見通すような深さと虎のような強い光を持ち、政財界の大物連中も、山形のひと睨みに震えていたものだった。あの目に八年接したお蔭で、世に怖いものなどなくなった。あれ以上の目に、わたしは出会ったことがない。それほどの男だ、厳しかったぞ。勉強にしたってこれを学べと分厚い本を投げて寄越すだけで、あとは放ったらかしだ。で、なにかの折りに、ふいに質問される。百点の解答なんざできない。すると、叩かれるんだ。そこらにあるもので手当たり次第にな。本、灰皿、靴ベラ、グラス……、血だらけになって何針も縫ったこともあった。弟子にしてもらった連中も、大抵は耐えきれず辞めていく。実際、何度辞めようかと、いや、殺してやろうと思ったこともあった。でもな、叩かれるのはガキの頃から慣れてもいたし、妙な意地もあってな。まあ、人間、続けてみるものだ。三年を過ぎた頃から、叩かれる回数が減っていった。その頃になって分かっていったのは、山形の質問の凄さだ。暗記だけでなく、深い思考、洞察を伴い初めて答えに至るような問いを、山形は常に仕掛けてきたんだ。ああ、一流の質問だ。それに鍛えられたお蔭で、五年経つ頃には山形と議論できるまでになっていった。それまでは山形が誰かと会う時には、ボディガードとして外で何時間も突っ立っていたものだったが、室内に入れてもらえるようになり、最後には横に座らせてくれた。その席で、山形の呼吸を盗むことができた。あれは、かけがえのない時間だった。山形は知人に、「こいつは俺の最後の弟子、息子みたいなものだ。こいつには、俺の知識のすべてを与えるつもりでいる」そういってわたしを紹介してくれた。光栄だった。その言葉に応えるためにも、山形を抜こうと思った。わたしにとって師は、崇《あが》める存在から追う存在へ、やがて乗り越える存在になっていった。だがそんな頃だ、総会屋という業界に暗雲が垂れ込めた。一九八一年の商法改正だ）

これは戦後初めて商法に体系的な手が加えられたもので、企業から総会屋を閉め出す内容が盛り込まれた。

（当時八千人とも言われた総会屋からしたら、オマンマの食いあげだ。皆、悪法だと抵抗し、施行後も抜け道を模索した。わたしもあれこれ、やり方をシミュレートした。だがな、この国の頭のいい連中がこぞって考えたものに、抜け道なんぞなかった。そりゃあ、延命する手立てはある。だが、総会屋が生き残っていく道は完全に閉ざされた。あの時の読みが正しかったのは、今という時代が証明している。わたしは山形に、総会屋からの脱却を進言した。二時間、三時間、熱弁を揮《ふる》った。山形は静かに聞いたあと、こう言ったんだよ。

——俺と、同じだ。しかし、赦さん。

となる。山形は聡明な男だ。わたしなんぞに意見されずとも充分に状況は理解していた。ただ山形は、自分のすべてを叩き込んだ弟子が、どんな思考をし、どんな結論を導き出すか、そのことで自分の考えの検証を行った。それが、「同じだ」という言葉。しかし、「赦さん」と言ったのは——、あの頃は、分からなかった。だが、山形の齢に近づいてきた今は、分かる気がする。あの時、山形は、総会屋という仕事と心中する気だったんだ。世間からどう見られようとも、自分が愛し、自分の血肉となっ

た総会屋という職業とな）

原田は言葉を切り、しばらく天井を見上げ、それから続けた。

（山形は、こう言ってほしかったんだと思う。先生、それでも、総会屋を続けましょう、とな。先生の死に水は、自分が取ります。そう言ってもらいたかったんだろう。わたしは、知識を得た。山形の思考を、呼吸を学んだ。だが、若いわたしには、山形の心を学ぶ、いや、察することができなかったんだ）

それから原田は、ローテーブルの薬壜に触れた。

（待たせたな。ようやく、これの話だ――。二日後、改めて山形に呼ばれた。世田谷の邸宅で二人きり、向かいあった。丁度、今のわたしとお前のようにな。テーブルには薬壜とスプーン、グラス、オブラートがあった）

2

（山形に、こんなふうに言われた。

――原田、お前は、総会屋から身を引く気か。お前は、俺の最後の弟子だ。お前には俺のすべてを伝えた。その俺から、お前は離れていくつもりか。

——ですから先生も、今の総会屋に固執せず……。

——黙れっ！

わたしを一喝した山形は、お前を赦さん、またそう言ったあと、

——俺は総会屋だ。この体に、心に、総会屋は沁み込んでいる。たしかに私腹は肥やした。法スレスレの真似もやった。だが、俺の言葉を聞いた企業は大きくなった。企業の力は、国力だ。俺は三十一歳で終戦、いや敗戦を迎え、満州から帰還した。国破れて山河ありというが、東京はどこもかしこも焼け野原と化し、皆が餓え、汚れ、震えていた。踏みにじられ、見る影もなくなった山河だ。無残な焦土に茫然と佇み、決意したんだ。この国を、日本を、必ずや立ち直らせてやる。戦勝国を、絶対に日本の前に跪かせてやるとな。今の日本を見ろ。中国やソ連が指を咥えて羨ましがり、アメリカ、ヨーロッパ諸国はこの国の経済力に怯えている。

——先生のご活躍は、この国の復興の大きな力となりました。しかし、時代は変わっていきます。

——俺は、総会屋は、用済みか。

吐き捨てた山形は薬壜にスプーンを突っ込み、なかの粉末をオブラートに載せた。まずそれを包んだうえでオブラートをさらに二枚使い、三重に包んでいった。わたし

が声もなく見つめるなか、同じことをもうひとつの壜の粉末で行い、オブラートの塊をふたつ作った）

語りつつ原田は、紙の束のように見えたものを一枚取ると薬壜の蓋を開け、小さなスプーンですくった粉末をそこに落とし込んだ。

（わたしは先生ほど器用じゃないんだが、今はオブラートもあらかじめ袋状になった便利なものがあるんだな）

原田は、もうひとつの壜からも粉末をすくい、これもオブラートに落とした。粉末を入れたふたつの袋をさらにオブラートに包む作業を繰り返し、三重にした。

（先生は、ふたつのオブラートを机のうえで幾度か動かした）

言いつつ、言葉通りのことを、原田は雪江の目の前で行った。

（その上で、戸惑うわたしを見て、言ったんだ。

——守破離《しゆはり》という言葉がある。弟子はいつか師に追いつき、追い越し、離れていく。お前が総会屋として離れていくなら、なにも言わぬ。だが、俺のすべてを伝えたお前は、若い頃の俺だ。そのお前が、俺を裏切り背を向けるのは赦さん。行くなら、俺を殺してから行け。

この壜の片方に青酸カリ、片方に砂糖が入っている。どちらが生き残るかは、運命が決める。山形は、そう挑んだ。

――青酸カリは即効性の毒物、ものの数分で死に至る。だが、こうしてオブラートに包めば、死を遅らせることができる。どちらが死んだところで自殺を装える。戦中、満州で教わったやり方だ。どちらかを選び、呑み、俺の前から消えろ。

狂気すら孕んだ目に、これこそが師との守破離の最終段階なのだと理解した。穏やかな離ではない。刀をもって切り結ぶ離だ。正直、震えが出た。冷たい汗が背を伝った。だが、わたしだって山形の許で八年、生半可ではない道を歩んできた。今さら戻る道はない。あの時のわたしが進む道は、どちらの包みを選ぶか、それしかなかったんだ。大袈裟でなく命を懸け、片方の包みを選び、呑んだ。山形は残ったほうを呑み、別れた。翌日、山形が自宅で青酸カリを仰いで自殺したと伝える記事が新聞に載った。総会屋としての行く末を悩んだ末の自殺。そんな書き方をしていた)

原田は顔を上げて雪江を見た。雪江がどんな表情をしているか、画面からは上手く読み取れない。

(あの日、わたしは、師の覚悟と命を背負ったのだ。それからというもの、いかなる時も命を張って戦ってきた。奈美もそうだ。あの女は二十歳そこそこで地獄に堕ち、這い上がった過去を持つ。だから命を懸けることすら厭《いと》わない勝負をする。ときにわ

たしすら引き留めねばならぬ戦いを挑む。ここまで乗り込んできたお前だが、そういう覚悟はあるのか）

原田は、笑った。挑発だ。わたしのことを引きあいに出したのも、雪江の意地に火をつけ、後戻りできないよう道を塞いでいるだけだ。

（お前は、わたしと仕事をして半年くらいからか、黒を身にまとうようになっていった。お前には似合わない色をなぜ、と思っていたのだが、奈美を真似ていたんだな。だが、真似は所詮真似だ。ニセモノだ。地獄を見ていないお前は、いくら真似たところで、奈美にはなれない）

原田は、さらに雪江を挑発にかかる。

駄目、乗っちゃあいけない、雪江……。

結果は分かっていながら、わたしは願わずにいられない。しばらく時間が止まったかのように動くもののない画面。やがて雪江はスローモーションのように手を伸ばしかけ、止めた。

（どうして青酸カリなんか手許にあったの。これは劇物でしょ）

硬い声で、問いかけた。

（お前は、わたしがなにも気づいていないおめでたい男だと思っていたのか？　金曜、風呂から上がった時、部屋の様子がどことなくおかしいことに気がついた。痕跡を残さぬよう忍び込んだつもりだろうが、手帳の位置がずれていたんだ。ここにはわたしのすべてがつまっている。脳であり、歴史だ。わたしはいつもソファーのこの位置に座り、手帳をテーブルに置き、離れる時には壁の山形の肖像画にぴたりとあわせるんだ)

原田は両手を出し、手帳を肖像画にあわせる仕草をしてみせた。

(師を敬う気持ちでもあり、怠《おこた》ったことはない。それが、わずかとはいえ、ずれていた。念のため警備室に連絡し、エントランスの監視画像を確認させた。すると雪江、お前が映っていた。つまり、先生が教えてくれたんだ。無論、お前がここまで調べ上げているとは理解していたわけではない。だが、予感はあった。先生のあの時の覚悟が胸をよぎった。それで至急、こいつを入手した)

二人はしばし、睨みあった。

やがて雪江はのろのろと手を伸ばし、ローテーブルに残るオブラートに触れた。

(本気なの?)

(わたしはな、こういう類いの戦いを幾度も行い、生き抜いてきたんだ)

雪江は疑わしそうにオブラートを観察し、ふたつの薬壜を眺めた。

（わたしが信じられないなら、もう一度お前が包み直せ。一向に、かまわんぞ）

原田は、促した。勝負をするか否か、の選択ではなく、勝負をするにあたっての懸《け》念《ねん》の払拭《ふっしょく》へと、いつの間にかステージを変えている。

雪江は、片方の包みを手にした。

（あなたも、呑んで。でも、その水は信じられない）

雪江は自分のバッグから、ペットボトルを取り出した。

（好きにするがいい）

その言葉とともに、原田はローテーブルに置いたペットボトルを手にすると、封を切った。残った包みを手にし、深く呼吸をしてから、

（では、一緒にやるとしよう。知っているか？　オブラートを呑む時には、まず口のなかを湿らせておくんだ）

原田は水を含み、雪江も従った。その上で二人は、互いの動作を探るように、包みを口に入れ、さらに水を飲み、嚥下した。のち、原田は口を開け、呑み込んだことを示した。雪江も同じことをし、確認した原田はうなずいた。

（二十分後には、どちらが勝ったか結果が出始める。帰ったほうがいい。離れていないと、わたしが死んだ時、お前が嫌疑をかけられる。そうだ、土産にこれを持ってい

け）

原田は、トレイ上のティッシュを開き、雪江に示した。

（青酸カリを入れたカプセルだ。数錠用意しておいた）

（どうしてそんなことを？）

（山形のやり方には、ひとつだけ穴があった。青酸カリは水に接すると強いアルカリ性を示す。呑むと口や食道が爛《ただ》れるんだ。ただ、オブラートで呑んだ我々には、その爛れがない。カプセルは、警察がそこに疑いを抱いた際の回答というわけだ）

二十二時十六分。雪江は、カプセルを一錠ティッシュに包みポケットに入れ、画面のフレームから消えた。あとには、ソファーに座る原田が残った。わたしはそこで映像を止め、原田に対峙して座った。

「まあ、そういうことだ」

原田は、どこか言い分けがましく口を開いた。

「お前を哀しませたくなかったので、このことは伏せておくつもりでいた。だが、実際には見ての通り、雪江の矜持と、俺の矜持がぶつかった。そういうことだ」

原田の向こうに大久保の部屋の壁が浮かんだ。おびただしい枚数の付箋を赤、青のマジックが結ぶ、巨大なバタフライのごときストーリーマップ。そこにさらに想像の付箋が増え、新たな線で結ばれ……、原田の後ろで、悪魔の蝶が重たげに翅を蠢《うごめ》かせ始めた。

「ボスは、わたしの師です。育てていただいた恩義は感じています。でもあなたは――、変わりました」

わたしは、原田に挑んだ。

3

「変わった？　俺が？」

「あなたは弁の立つ方です。すべてを美しく語ります。でも本音のところでは、こういう暮らしを捨てたくはなかった。数々の企業に、裏の顔として君臨し続けたかった。だから目をつけた企業に火をつけ、自分で消し、偽りの有用性を示した」

原田は黙ってわたしを見ている。

「狭いながら世間を見て、企業の裏も観るなかで、確信したことがあります。すべての力は、権威は、権力は、腐敗する。継続は力。でも、過ぎれば腐っていきます」

志は慾《よく》へ。信義は自己保身へ。衷心《ちゅうしん》は欺瞞《ぎまん》へ。

「なにかと思えば、今さら、そんな青いことを言うつもりか」

原田はわたしから視線を外し、鼻で嘲笑った。

「今回、あなたが作ったストーリーで多くの人が操られ、結果、不幸になりました」

哀しい人生を背負いながら街の片隅でたくさんの人を愛し、愛されていた朝子を不幸にし、人生をやり直そうと福島の地で贖罪《しょくざい》を続けた男を不幸にし、社会にとってなんのプラスだ。

「エルチェも本来、あんな形で母親と再会し、あんな別れ方をする必要はなかったはずです」

エルチェが総会の会場から連れ去られる時、彼の唇が小さく動いた。

――木部さん、母さん。

わたしの読み違いでなければ、彼は、二人の名を呟いていた。

今回わたしたちは、わたしは、彼をどこまで殺したのだろう。

運動家としての彼。

木部の復讐を思う彼。

母を死に追いやった彼。

それとも、彼自身。

「そのことでボスを糾弾するつもりはありません。わたしも同罪です。その罪は背負います。でも、大切な雪江を喪ったことだけは、赦しません」

「お前、自分が今なにを言っているか、分かっているのか」

原田の声が、険しさを増した。

「我々は必要悪だ。それが分からぬお前でもあるまい」

「だからこそ、社会に与えるインパクトもきっと大きい。かつて総会屋だった男が姿を変えて企業に入り込み、ダークな仕事を請け負っていた。マスコミは喜んでこの話に飛びつくでしょうね」

「ああ、俺は終わりだ。だがその時には、奈美、お前も終わる」

「きれいになれば、いっそすっきりします」

「俺たちだけじゃない。多くの企業を巻き込む。この国は大騒ぎになるぞ。俺と組んだ企業は七割が成長している。どれも世界と戦う力を持った企業だ。お前がなんと言おうと、この国のためという大義を、俺はいつも背負ってきたつもりだ」

「それは、わたしが背負うものではありません。それにこれは私闘です。雪江の仇討ちです。彼女に約束したんです。あなたを殺した者がいたなら、それが誰であろうと赦さない、と」

「誰に向かい、モノを言っているつもりだ」

「他ならぬ、雪江の仇です」

「分かっているのか。俺は命を懸け、人生を戦ってきた男だぞ」

「わたしも、命を懸けることすら厭わない勝負をしてきました」

わたしは、原田が雪江に告げた言葉のままを口にした。

しばし、睨みあった。

罠だ。わたしはこの言葉に、罠を仕掛けた。冷静な彼であれば、はまるはずのない罠だった。しかし原田は――、うなずくとサイドボードに向かい、鍵をあけ、薬壜をふたつ取り出した。さらにオブラート、小さな計量スプーンをふたつ、ティッシュに包んだカプセル、未開封のミネラルウォーター。雪江の時と同じものがローテーブルに並んだ。

「ならば、勝負をしよう。生き残る確率は二分の一だ」

「今度も勝つ自信があるんですか」

「それは、やってみなければ分かるまい。ただ俺は、自分の運を信じている」

原田は薬壜を開き、小さな計量スプーン一杯分の白い粉末をオブラートに落とした。

「これでざっと一グラム。ＬＤ50――半致死量の倍というわけだ」

雪江の前で行った作業と同じことをやって見せたのち、思いついたように顔を上げた。

「俺ではなく、お前にやらせたほうがよかったかな」

「いえ、あなたにやってもらいたかったんです」

原田は少し怪訝な顔をしたが、わたしの言葉を確かめることもなく、先を急ぐように口を開いた。

「そうか。ならば、勝負と行こう。奈美、選んでいいぞ」

「いやです」

「なんだ、今さら、臆したか」

「これは、フェアな戦いではありません」

ミネラルウォーターのペットボトルを手にした。

「もう六月なのに、よく温い水を飲む気になれますね」

「冷たい水は胃に負担をかける」

「ああ、そうでしたね。それで、胃の具合はいかがなんです？」

「関係ない話ではぐらかすな」

「たしか萎縮性胃炎で、消化のほうが思わしくなかったんですね。だから飲み水も常温にするほど気を使っている。思い出しました。先日、薬は呑んでいるんですかとお聞きした時、あなたはこう応じました」

――塩酸リモナーデとかいう奴をな。低酸症、つまり胃酸が少ないらしい。

「そのこととこれと、なんの関係がある」

原田は苛立ったような声を上げた。

「そのレクチャーを、わたしにやれと？」睨みつける原田に、わたしは続けた。

「青酸カリは、それ自体が毒というわけではありません。胃に到達し、胃の酸と反応し、まずはシアン化水素を発生させる。それが細胞の呼吸を止め、死に至らせます。青酸カリが胃の酸と反応しなければ、シアン化水素は生じない。つまり、胃酸のない人間に青酸カリは効かないんです。胃を通り過ぎた青酸カリは小腸、大腸へ向かいますが、両臓器ともアルカリ性なので反応しないまま排泄されていきます」

「そうなのか？　だが、俺の胃云々は別に、雪江は自分でジョーカー、青酸カリを選んだんだぞ」

それも、簡単な手品だ。わたしは、両方のオブラートを解いた。

「見た目、似ていますね」

「そりゃあそうだ。似ていなければまずいだろう」

わたしは十円硬貨を二枚出し、テーブルに置いた。それぞれのオブラートから少量の粉末を硬貨に落とした。そのうえでミネラルウォーターのキャップを取り、数滴ずつ、粉末の上に落とした。水に濡れた粉末が溶けていくのを待って、ハンカチを取り出して硬貨を拭いた。すると、どちらも同じように硬貨のサビが取れ、光沢が現れた。

「シアン化合物の簡易判定法です。酸化還元反応でこのようにサビが取れます。無論、この反応を起こすのはシアン化合物だけとは限りません。そういった意味では不確かな判定法でしかないのですが、少なくとも砂糖水で硬貨のサビは取れません。あなたは、ご自分が青酸カリを呑んでも極めてリスクが少ないことを利用し、両方の薬壜に青酸カリを入れた。つまり、雪江が必ず青酸カリを呑むようにしたんです。でも、片方は砂糖ではなく、せめて還元反応を起こすクエン酸とでもしておくべきでした。そうすれば、少なくともこの判定法は通用しませんでした」

停止させていた映像をリモコンで再生した。いったん画面から消えた原田がしばらくして戻ってきた。手には携帯型の吸入器がふたつ。交互に十五秒ほどの吸入を、五回、繰り返した。

わたしは頭のなかで、壁のバタフライを検めていく。

「吸入器は、シアン化合物の解毒ですね。亜硝酸アミルと酸素を交互に吸入するというもの。胃酸がないとはいえ、念のためあなたは、それを使った」

原田は身じろぎもせずしばらくわたしを見ていたが、やがて複雑な笑みを浮かべるとソファーに身を沈め、力ない拍手をした。広い部屋に、空虚な音が響き、消えていく。

「見事だ、素晴らしい。完敗だな」

「ありがとうございます。あなたがこれに乗ってくるか、じつは賭けでした」

「乗る？　俺が？」

「雪江と同じトリックでわたしが死んだとしましょう。同じ界隈で青酸カリ中毒死が発生。しかも口中に糜爛《びらん》のない死体となると、警察も本格的に腰を上げます。冷静な状態のあなたなら、そこに思い至らないはずがありません。青酸カリの勝負など言い出さなかったでしょう。そうなるとわたしは、あなたが雪江に仕掛けたトリックを実証できませんでした」

「たまたま、お前のほうにいい目が転がったか」

「こちらに目があると読んだからこそ、仕掛けました。認めたくないでしょうが、株主総会の結末を見たあなたは、すでに自分を見失っていたんです」

「俺が？　どうしてだ」

原田は、右の眉を吊り上げた。

「その言葉です」

――俺。

「長いつきあいのなか、あなたは初めて自分のことを、わたしではなく、俺と言いました。雪江とのビデオのなかですら、わたしという言い方を崩そうとしなかったあなたが」

「だから俺が自分を見失っていたと？　些細なことを」

大袈裟に言うなとばかり、原田は笑った。

「その些細なことをおろそかにせず突破口を開いていくのが仕事だと、あなたから教わりました」

原田は肩をすくめてグラスを傾けた。しかしすでにウイスキーは無くなっている。

「お注ぎしましょうか」

「いや、もういい。過ぎると、胃に負担がかかる」

「胃酸のない者に青酸カリは効かない。これは、本当のことだったんですね」

グラスを置いた原田は、わたしの言葉に、考えるような顔をした。

「青酸カリは胃酸と反応し、毒性を持つシアン化水素を生成する。つまり胃酸がなければシアン化水素は生じない。よって死には至らない。理屈ではその通りです。ただ、エビデンスとして採用できるだけの実例は見当たりませんでした」

唯一、青酸カリが効かなかった例として、十九世紀から二十世紀の帝政ロシアに生きたグリゴリー・ラスプーチンという怪僧のエピソードがある。妖しげな超常能力を用いて皇帝に近づき、帝政ロシア崩壊の一因をつくったとも言われるこの男は、一九一六年、ロシア貴族フェリックス・ユスポフ一派の手で暗殺された。その際、ラスプーチンは青酸カリを盛られたケーキと紅茶を口にしながらなんの反応も示さなかったとされ、理由として彼の無酸症が挙げられている。しかしこれには異論も示されている。というのも、のち、銃で撃たれ死亡したラスプーチンの胃から毒物は検出されなかった。用意された青酸カリの純度が低かった、青酸カリの保存状態が悪く炭酸カリウムに変化していた、等々の推測もあり、いずれにしてもラスプーチンの件をもって青酸カリが無酸症の人間には効かない、とはとてもではないが言いきることはできない。

「それを俺が身をもって証明したと？　もしお前が俺だったら、どうしていた」

「人体実験を買って出るつもりはありません。リスクが、あり過ぎます」

原田はうなずき、先を促した。

「わたしなら、まず、吐き出します。オブラートは三重、溶ける前に一刻も早く、どんなことをしてでも吐きます。その前に口のなかが酸性に傾かないよう、なんらかの措置をしておくかもしれません。とにかく吐いたのち口をすすぎ、胃に少量でも青酸カリが残っていることを考え排泄を促すため下剤を呑み、さらに解毒用に亜硝酸アミルと酸素を吸入します」

原田はしばしの緘黙《かんもく》のち、表情の失せた顔に弱々しい笑みを浮かべていった。

「今、三十四年前に戻ったようだったぞ。もう総会屋は成り立たない、そのことを山形に告げたあの日にな。もっとも、あの時の山形が今は俺で、あの時の俺はお前。そういう違いはあるが。で、俺は、どうすればいいんだ」

「あなたがいる限り、わたしはすべてを明るみに出します。あなたが本当に、この国の企業を、この国を思っているというのなら、最後にわたしに、昔の原田哲を見せて下さい」

わたしはテレビに近づきSDカードを抜き取り、ポケットに入れた。顔を上げた時、山形の肖像画と目があったような気がした。原田は不出来と語っていたが、充分に迫力を感じさせる目をしている。その目に、芽生えた考えがあった。でも、原田には伝えなかった。

「奈美」原田は、部屋を出ようとするわたしを呼び止めた。

「お前にはいずれ、俺のすべてを渡そうとまで思っていたんだが、親殺しか、それもよかろう。悔しいのは、あの時の山形先生のように、赦さん、とお前に言えないことだな。お前、このあと、どうやって生きていく」

「…………」

「お前、俺のすべてを捨てる気か」

「あなたのすべてを否定はしません。でも、あなたが人生の最後に手を染めたものは、赦しません。わたしは、受け取りません」

「お前らしい、守、破、離か。とはいえ、お前に普通の暮らしができるはずもない。ＯＬもできまい。ましてや家庭に収まることも。お前が今さら、白をまとえるはずもないんだ」

「心配は無用です」

「同じような雰囲気、そんなことを峰岸に言われたんだろう？　厭おうとも、お前は俺と同じなんだ。仕事だけじゃない。酒の飲み方にしても、音楽の嗜好にしても、お前は、俺のほぼすべてを受け継いだ。お前には、俺が染み込んでいるんだ。一生、引き剥がすことなどできはしない。俺には、お前の未来が観える。予言してやる。山形が俺に死を突きつけられたように、お前が俺に死を突きつけたように、いつかお前も、かつての自分に死を突きつけられる日がくる」

わたしは、原田をふり返った。

「戦う者に、勝ち逃げの人生がないことは理解しています。覚悟なら……」

過去を背負う覚悟、罪を背負う覚悟、汚れたまま生きる覚悟、血を流し生きる覚悟、そして、どこかで野垂れ死ぬ覚悟——。

「ええ、ありますとも」

告げ、歩き出した。

もう、ふり返らなかった。

4

原田に告げなかった話がある。

山形の肖像画を見た時、頭をよぎったこと——。

山形は、今後総会屋が成り立たないことを理解し、しかし、あえて殉じようとした。自ら、死を選んだ。つまり、今回の原田とは逆のことをやったのではないか。両方ともただの粉を用いて偽りの勝負をすることで、すべてを受け継いだ原田に覚悟を突きつけ、次を託した。

それを裏づける証拠はないが、山形のことを書いた本にそれを思わせる記述があった。

山形は死に際して、家族に遺書を残している。便箋に十枚、筆で書かれたそれは、息のない山形を家族が発見した際、まだ黒々と濡れていたという。青酸カリをオブラートで包み毒の廻りを遅くしたところで、それだけのものを記す時間はなかったはずだ。つまり山形は、遺書を記したのち、初めて青酸カリを仰いだ。

でも、それも、推測だ。

翌日の午後、原田の死を伝えるニュースを聞いた。

拳銃で頭を撃ち抜き、ソファーにもたれて死んでいるところを、やってきたハウスキーパーが発見して、警察に通報した。

ローテーブルには、短い遺書が置かれていた。

万事、よろしく。

最後は、原田らしい配慮だった。もし毒物を仰いで死んだなら、近くで同じ毒を呑んで死んだ雪江との関連が、あれこれ詮索されないとも限らない。毒物による他殺の可能性ということになれば、わたしに嫌疑の目が向く。あの日わたしが原田の部屋に出入りしたところは、マンションの監視カメラに収められている。

それらを考え、ああいう最期を選んだのだ。

ニュースが伝えるはずもないが、原田は青酸カリの類い、わたしが使った硬貨を含めて痕跡を消したはず。あの手帳も、もちろん。そののちに、拳銃を手にした。

万事、よろしく。

それは、わたしに充てたメッセージ。

了解しました。

すべての資料を、消去した。

終章

数日が、過ぎた。

雪江の遺体を引き取り、葬儀を行った。雪江の胃と腸管には青酸化合物特有の糜爛が見られたものの、外傷も、睡眠薬を始めとするなんらの薬物の痕跡も見出せず、事件性はないと判断が下された。自ら青酸カリのカプセルを呑んだ。それが、彼女の死の理由となった。

小さな会場の祭壇を、たくさんの白い花で飾った。親族も参列者もいない葬儀を、葬祭場の従業員はどう思ったことだろう。

雪江、わたしたちは独りで生きてきた。だから、去る時も独りだ。

遺骨は、しばらく寺で預かってもらうことになった。わたしが何時いなくなってもかまわない、永代供養《えいたいくよう》のお墓を探すつもりだ。

不思議なことに、涙は出てこなかった。

思いきり、泣いてあげよう。そう思っていたのに、わたしは、愛する彼女を淡々と送っただけだった。

でも、疲れた。わたしはいっときに、あまりにも多くのものを喪った。

色のない街を歩き、冷たい鉄のドアを開け、殺風景な部屋に戻った。

喪服代わりの黒いジャケットをダイニングチェアにかけ、冷蔵庫からビールを取り出した。

プルトップを開け、雪江に献杯した。

空虚な刻が、流れていく。

ああ、そうだった……。

スマホを起動し、雪江の顔をデザインした愛らしいアイコンをタップした。

「ねえ、ユキエ――」

(なあに、奈美)

スマホのなかのユキエは、雪江そっくりに声を返した。

少し、胸が痛い。

壁を見た。おびただしい枚数の付箋はところどころ剥がれ、床に落ち始めていた。

戦いの名残。悪魔の蝶の死骸。その端にテープで留めた一枚のメモがある。雪江が書き残し、コインロッカーに入れたメモ。そこには『パンドラ』とともに、もうひとつ言葉が書かれていた。


『最後に、酒とバラの日々を』

すべて終わった時には、この言葉をユキエに告げて。


そう、メッセージが添えられていた言葉だ。

——わたしたちはきっと今、人生の、酒とバラの日々。

ホテルで聞いた雪江の言葉が、切なく蘇る。

「最後に、酒とバラの日々を」

ユキエに告げた。

(奈美。全部、終わったのね)

聞こえてきたのは、息づかいを伴う雪江の声だった。

(今、そっちはいつなんだろう。わたしのいる世界は、六月十一日午後四時十二分。あなたがこれを聞いているということは、あなたの世界に、わたしはもういない)

いったん言葉が切れ、小さな溜息が聞こえた。

（結末がどうなったかは分からないけれど……、ありがとう。それがどんなラストシーンでも、奈美がしてくれたものなら、わたしは受け入れる。今、あなたに本当に、さよならを言うわ。黒《ノワール》をまとって生きるあなたが、わたしを引きずらないように）

部屋に、沈黙が訪れた。

「ユキエ？」

返事はない。

スマホを見た。

愛らしいユキエのアイコンが、画面から消えていた。

しばらく、画面を見つめた。

静かな部屋。

わたしの呼吸しか聞こえない部屋。

――わたしのことを懐かしんでくれる？

そう言っていた彼女だが、わたしが過去を引きずらないように、最後に、自分の匂いがするユキエを消したのだ。

わたしから、完全に消えようとしたのだ。わたしの、ために。

唇をきつく結び、込み上げた嗚咽を呑み込んだ。

スマホに残る二人の写真を開いた。表情のないわたしの隣で、雪江が微笑んでいる。

幸せな刻。なんて、愛しい刻。

ねえ、雪江。わたしの声が、聞こえる?

あなたと過ごした時間は、酒とバラの日々だった。

でも、扉が閉まった今、あなたとのことは通り過ぎた風。Goodies but oldies——いい日だけど、昔のこと。

指が、震えた。胸が、震えた。心が、揺れている。何度も躊躇ったけれど——、写真を、削除した。

柔らかな風が、頬を寂し気に撫でていったようだった。

さよなら、雪江。呟き、タバコを咥え、火をつけた。殺風景な部屋を、紫煙が昇っていく。

これでわたしは、独りに戻った。

雪江、あなたのことは忘れない。忘れないけれど、引きずりはしない。孤独な夜に思い出しはしない。

望んでもいないことだけれど、心が血を流して、わたしはまた強くなった。

血まみれになって生きていくことも、その果てに、どこかで冷たくなって死ぬことも、

あなたに誓う、

——覚悟は、できている。

＊＊＊＊＊

暑い夏が訪れ、過ぎていった。

秋。季節感のないこの街にも、かすかなもの哀しさが漂っている。

奈落へ落ちていく朝子の夢は、見ないようになった。とはいえ、わたしの日常は相変わらずで、心穏やかな日々にはほど遠い。でも少しだけ、暖かな話を聞いた。

このあいだエルチェが、いや峰岸比呂が、アサコ苑にやってきた。黙ってカウンターに座り、ビールを飲み、朝子の遺影を長いあいだ眺め、ふた言み言、千里と話をしたという。

気後れのなか、試すような、探るような会話だった。困惑を隠せない千里から、そ

う聞いた。無理もない。あまりにも辛い出来事が、皆に流れていった。千里にしても黄にしても、朝子を喪った哀しみと比呂に対するわだかまりは、すぐ水に流せるようなものではない。わたしだってもし彼に会ったなら、自分がやったことをなんと言えばいいのだ。都合のいい答えなどない。わたしが彼を傷つけたのは、紛れもない事実だ。

ただ、比呂は多分、前を向き始めた。わたしは、そんな彼が嬉しく、愛おしい。

そして、こうも思っている。あそこはアサコ苑。朝子が作り、育て、遺したところ。彼女の心は今も生きていて、きっと、あの店を包んでいる。店を訪れる者たちは今もきっと、朝子の懐に抱かれている。

ならばいつか、分かりあえる時がくるかもしれない。

お帰りなさい。

朝子が人々を迎え入れた、暖かな言葉。

お帰りなさい。

あなたを待っていたのだと、さりげなく伝える言葉。

比呂に、その言葉が向けられる。

そんな日が、やってくるといい。

解説

千街晶之

今でこそ数多くの新人賞が林立しているけれども、一九七〇年代までは、長篇ミステリに特化した登竜門といえば江戸川乱歩賞の一択だった。一九五四年に創設されたこの賞は、一九五七年の第三回以降は長篇を公募して優秀作に授賞するスタイルとなり、そのまま現在まで定着している。今なお、ミステリ系の新人賞としては最大の知名度と権威を持ち、日本のミステリ界を支えた多くの作家を輩出している賞だ。

その長い歴史を一言で言い表すのは難しいけれども、平凡な表現で恐縮ながら、やはり「伝統と革新」というのがこの賞の本質と言うしかない。我が国のミステリ界のパイオニアたる江戸川乱歩の名を冠しており、ある程度謎解きを重視した作品が求められる傾向はある。しかし、歴代受賞作を読めば、必ずしも乱歩的な作風のものが多いわけではないし、時代の移り変わりを反映した小説が目立つのも事実だ。この賞の歴史を振り返ってみると、そんな伝統と革新のダイナミックな鬩《せめ》ぎ合いが見えてくるのである。

さて、二〇一九年、第六十五回江戸川乱歩賞を受賞した作品は、神護かずみの『ノワールをまとう女』（二〇一九年九月、講談社刊）だった。なお、応募時のタイトルは『NOIRを纏《まと》う彼女』だったが、単行本化の際に改題された。

先ほど、この賞について「新人賞」という言葉を使ったけれども、厳密には、乱歩賞を獲得するには新人である必要はなく、近年の受賞者で言えば高野史緒や佐藤究のように、既にデビュー済みの作家が乱歩賞に応募して受賞した例もある。

神護かずみもそのひとりで、一九六〇年愛知県生まれ、國學院大學卒（ペンネームで女性と思う読者も多そうだが、男性である）。化学品メーカー勤務の傍ら、ソノラマ文庫大賞に応募したことがきっかけで、特殊能力を持つ密教僧が幻の都・裏平安を舞台に悪の呪術師と闘うオカルト・アクション小説『乱寛太鬼密行《らんかんたおにみつぎょう》　裏平安霊異記』（神護一美名義）で一九九六年に作家デビューし、二〇一二年には、戦国時代を舞台に人魚と出会った男の運命を綴った『人魚呪《にんぎょじゅ》』（この作品から神護かずみ名義に変更）を遠野物語100周年文学賞に応募して受賞した。著作は他に、江戸時代の実在の絵師・鳥山石燕《とりやませきえん》が妖怪たちとともに奇怪な出来事の謎を解き明かす『石燕夜行』（全三巻、二〇一三〜一四年）がある。

兼業作家時代は土・日に執筆していたが、二〇一八年、三十五年間勤めた会社を定年前に早期退職し、執筆に専念するようになった。そうして完成させたのが本書であり、二〇一九年、第六十五回江戸川乱歩賞受賞により見事に再デビューを果たした。時に五十八歳、『原子炉の蟹』（一九八一年）で第二十六回乱歩賞を五十六歳で受賞した長井彬の記録を破り、史上最年長での受賞である。

本書の主人公・西澤奈美は、企業のトラブルをさまざまな手段で解決する裏社会の人間である。そんな彼女が、日本有数の医薬品メーカーである美国堂の広報担当者・市川進から相談を持ちかけられた。折しも美国堂は、傘下の韓国企業の役員による過去の反日的発言の映像が動画投稿サイトに流れたため、保守系市民団体「美国堂を糺《ただ》す会」から糾弾され、デモや製品不買運動を仕掛けられるなど炎上の真っ最中だった。この事態を鎮火してほしいというのが市川からの依頼である。奈美は林田佳子という偽名で「美国堂を糺す会」に潜入し、エルチェと名乗るリーダーに接近するが、彼から意外な人物に引き合わされる。その出会いは偶然か、必然か。動揺しつつも、奈美は「美国堂を糺す会」の活動を頓挫《とんざ》させようと画策を繰り広げる……。

奈美が美国堂のトラブルを解決するのは今回が初めてではなく、三年前には同じような保守系市民団体「心の中の日本の会」の抗議活動を潰したことがあるけれども、その際に自殺した団体代表の木部雅巳が、エルチェの師にあたるという因縁がある。また、奈美を裏稼業へと引き入れノウハウを叩き込んだ師とも言うべき存在は元総会屋の原田哲だが、美国堂の新たな経営陣は、危機管理のグレーの部分を請け負っていた原田の排除を図っている。もうひとり、奈美の周囲の人物で重要なのが、同性の恋人である姫野雪江だ。児童養護施設で一緒に育った仲である二人は、ある案件をきっかけに再会し、愛し合うようになった。奈美は雪江自作のＡＩアプリをユキエと名付け、愛用している。奈美をめぐるこうした人間関係が、近づいては離れ、離れては近づきを繰り返しながら、ある陰謀の構図を浮かび上がらせてゆくのである。

乱歩賞の本質は「伝統と革新」だと冒頭に記したけれども、先に「革新」のほうに触れるなら、まず、昨今何かと炎上しやすい日韓関係を背景に、企業をめぐる情報戦という現代的な題材を扱ったことが挙げられる。この点については乱歩賞の選考の際、「裏社会を舞台とするならば、もっと人間の暗黒面に踏み込む覚悟が必要でしょう。言わば〈暗黒度〉——それとリアリティ——が決定的に足りないのは私には致命的に思えました」（月村了衛）、「この作品もアクチュアルな社会問題を扱っていますが、ヘイトや炎上を裏工作で沈静化させるという主人公の職業設定がユニークで、着眼点のよさが評価できます。主人公の一人称はハードボイルドタッチで、見方によってはステレオタイプとも受け取れてしまいますけれども、ＡＩ相手に会話するという目新しさがその弊を免れているとぼくは感じました」（貫井徳郎）といった具合に評価は割れたけれども、企業のリスクマネジメントに限らず、炎上とその鎮火をめぐるメカニズムは、真偽定かならぬ情報によって大衆が容易に踊らされてしまう現代社会の側面を最も顕著に示すものであり、その方面専門の主人公が活躍するミステリとしては、汀《みぎわ》こるもの『火の中の竜　ネットコンサルタント「さらまんどら」の炎上事件簿』（二〇一八年）のような作例も存在する。人々がソーシャルメディアで簡単に情報を発信できるようになったこの時代にあっては、誰もがネットリンチの被害者にも、また加害者にもなり得る。西澤奈美という主人公の二面性――企業の活動を害する炎上を鎮火させるという意味では光の側だが、そのためには手段を選ばない点では闇の側でもある――は、そんな現代人の被害者性と加害者性の反映とも言える。彼女のような主人公が活躍する作品で勝負をかけてきた、著者の着眼点の鋭さは高い評価に値するだろう。

では、本書の「伝統」的な面とは何だろうか。乱歩賞の選評で京極夏彦は、「同性パートナーやAI、排外主義や企業コンプライアンスなど今日的な題材を随所に鏤《ちりば》めているが、それらはすべて物語を彩る素材として採用されたものであり、枠組み自体はエスピオナージに範を取った極めてオーソドックスなものである。欠点はあるものの、古い器に新しい食材を盛る手つきは堂に入っており、一種のピカレスクロマンとして読める仕上がりにはなっているだろう」と評している。確かに、作中のさまざまなエピソードはエンタテインメントとしての王道に満ち溢《あふ》れており、全体にオーソドックスな印象が強い。また、奈美の仕事のやり方は専門的なネットの知識に頼りすぎず、組織への潜入や尾行など、昔ながらの手法がメインとなっている（ハイテク方面は協力者の黄慶汰《ファンキヨンテ》が主に受け持っている）。その点で、一田和樹らの作品に代表されるような現代のサイバーミステリと一線を画する部分もあるが、それだけに読者を選ばないカジュアルな作風と言えるかも知れない。このバランス感覚こそ本書の美点であり、受賞につながった要因なのではないか。

著者は八歳の時に、父親の勧めで江戸川乱歩の「少年探偵団」シリーズを読み、そこから読書の幅を拡げていったという。本書自体は、決して乱歩的な作風とは言い難いだろう。しかし、リアリズムに基づくか否かはともかくとして、世の中の表ではなく裏の領域に蠢《うごめ》く人々の姿を掘り下げてゆく姿勢は乱歩にも存在したものだったし、何より、ラストの奈美と黒幕の対決の方法は、乱歩のある長篇の冒頭を想起させる。このエピソードに、乱歩作品に対する著者の密かな目配せを感じたのは、私の深読みだろうか。

さて、著者は受賞後第一作として、西澤奈美が再登場する『償いの流儀』を二〇二〇年八月に上梓している。本書の出来事から数ヵ月後、奈美は知り合いのタバコ屋の老女・上井久子が被害に遭ったことから、あるオレオレ詐欺のグループを密告して潰した。だが、逮捕を逃れたその残党に付け狙われ、身辺に危険が迫る……という物語だ。本書を読んだ方は、こちらで奈美のスリリングな活躍を再び堪能してほしい。

JASRAC 出2106815－101

●本書は二〇一九年九月に、小社より刊行されました。
文庫化にあたり、一部を加筆・修正しています。

|著者| 神護かずみ　1960年、愛知県生まれ。國學院大學卒業。化学品メーカーに35年間勤務。1996年、『裏平安霊異記』（神護一美名義）でデビュー。2011年、『人魚呪』で遠野物語100周年文学賞を受賞。2019年、本作で第65回江戸川乱歩賞を受賞した。他の著書に、西澤奈美のその後を描いた『償いの流儀』などがある。

ノワールをまとう女《おんな》
神護《じんご》かずみ

2021年９月15日第１刷発行

発行者――鈴木章一
発行所――株式会社　講談社
東京都文京区音羽2-12-21　〒112-8001
電話　出版（03）5395-3510
販売（03）5395-5817
業務（03）5395-3615
Printed in Japan

講談社文庫
定価はカバーに
表示してあります

KODANSHA

デザイン―菊地信義
本文データ制作―講談社デジタル製作
印刷―――大日本印刷株式会社
製本―――大日本印刷株式会社

ISBN978-4-06-524940-6

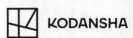

講談社文庫刊行の辞

二十一世紀の到来を目睫に望みながら、われわれはいま、人類史上かつて例を見ない巨大な転換期をむかえようとしている。

世界も、日本も、激動の予兆に対する期待とおののきを内に蔵して、未知の時代に歩み入ろうとしている。このときにあたり、創業の人野間清治の「ナショナル・エデュケイター」への志を現代に甦らせようと意図して、われわれはここに古今の文芸作品はいうまでもなく、ひろく人文・社会・自然の諸科学から東西の名著を網羅する、新しい綜合文庫の発刊を決意した。

激動の転換期はまた断絶の時代である。われわれは戦後二十五年間の出版文化のありかたへの深い反省をこめて、この断絶の時代にあえて人間的な持続を求めようとする。いたずらに浮薄な商業主義のあだ花を追い求めることなく、長期にわたって良書に生命をあたえようとつとめるところにしか、今後の出版文化の真の繁栄はあり得ないと信じるからである。

同時にわれわれはこの綜合文庫の刊行を通じて、人文・社会・自然の諸科学が、結局人間の学にほかならないことを立証しようと願っている。かつて知識とは、「汝自身を知る」ことにつきていた。現代社会の瑣末な情報の氾濫のなかから、力強い知識の源泉を掘り起し、技術文明のただなかに、生きた人間の姿を復活させること。それこそわれわれの切なる希求である。

われわれは権威に盲従せず、俗流に媚びることなく、渾然一体となって日本の「草の根」をかたちづくる若く新しい世代の人々に、心をこめてこの新しい綜合文庫をおくり届けたい。それは知識の泉であるとともに感受性のふるさとであり、もっとも有機的に組織され、社会に開かれた万人のための大学をめざしている。大方の支援と協力を衷心より切望してやまない。

一九七一年七月

野間省一